제 9권
홍범구주

九夷原
구이원

고조선 역사대하소설

무곡성【武曲星】지음

삼현미디어

서 문

"현재를 지배하는 자가 과거를 지배하고 과거를 지배하는 자가 미래를 지배한다."
조지오웰이 '1984'에서 했던 말이다.

고조선, 고구려 시대 우리의 활동 무대였던 구이원(九夷原: 캄차카 반도에서 곤륜산맥에 이르는 광활한 영토)을 잃어버린 것은 애석한 일이나, 고향을 잃고도 기억하지 못하는 우리의 모습을 경계하며 옛 선조의 기상과 포부를 회복하길 바라는 마음으로 '구이원'을 집필하게 되었다.
시대는 단군 조선 말기와 해모수가 부여를 세웠던 시절이며, 고조선의 제후국
오가(五加: 백호국, 청룡국, 주작국, 현무국, 웅가국)와 동호국(國), 흉노국, 번조선, 마한(- 막조선), 동예, 동옥저, 북옥저, 읍루, 구리국, 낙랑국 협객들의 의협행을 모티브로 구이원의 모습을 그려보고자 하였다.

조선의 유학자들은 춘추필법(春秋筆法)의 요지 중 하나인 「중국을 자랑하고 오랑캐의 것을 깎아 내린다」는 원칙으로 서술된 중원의 역사를 비판 없이 그대로 수용함으로써 스스로 선조들을 비하시켜 왔다.
중국의 사서는
우리 땅에 명멸했던 나라들을 예맥(獩貊: 돼지), 흉노(匈奴: 가슴부터

노예), 동호(東胡: 동쪽의 오랑캐), 물길(勿吉: 기분 나쁜 놈), 선비(鮮卑: 분명히 비천한 놈) 등으로 적어왔고
특히, 부여 제후국을 '오가(五加: 우가, 마가, 구가, 저가)'로 기록하고 있다.
이는 고조선과 부여의 문명이 낙후되고 미개한 사회여서가 아니라 중원 사가들이 오가(五加)를 '소, 말, 개, 돼지'라고 낮추어 기록한 것이기에,
필자는 이 책에서 백호가, 청룡가, 주작가, 현무가, 웅가로 이름을 바로 잡았다.

쏟아져 나온 '홍산문화'의 유물과 고구려 고분 벽화의 장엄한 사신도를 보면, 상고시대 배달국과 조선이 고도의 문명국이었음을 알 수 있다.
진시황의 폭정으로 도탄에 빠진 중원의 백성들을 구하고 협객 형가의 복수를 하기 위해,
철기병의 호위 속에 순행 중인 진시황의 마차를 120근 철퇴로 박살 낸 창해신검 여홍의 의거가, 중원을 통일한 후 기고만장한 진시황의 간담을 서늘하게 하고,
이를 본 중원의 백성들이, 신(神)처럼 여겼던 진시황을 더 이상 두려워하지 않고 들불 같은 항거를 일으키게 되었음을 알아야 할 것이다.

구이원(九夷原)의 푸른 하늘에 주작(朱雀)이 날아오를 날을 기다린다.

주작도

아득히 장백산 산록부터 서풍이 강하게
불어오는 몽골의 메마른
하늘가까지
지배하던 신국(神國)의 수호자

고대의 하늘을 날아서 벽화 속에서 잠이
든다

어둡고 캄캄한 석실의 무덤 속에서
길고 긴 시간의 지층을 뚫고
오늘에 깨어나
세계 도처에 흩어진 신국(神國)의 후예들
에게
불멸의 영광된 시간을 기억하게 하고

홍익인간(弘益人間)의 꿈이
모든 들과 산으로 사해(四海)로 무한우주
공간으로 퍼져나가고
저 멀리 북두칠성과 우주의 질서를 교감
하던
혼(魂)을 일깨우노니

불새가 향나무 불속에서 장엄히 몸을
태우고

아름다운 새로 다시 태어나 영원을 날았듯이
너희 겨레도 모든 회의와 나약함을 죽여 버리고
사소한 어려움
반목과 질시를 태워버리고

불새처럼 영원할 것을 기억해주고자 함이니.

목 차

프롤로그

제 9권 홍범구주

호안사걸	1
가두시마	51
무봉	66
백오곡	94
난하를 건넜지만	110
기자가 살던 수유성	120
홍범구주	126
파이가산의 혈투	140
기비	185
오색나무 부상수(扶桑樹)	191
철연방으로	199
무계동(洞)	211
오소리산	222
철연방 멸망	232
뒤바뀐 소도관장	267
쫓기는 국관과 온평	284
북선산(北鮮山)	318
독젖	345
자몽성 소도	362
군도산(軍都山) 명도전 광산	367

프롤로그

환웅천황이 하늘에서 내려오시기 전, 세상은 말 그대로 혼돈의 세상이었다.

마귀, 요괴, 축생과 인간이 뒤섞여 살며 사람과 짐승의 구별이 없었고, 수간이 빈번하게 행해지다 보니 반인반수의 요괴인간들까지 돌아다녔다.
인간들은 수백만 년을 하늘의 이치와 인간의 도리 그리고 선(善)과 악(惡)을 모르고 오직 추위와 굶주림, 공포 아래 야수(野獸)처럼 살아갔다.
이를 보다 못한 어지신 환웅이 온 우주를 지배하시는 아버지 한울님께 청(請)하여 세상에 내려가 다스릴 포부를 말씀드리고 천부인을 받아
4대신장 풍백, 우사, 운사, 뇌공과 삼천인을 이끌고 신시(神市)를 세우셨다.
환웅께서는 제일 먼저 백두산 천평에 천정(天井)을 파고 나라 이름을
배달국이라 하시며 「홍익인간 이화세계: 세상을 이롭게 하고 이치로 세계를 다스린다」를 개국이념으로 선언하셨다.

이에 구이원(九夷原)의 모든 사람들이 환호하며 환웅천황을 따랐으나
천황을 처음부터 싫어하고 증오하며 저주하는 무리가 있었으니, 그

들은 그동안 혼돈의 세상을 지배하며 거짓과 악행을 일삼던 가달마황과 그를 추종하는 마왕(魔王), 요괴(妖怪), 귀신, 야수(野獸), 식인귀 등으로, 어떻게든 신시(神市)를 파괴하려 했으며 선량한 인간들을 죽이거나 잡아먹고 노예로 부리며 천황의 교화(敎化)를 방해했다.

마침내 이로 인해 선계의 환웅천황과 마계의 가달마황 사이에 인류 최초의 정마전쟁(正魔戰爭)이 일어났다.
그러나 헤아릴 수 없는 긴 세월을 뿌리내린 악의 무리가 너무도 많아
혈전은 수백 년간 교착상태를 이어갔고, 흑마법까지 쓰는 마왕과 요괴들로 인하여 그 피해는 차마 눈뜨고 볼 수 없는 지경에 이르렀다. 이에
천황은 천계의 환인천제께 상주하여, 우주의 칠백 누리를 수호하던 해사자와 원수 게세르 그리고 10천간장(將)과 12지신장(神將)을 데려왔다.
해사자는 태양을 실은 마차(馬車)를 운행하던 마부로 능히 일월성신(日月星辰)의 주천(周天)을 헤아리고 무기는 불 채찍을 사용하였으며,
게세르는 수백 만 천병을 통솔하던 자로 금검(金劍)과 천궁(天弓)을 사용하고
10천간장(將)은 모두 지략이 높고 용맹하며, 12지신장(神將)은 불패의 장사들이었다.
천황이 이들로 하여금 사람들에게 수행법과 단공(丹功), 선(仙)무예를 가르치게 함으로써 선계의 힘이 마도(魔道)의 무리를 압도하게 되었다.
마지막으로 천황과 가달마황의 결투는 건곤일척의 승부였는데 천황은 천부신공(天府神功)으로 가달마공을 펼치는 마황과 자웅을 겨루

었다.
싸움은 개벽 이래 정마(正魔)간의 가장 큰 격투였다. 하늘은 천둥과 벼락이 칠일칠야(七日七夜)를 내리쳤고, 땅은 속불이 터져 갈라지고 꺼졌다. 사람들과 마귀, 요괴, 짐승들은 모두 숨을 죽이고 떨며 싸움이 끝나기만을 기다렸다.

드디어 천황이 가달마황의 머리를 잘라 비밀스러운 절지(絶地)에 묻고,
피와 오장육부는 항아리에 담아 해저(海底)의 화옥(火獄)에 가두고 봉인하여 동해의 용왕이 지키도록 하였다.
그리고
신장(神將)들에게 명하여 가달을 따르며 악을 행하던 마왕, 마귀, 요괴, 귀신, 식인귀, 괴수들을 끝까지 추적하여 제거하도록 하였는데,
이때 살아남은 일부 가달의 무리들은 사람이 살 수 없는 북쪽 동토의 땅으로 쫓기고 도망쳐서 흑림(黑林)의 어둡고 추운 지하 동굴과 황량한 계곡, 늪지, 호수에 숨어 선계를 증오하며 수천 년을 견뎌왔다.
그동안 구이원의 배달국과 조선은 수천 년을 은성(殷盛)하며 태평성대를 누렸고,
가달 무리는 보이지 않아 사람들은 이 세상에서 그들이 영원히 사라진 줄 알았으나
마도(魔道)는 없어지지 않았으며 오히려 그 수가 불어 가달마황을 신(神)으로 받드는 가달마교를 조직해 세상을 차지하려고 넘보고 있었다.

삼신교(- 仙敎)가 문란해진 조선 마지막 47대 고열가 단제의 조선은 열국시대에 접어들었고 가달마교의 세력은 최고조(最高潮)에 달

했다.
 소설 '구이원'은 당시 조선(朝鮮) 열국의 선협(仙俠: 협객)들의 이야기이다.

호안사걸(虎眼四傑)

세 명의 사나이가 말을 타고 대화를 나누며 시라무렌 초원을 느릿느릿 걷고 있었다.
아름다운 초원과 일벽천리(一碧千里: 푸르른 천 리)의 바람에 취해, 하나하나 눈에 담고 가슴 깊이 기억하려는 듯 천천히 나아가고 있었다.
시라무렌 초원은 고대부터 유목민의 집결지였다. 그런 만큼 초원은 수천 년 이어진 유목의 숨결이, 강(江)과 호수와 초원을 달리는 산(山)
하나하나에 노을이 지듯 아름답게 깃들어 있었다. 그들은 지금, 바람처럼 왔다가 사라져간 영웅들의 전설을 이야기하고 있을지도 모른다.
그런데 멀리 가던 또 다른 자(者)가 세 명을 돌아보며 가슴이 답답한 듯 한숨을 길게 내쉬다, 채찍을 마구 휘두르며 질풍처럼 내달렸다.
그러나 무사들은 이를 보고도 못 본 척, 굼벵이처럼 느긋하게 말을 몰았다.

그들은 백호국 호안성의 호안사걸(虎眼四傑)이었다. 「호안」은 그 터를 잡아준 선인이 「호랑이 눈」의 자리라 하였기에 지어진 이름이었고
사걸은 뛰어난 무예를 지닌 의협들이었다. 그들은 호풍(虎風)선사의 제자
백호, 적호, 흑호, 묘호로 알타이선문 금각대선사의 생신을 감축드리고 돌아가는 길이었다. 앞에서 달리는 무사는 제일 어린 묘호였다.
"알타이를 나선지 한 달이 지났어. 앞으로 닷새면 사부님을 뵐 수 있겠구나"
"대사형, 조선의 제후국이었으나 지금은 화하족에 의해 망한 중산국, 대국, 임호국, 누번국의 선적지를 돌아보느라 시간이 좀 걸리지 않았습니까?
빨리 달리면 이틀이면 도착할 겁니다. 묘호가 저리 보채는데 이제 달려 볼까요?"
적호의 말에,
"열여섯! 묘호는 아기 때부터 선문에서 자라 사부님에 대한 정이 각별해요.
맛난 음식을 보면 사부님께 드리고, 매화가 피면 봄소식을 얼른 알려 드릴 정도잖아요. 두 달이나 떨어져 있었으니 보고 싶을 겁니다."
라고 흑호가 응대하자, 백호가 손을 저었다.
"아서라.
난, 저 하늘의 뭉게구름과 초원을 감상하며 천천히 가는 게 너무나 좋다."

그때, 묘호가 상기된 얼굴로 부리나케 돌아왔다.
"형님드-을!"
"뭔 일이냐?"
"언덕 너머에 싸움이 벌어지고 있습니다."
"뭐?"
세 사람이 언덕으로 달려가 보니, 한 대의 사두마차와 호위대(隊)가 죽어라 도망치고 있었고,
진나라의 팔십여 기병(騎兵)이 거품을 물고 맹렬하게 추격하고 있었다.
마차는 흰 까마귀가 그려진 보라색 깃발이 펄럭이고 있었고, 마부는 조선인 복장을 하고 있었다.

BC. 4세기 조나라 무령왕(王)은, 조선을 대적할 수 없는 전투력의 열세가
자기들에겐 등자가 없고 말 타기에 불편한 옷 때문이라는 걸 깨닫고, 구이원을 그대로 모방한 호복정책(胡服政策)을 대대적으로 폈다.
기병들에게「등자」를 갖추게 하자, 말을 달리는 도중에도 뒤로 몸을 돌려 활을 쏘기가 가능하게 되었고 따라서 기마 전투력이 급상승했다.
이어, 비단 대신 가죽 허리띠와 바지에 가죽신을 신고 왼쪽으로 옷깃을 달며
소매를 좁게 했다. 모두 말을 타고 활쏘기를 위해서였다. 그리고 유목민처럼 평소 말을 타고 다니게 했다. 다른 열국들은 호복기사(胡

服騎射)라 비웃었으나
그 후 조가 강국으로 올라서자 다른 나라들도 뒤따라 기병의 복장을 개혁했다.
얼마 전, 진의 왕전에게 조가 망하자 - 아들 가(嘉)가 후일 대나라의 왕(王)이 됨 -
이제는 조나라 대신 진나라 기병들이 출몰하며 조선의 백성들을 괴롭히고 있었다.

기병들의 공격은 매서웠다. 호위 무사들이 하나 둘 마하(馬下)에 떨어지는 가운데 마차를 모는 마부의 긴 채찍이 특별히 호안사걸의 눈을 끌었다.
열 발이나 되는 채찍으로 네 마리의 말을 일사불란하게 몰면서도 순간순간,
근접하는 기병을 빠르게 후려치는 모습이, 백 년 묵은 구렁이가 마차를 지키며 자유로이 날아다니는 것 같았다. 마부는 채찍의 절세 고수였다.
그러나 얼마 안 가 기병들에게 잡힐 것이 분명해 보였다. 흑호는 감탄했다.
"누굴까요. 저런 고수를 마부로 두고 화려한 사두마차를 타고 있는 자가?"
백호가 말했다.
"그건 그렇고
화하족이 감히, 동호국에 들어와 무력을 행사하다니! 우리가 도와주자."

적호가 말렸다.

"형님, 그냥 두시죠. 진과 동호의 일이고, 흰 까마귀 깃발은 처음 봅니다. 동호는 분명 아닌데, 도적 패 표식인지 뭔지 알 수 없습니다.

더구나 동호 땅은 상당부분 우리 백호의 영토였습니다. 동호는 호시탐탐

우리와 다른 나라들을 누르고, 단제 자리를 넘보고 있습니다. 저들이 죽든 말든, 동호와 진(秦)이 피터지게 싸우도록 놔두었으면 합니다."

묘호가 답답해하며

"구이원 백성이 중원의 도적 떼에 죽어 가는데 보고만 있을 수는 없잖아요?"

하자, 적호가 흑호를 돌아보며 물었다.

"넌 어찌 생각 하냐?"

흑호가 창대를 쓰다듬으며 대답했다.

"저는 잘 모르겠고, 몸이 근질거려서 팔다리나 한번 풀어보고 싶어요."

그때, 묘호가 말했다.

"빨리 도와야 합니다."

이에, 백호가

"중산, 임호, 대국, 누번국 백성들이 화하족 밑에 개처럼 살지 않더냐. 중산의 여인들은 성노리개 이상도 이하도 아니었고, 찬란했던 영수성이

매음굴로 변하였으니 얼마나 슬픈 일이냐. 화하족이 저지른 일이라고 하나 이는 모두, 도(道)를 멀리 하고 멋대로 살다 그리 된 것이

다. 자, 가자!"
하며 달리자 적호, 흑호, 묘호가 그림자처럼 백호를 따르며 내달렸다.
호안사걸이 잠깐 사이, 기병들의 뒤를 뱀 꼬리처럼 따라붙으며 접근했다.
기병들은 악을 쓰며 쫓느라, 따라 붙는 4인의 고수를 미처 알아채지 못했고
사걸의 손이 전통과 활 사이를 번개처럼 오가자 스무 대의 화살이 날았다.
"슈-슈슈--슉!"
"훅-훅훅--훅!"
"수-수수--숙!"
"슥-스스--슥!"
파공음과 함께
사라진 화살들이, 마차만 보고 달리는 기병들의 등에 빗줄기처럼 박혔다.
"윽!"
"칵!"
"큭!"
"악!"
" … "
" … "
이십 인의 기병이 굴러 떨어지자, 기병들은 훼방꾼의 출현을 알아차렸다.
선두에 선 자가 눈을 부릅뜨고 채찍을 돌리자, 후미의 이십여 기

(騎)가 칼을 휘두르며 호안사걸을 막아섰으나, 사걸은 그대로 질주했다.
"창창.. 창...창!"
"깡깡깡....깡깡!"
"창창....창창창!"
"창창..창..창창!"
번득이는 검광 속에 십여 명의 기병이 추풍낙엽처럼 굴러 떨어졌다.
"흑"
"악"
"헉"
"…"
"크"
"…"
기병들을 베어 넘기는 사걸은 숲을 벗어난 네 마리의 호랑이 같았다.
햇불 같은 안광이 번득이자 기병들은 간담이 서늘해지며 손아귀의 힘이 빠졌다.
뒤로 누우면서 칼을 피하고 말 옆구리로 사라진 자가 어느새 거꾸로 앉아
검(劍)을 휘두르다 자기편 말에 오르며 기수(騎手)를 떨어뜨리는 마상(馬上) 무예에 정신을 차릴 수가 없었고, 기병들의 말은 호안사걸의 호안(虎眼)에 놀란 듯 기병들의 의도와 다른 방향으로 달렸다. 이 호안술(術)은 호가국 절기로, 초대 가한 대호(代虎)가 소도와 친위대 맹호군(軍)에 전수한 무공이었다. 이에 진의 장수가 추격을 단념하고

사걸을 포위 공격하자, 죽어라 도망치던 마차와 호위대가 뒤를 돌아
보았다.
네 명의 무사가 진의 기병들과 싸우고 있었다. 그들의 무예는 하나
같이 뛰어났고 이따금 내지르는 호후(虎吼)가 초원의 기병들을 압도
했으나
상대의 수가 많아 싸움은 쉽지 않아 보였다. 그때 서른 정도의 미녀
가 마차 밖으로 나왔다. 이마를 옥색 천으로 두르고 무림 복장을 한
여인이
"저분들을 도와드려요!"
하며 마부에게 명했다.
"저 언덕으로 올라가시오."
열네 명의 무사가 기병들을 향해 돌진했다. 호위대는 지금까지 쫓기
며
쌓였던 분노가 한 번에 폭발한 듯 광풍과도 같이 적진으로 내달렸
다. 사걸과 무사들의 무서운 협공(挾攻)에 기병들의 숫자가 점차 줄
어들어갔다.
백호는, 붉은 전포를 입은 자가 눈에 띄자 장수임을 알고 들이닥쳤
고
"흥!"
하며 붉은 전포가 대적하였으나, 얼마 버티지 못하고 백호의 검에
목숨을 잃었다. 장수가 죽는 후, 기병들의 수가 더욱 줄어들자 마침
내
"돌아가자!"
는 누군가의 명에, 기다렸다는 듯 모두 죽어라 도망을 치기 시작했
다.

기병들이 사라지자 호안사걸과 호위무사들은 더 이상 쫓지 않았다. 말에서 내린 백호가
붉은 전포의 품을 뒤져 손가락 길이의 얇고 짧은 목간을 찾아 꺼냈다.
목간에는

「모일 모시. 흰 까마귀.. 운천(雲川)을 날다」

라고 적혀 있었다.
'날짜는 오늘이고, 운천은 이곳이다. 흰 까마귀는? 혹, 마차의 주인이 흰 까마귀?'
백호가 목간를 챙겨 넣을 때 호위대가 다가왔다. 우두머리인 듯한 사나이가 말했다.
"감사합니다. 저는 안춘(安椿)이라 합니다. 백오(白烏: 흰 까마귀) 곡주님을 모시고 있습니다. 저희의 주인 백오 곡주님을 만나 보시지요."
'아, 흰 까마귀!'
백호는 목간에 적힌 흰 까마귀가 백오곡주임을 알았고, 동호의 백오곡(谷)에
가축 수백만 마리를 기르는 부건족(族) 출신의 아름다운 과부가 있다는 이야기를 들었던 기억이 났다.
곡주의 이름은 요련(遙憐)으로, 열아홉에 과부가 된 후 초원을 떠돌다 백오곡 동굴에서 누군가 묻어놓은 청구국(國) 시대의 황금을 발견했다고 했다.

그녀는 초원의 가축들을 사들였고 그 수가 불어나자 가축을 판 돈으로
비단을 사고 쇠솥을 만들어 주변의 가한들과 유목 부족들에게 선물로 보냈다. 유목민에게 쇠솥은 너무도 귀한 선물이었다.
그들은 솥이 부족해「흙으로 만든 솥」을 사용하기도 했는데, 큰 솥을 중심으로 모여 살았다고 해도 과언이 아니었다. 부족을 나누거나 자식을 분가시키고 싶어도, 솥이 없어 못하는 집이 있었을 정도였으니
대가족제도는 큰 솥을 중심으로 유지되는「솥 가족 제도」였다고 볼 수도 있었다.

비단과 솥을 선물 받은 가한과 유목민들은 가축으로 감사의 답례를 했으며
가축이 더 늘어난 백오곡은 산과 언덕을 돌아다니는 소, 말, 양, 낙타, 염소들로 가득했다.
호안사걸은 안춘을 따라 언덕 위에서 기다리고 있는 백오곡주를 만났다.
백오곡주 요련이 사두마차에서 내렸다. 반달 같이 아름다운 미모였다.
틀어 올린 검은 머리는 윤기가 자르르르 했다. 요련이 날아갈 듯 인사 했다.
"감사합니다. 오랑캐들을 혼내주신 네 분 영웅들의 존성대명을 알고 싶습니다."
백호가 포권을 했다.

"호안성(城) 호안사걸입니다. 저는 백호라 하며 적호, 흑호, 묘호입니다"
"어머나! 백호국의 호안사걸을 뵙게 되다니, 무한한 영광입니다. 어쩐지, 네 분 모두 두려움을 찾아볼 수 없는 호안(虎眼)을 가지셨군요.
호안과 호후(虎吼)는 높은 경지의 내공이 있어야만 가능하다 들었습니다."
"하하하, 과장된 이야기입니다."
곡주가
"여기선 은인들께 감사를 표하고 싶어도 대접할 것이 없습니다. 마침, 제가 동호국 모정 가한님의 초대로 자몽성으로 가고 있는 중입니다.
하루만 더 가면 자몽성입니다. 자몽성에는 좋은 요리 집과 객잔이 많이 있습니다. 불편하시겠으나, 허락하시면 한 번 모시고 싶습니다."
라고 말했다.
"하하하하, 곡주님. 저희가 무슨 대접을 받고 싶어 한 일이 아닙니다. 화하 족(族)의 못된 짓을 보고, 그냥 지나칠 수 없었을 뿐입니다. 선객이라면 어느 누구라도 했을 일이나, 곡주께서 청하시니 아우들과 상의해 보겠습니다."
라며 백호가 돌아보자, 적호가 의미심장한 미소를 지으며 대답했다.
"자몽성에서 호안성까진 이틀거리입니다. 하루 이틀 쉬었다 가도 좋습니다."
"셋째는?"
"흠, 저야 술만 있으면.."

흑호는 요리 집, 객잔 이야기에 술 생각으로 가슴이 부풀어 오르며 끄덕였다.
"하여튼.. 막내, 너는?"
"저도 좋아요."
뜻밖이었다. 묘호는 그동안 호안성으로 빨리 가자고 보챘는데 갑자기 마음을 바꾼 것을 보니, 자몽성에는 한 번 가보고 싶다는 의미였다.
「초원의 진주」라 불리는 자몽성(城)은 누구나, 평생에 한 번쯤은 가보고 싶어 하는 곳이었다. 더욱이 동호를 건국한 영웅 모백의 이야기를 들은 사람들이라면 누구나, 모백의 고인돌에 가서 참배하고 싶어 했다.
그는 은혜를 원수로 갚은 진개를 죽이고 난하(河) 밖으로 연을 몰아낸
조선의 영웅이었기 때문이다. 모백이 죽었다는 말에 조선의 백성들은 진심으로 슬퍼했다. 사걸이 함께 가겠다고 하자 곡주는 소녀처럼 기뻐했고
"어머, 어서 가시죠!"
하며 환하게 웃었다.
순간, 백호는 초원의 들꽃 같은 백오곡주의 자태에 일시 멍해졌다. 곡주가 마차에 다가서자, 두 손을 모으고 서 있던 마부가 가볍게 솟구치며 마부석(席)에 앉았고, 사걸이 그의 신법에 흠칫하는 사이 채찍이
꿈틀거리며 말들의 머리 위 허공을 때리자 파공음과 함께 말들이 땅을 박차며 달렸다. 채찍 소리로 말을 달리게 하는 기마술(術)에, 호안사걸은 예사 마부가 아니라는 생각을 하며 출발했고, 안춘의 호

위무사 14기(騎)가 일사불란하게 대오(隊伍)를 맞추며 그 뒤를 따랐다.

자몽성(城)은 동호의 도성으로 노합하 북쪽 시라무렌 초원의 심장에 자리 잡고 있었다.
초원의 영웅 모백은 난하와 노노아산맥 이동(以東), 번조선 북쪽 평원, 시라무렌강 유역 초원, 흥안령 이북(以北). 고비사막 지역 여기저기에 흩어져 살던 백여 부족을 통일함으로써 대초원의 질서를 잡았다.
모백은 동호국을 건국하고 도성을 자몽성으로 정한 후, 통상로를 보호하며
비단길 교역의 중심으로 발전시켰다. 초원이 통일되어 정치적으로 안정되자 자몽성은 인구가 급격히 늘고 각국의 상인들이 모여들기 시작했다.
특히 통행세를 면제하고 역참, 시장, 객잔, 여관, 마굿간 등의 시설이 대규모로 만들어지자
멀리 서역으로부터 대상들이 끝없이 몰려들었다. 그러나 아쉽게도 가한 모백은 구이원 통일의 야망을 가슴에 품은 채 젊은 나이에 운명했다.
지금의 국왕 모정(矛丁)은 모백의 큰 아들이었다. 모백이 여우귀신 진개의 독(毒)으로 십여 년을 고생하다 죽자, 장남 모정이 뒤를 이었다. 모정은 무공은 높았으나 아버지 모백 만한 지략가는 아니었다.
모백은 주변국과 부드러운 관계를 유지하며 영토를 확장해 나갔으

나

모정은 무력을 중시하여 진(秦)이 조, 연을 공격할 때 조와 연의 배후를 쳐서 구이원의 옛 영토를 조금씩 회복해 나갔다. 모백의 둘째 모청은 도에 심취해 산으로 들어간 후, 그 종적을 아는 사람이 없었다.

모정은 외할아버지 회흘을 닮아 팔자수염에 몸이 크고 보통사람보다 팔이 길어 위엄이 있어보였으나 유난히도 여색(女色)을 밝혔다. 궁을 크게 지어,

삼십 개의 방(房)에 각국에서 데려온 첩들을 살게 했고 각기 한 달에 한 번씩 돌아가며 방문할 정도로, 보기 드문 정력가(精力家)였다.

다음날, 호안사걸은 백오곡주를 따라 자몽성의 삼묘(三苗)객잔에 들었다.

객잔은 자몽성에서 제일 화려한, 묘족(苗族)이 운영하는 객잔이었는데 백오곡주가 객잔을 통째로 빌려놓았는지 그들 외에는 아무도 없었다.

저녁이 되자, 곡주는 최고급 요리를 시키고 사걸의 잔에 술을 가득 따르며 극진히 대접했다. 취기가 오른 곡주가 발그레한 얼굴로 백호에게 말했다.

"백호 대협, 형제들과 함께 언제 우리 백오곡을 한 번 방문해주서요."

백호가 대답했다.

"네. 저도 백오곡을 보고 싶습니다. 그러나 당장은 일이 있어 후일

을 기약하겠습니다.
그런데 진의 기병들이 왜 동호에 들어와 곡주님을 해하려 했습니까?"
곡주가 아미를 찡그리며 대답했다.
"작년에 있었던 일 때문입니다. 동호와 가까운 임호성 성주 조호라는 자가 제게 청혼을 했었어요. 부정 축재로 쇳소리나게 돈을 긁어모은 잔데,
나라는 망했으나 그 자가 자리를 유지하고 있는 건, 진의 첩자가 되어 도왔기 때문입니다. 나이 오십에 첩이 백오십 명인데, 이름도 다 알지 못하며
툭 불거진 눈에 하나는 쫙 찢어진 짝눈이고, 매부리코와 구부정한 허리 그리고 구불구불한 수염이 턱에 옴딱지처럼 눌러 붙은 몰골이나 놀랍게도 박람강기와 빼어난 문장을 갖추고 있답니다. 그러나 사람됨은 더 없이 교만하여, 우리 구이원을 오랑캐가 사는 곳이라고, 턱을 쭉 내밀고 얕보는 자이기도 합니다.
내 어찌 구이원의 여인으로 그런 용렬한 자(者)를 남편으로 받아들이겠어요.
일언지하에 거절하였으나, 금은을 실은 수레를 보내 큰 벼슬인양 셋째 첩 자리를 준다고 하기에 심부름꾼을 두들겨 패서 보냈는데 그 복수 같습니다."
사걸이 웃었다.
"잘 하셨습니다."
적호가
"염치가 없군. 첩이 백오십 명이나 있으면서.."
라 하자, 흑호가 분개했다.

"대사형, 놈이 눈앞에 있다면, 이 창으로 놈의 목을 뚫었을 겁니다."
곡주가 흑호의 사발에 술을 가득 채웠다.
"한 잔 드리겠습니다. 호호호, 선협의 기개는 음산의 준령도 덮을 겁니다."
백호가 문득 곡주에게 물었다.
"운천(雲川)은 국경에서 먼데 그들이 어떻게 깊숙이 들어올 수 있었으며
그 넓은 초원에서 곡주님이 지나갈 시간과 경로를 정확히 알 수 있었을까요?"
곡주는 깜짝 놀랐다. 되놈이 떠오를 때면 짜증이 먼저 나서 의문을 갖지 못했으니 맞는 말이었다. 우연이라고만 넘길 수는 없는 일이었다.
곡주는 그제야 깨달은 듯
"대협께서는 누군가 저의 동선((動線)을 알려주었다는 말씀 아닙니까?"
"혹, 동호국 내(內)에 누군가 곡주님께 원한을 가질만한 사람이 있습니까?"
"원한이요? 우리는 부족한 게 없는데, 제가 원한 살 일이 어디 있겠습니까?"
백호는 팔짱을 끼고 생각에 빠졌다.
'곡주는 초원의 여걸로 알려져 있으나, 지금 보니 정반대로 너무도 순진하다. 이런 여인이 어떻게 거친 초원에서 명성을 떨칠 수 있었을까?'
백호가 그제야 곡주에게 품속에 지니고 있던 목간(木簡: 편지)을 건

넣다.
"어제, 조나라 장수 품에서 나온 겁니다. 이게 무얼 의미하는 걸까요?"
곡주가 목간을 보다 손을 부르르 떨었다.
"누군가, 제가 지나갈 걸 알려 줬군요."
"혹.. 짐작 가시는 일이라도 있습니까?"
"이번에 자몽성에 온 것은 가한의 초대를 받아서인데, 6개월 전 군마로 쓸 3천 필을 조달해드린 답례로 부르신 가한이 그러셨을 리는 없.."
"그럼, 달리 누군가.."
곡주는 고개를 저으며 생각에 빠지다
"당분간 이 일을 비밀로 해주셔요. 그리고 대협, 목간을 제가 보관해도 될까요?"
"그러시지요."
좀 더 시간이 흘러 취기가 오르자, 곡주는 백호에게 재미있는 이야기를 청했다.
"대협,
강호를 종횡하시며 겪은 재미있고 신기한 일들을 좀 들려주실 수 있나요?"
그녀는 이야기 듣는 걸 몹시 좋아하는 것 같았다. 호안사걸이 입을 열자, 곡주는 호기심 가득한 눈으로 밤이 늦도록 이야기를 들으며 즐거워했다.

몇 년 전, 모정은 선비산에서 천제를 올리고 돌아오다 파석산(山)

사동(蛇洞)이라는 곳에서 도를 닦고 있는 「진간」이라는 도인을 만났다.
이야기를 나누어 본 바 세상사에 밝은 인재로 보였다. 가한이 물었다.
"그대는 어느 선문 출신이오?"
진간은 사실, 좌도(左道: 잘못된 길)에 빠진 자였으나, 그리 말하지 않았다.
"저는 선문(仙門) 출신이 아니고, 파석산에서 홀로 수행을 해왔습니다."
"오, 독공(獨工: 혼자 공부함)! 선문 수행과 독공은 어떻게 다르오?"
"네,
선문의 도복 입은 자를 「도사」로 부르고 있으나, 실제 도를 통한 사람은 찾아볼 수 없으며, 거의 모두가 갈 길이 까마득한 수행자들일 뿐입니다.
고로, 도를 깨닫지 못한 자는 아는 척 하지 않아야 하나, 얼핏 자기가 깨달았다고 착각하거나, 선문(仙門)에 든 지 오래 되었다는 이유만으로
교단에 올라 서당 개 3년 설교를 얼기설기 행하는 자(者)들이 많습니다.
이리 틀고 저리 트는 말재간으로, 나도 모른다고 해야 할 신도의 질문에
본인의 마음은 보았냐며, 자기는 본 것처럼 신비를 가장하고 눈을 감거나
인간은 신(神)이 아니기에 누구나 불완전할 수밖에 없음에도 불구하고

"먼저, 네 현실에 충실하라"
며
「현실에 충실하지도 않으면서 형이상학의 것을 추구한다는 자괴감」이 들게 함으로써, 제2 제3의 질문을 교묘하게 틀어막기도 합니다.
그리고
심오한 뜻이나 담은 양, 현학(衒學)보다 못한 동문서답을 남발하거나
"계율도 다 모르면서, 벌써 이걸?"
또는 미망을 깨준다며 소리나 꽥꽥 지르는 자들이 도통(道通) 후에나 가능한 경지를,「할수록 느는 말장난 수준」으로 재설정하면서 자기를 그 반열에 끼워 넣고, 사람들을 오도하는 짓까지 저지르고 있습니다.
도는 형체가 없으나 그 발현은 번개가 쇠를 때리듯 확연할진대, 진정
도를 통한 이는 없고 너나없이 사이비라, 서로 누구의 경지도 인정하지 않고
힘 있는 자(者), 패거리가 많은 자, 내게 이익이 되는 자 또는 목소리 큰 자에게만 허리를 굽히며, 그들의 진면목을 알고도 말하지 않거나
모르는 척 야합함으로써 권력을 얻거나 나눠 갖는 것이, 작금의 현실입니다.
그러나 독공(獨工)을 한 자는, 홀로 서는 것을 두려워하지 않으며, 그 모든
부조리(不條理: 도리, 이치에 맞지 않음)와 실오라기 하나 스치지 않습니다."

진간은 본래 제의 관리로 소금을 팔아먹다 들통 나, 연의 하도(下都)로 도망쳐 대추 장사를 하던 자(者)로, 하루하루 근근이 살아가던 어느 날,
황질이라는 흑선을 만나 그의 무공과 기이한 술법에 홀딱 반하고 말았다.
제나라 석사촌(石蛇村) 출신의 황질은 한 때 무려선문에 들어가 수행했으나, 타고난 이단아로 사부 몰래 마교를 익히다 파문당한 후, 흑림의 흑선이 되어 금의환향하듯 제나라에 파견 나와 있었다. 황질이
"인간은 누구나 선과 악 가운데 하나를 택해야만 하는 국면들을 맞게 된다.
너는 악과 연이 깊으나, 후회 없는 선택을 위해 이치 하나를 설명해 주겠노라.
선한 길은, 어쩌다 배신당할 경우 그 복수가 또 다시 복수를 부르나, 악은 누가 더 악한지를 겨루는 경쟁 외에 배신이라는 개념이 없으니,
기꺼이 죽고 죽이며 악의 도를 깨달아 갈 뿐 무의미한 복수가 없다. 따라서 시간과 힘을 낭비하지 않고 오로지 악(惡)을 즐기고 삼키며, 「악(惡)의 길에서 이탈하는 더 없이 미련한 과오」를 범하지 않느니라.
선한 자들이 목을 매는 배신도, 악의 길을 가는 우리들에겐 모르던 악(惡)을 새로 알게 해준, 「악의 도」에 더 근접한 악이라는 말이니라.
진정 배신이 없는 비인비의(非仁非義)한 악과, 만악이 두려움에 머리를 박아

세상이 평화로워지는 위없는 「악의 도」를 깨우치고 싶다면 당장 그 자리에 부복하라!"
며 눈을 부릅뜨자
진간은 뭔가 아리송했으나 단지, 악을 즐기고 삼킨다는 악의 도(道)에
난생 처음, 가슴이 뚫리는 희열을 느끼며 졸도하듯 엎드렸고, 황질은 즉시 진간을 파석산(山) 사동(洞)으로 끌고 가 「가달의 도」를 가르쳤다.
사동(洞)은 뱀이 우글대는 동굴로, 진간은 뱀과 함께 자고 먹고 살을 맞대고 지내며 피리소리로 뱀을 부리는 오묘한 술법(術法)을 배웠다.
한동안 멀리 떠났다가 돌아온 황질은 마침 파석산을 지나간다는 동호 가한의 소식을 진간에게 알려주며 자연스럽게 접근하도록 지시했다.

모정은 진간의 언행이 기이하나, 도력이 깊고 박학다식하며 구이원과 중원의 사정에 밝은 점과 토해내는 말들이 하나같이 자기 생각과 일치하여,
이 자를 왜 이제야 만났나 탄식할 정도로, 천지의 이치(理致)를 관통한 진간의 현하지변(懸河之辯)에 걷잡을 수 없이 빨려 들어갔다. 특히
"단제가 무능하기 때문에 제후들이 각자도생의 길을 가고 있습니다. 어지신 가한께서 조선을 통일하시어 도탄에 빠진 창생을 구해주셔야 합니다."

라는 말이 입이 찢어질 정도로 좋았으나, 능청스럽게 딴소리를 했다.
"내 어찌 불충한 마음으로, 하늘의 아들 단제를 내칠 수 있단 말이오?"
진간이 눈을 가늘게 뜨며 거품을 물었다.
"제후들이 단제를 충심으로 받들고 있습니까? 그들 모두, 단제의 자리를 넘보고 있습니다. 단제는 이제 아무 힘도 없고 조정은 부패했습니다.
7백 년간 전쟁만 하던 중원을, 머지않아 진(秦)이 통일하게 될 것입니다.
진왕의 이름은 영정(嬴政)인데, 영씨들은 본래 산동 엄국(國)에 살았습니다.
엄국은 조선의 거수국으로 동이(東夷) 열국 가운데 하나였는데, 주(周)가 회이를 정벌하고 엄국을 정벌하자
서쪽으로 이주해 서이(西夷)들을 통합하고 오늘의 진나라가 된 것입니다.
그 내력을 잘 아는 화하족은 어제까지도 진나라를 오랑캐라고 불렀으나
지금은 크게 두려워하며 앞 다투어 진왕, 영정 앞에 나아가 머리를 조아리고 있습니다.
난세에 영웅이 따라야 할 도(道)는 오직, 패도(霸道: 무력과 권모술수의 길) 입니다.
주(周)의 120여 제후국 중 7국만 살아남았는데 저들의 7백 년은 약육강식의 세월이었습니다. 인의(仁義)는 겉으로만 표방했을 뿐 실제는, 7국 모두 무자비한 힘을 기르는 데에 더 없이 노력하였습니다.

왕도로는 천 년이 지나도 어지러운 천하를 통일할 수 없을 것입니다.
도탄에 빠진 창생을 걱정하시는 가한만 더욱 괴로워지실 뿐입니다. 산을 무너뜨릴 패도로, 밀고 밀리는 의미 없는 각축을 끝내는 것만이
성군(聖君)을 기다리는 민초들의 뜻에 부합하는 길이라고 생각합니다.
가한께선 누구보다 인자하시나, 왕도는 저 무도한 자들을 물리친 후에 펼치십시오.
제후들이 칼을 갈고 있는 한 덕치(德治)는 허망한 꿈이나 모래와 같습니다.
이제 도를 깨우치지 못한 선인은 물러나고 「어진 성품을 지니셨으나 만백성을 구하기 위해 패도(霸道)를 펼칠 줄 아는」 용자(勇者)가 구이원을 다스려야만 합니다. 이제부터 선문의 도는 잊으시기 바라옵니다.
동호국은 동서 천 리에 남북이 수 천리이며 비옥한 시라무렌 초원은
서역과 중원 그리고 조선의 열국 어느 곳과도 통하는 요충지입니다. 거기에
절륜한 무예를 지닌 가한께선 정병 수 십 만에 전마(戰馬) 또한 수 없이 많으며,
언제든 출전할 수 있는 용맹한 장수들이 칼을 갈며 숨을 가다듬고 있습니다. 열국 중, 누가 감히 동호와 단독으로 겨룰 수 있겠습니까. 가한만이 일망무제의 구이원을 통일하고 중원을 칠 자격이 있습니다."

모정은 매우 흡족했다. 초야의 와룡(臥龍)과도 같은 인재를 만난 것이다.
"오가가 힘을 합치면 상대하기가...?"
"그들은 오합지졸입니다. 오가의 결속은 고비사막의 모래나 봄날의 얼음과도 같습니다. 바람이 한 차례만 불어도 사라지고 말 것입니다."
모정은 기뻤다. 진간을 자몽성으로 들여 선관(仙官)으로 임명하고 국정을 상의했다.

어느 날, 모정이 산길을 달리다 돌연, 지반이 무너지며 낙마한 적이 있었다.
허리를 다친 모정은 동안궁(宮)으로 돌아와 태의가 올리는 별의별 약을 먹었으나 낫지 않았다.
이대로 못 일어나고 죽는 걸까 할 때, 진간이 말 오줌을 담아와 말했다.
"태어난 지 보름이 안 된 망아지 오줌입니다. 이걸 마시면 좋아지실 겁니다."
모정이 노했다.
"오줌을 먹으라니, 농담 마오. 설사, 약이 된다 해도 내 어찌 짐승의 오줌을 마시겠소?"
하며 내다버리라 하자
"가한, 소신이 마셔보겠습니다."
하며 진간이 단숨에 들이마셨고, 이를 지켜본 모정은 크게 감동했다.

"망아지 오줌을 다시 가져와라."
그로부터 한 달이 지나 건강을 회복한 모정은, 진간을 더욱 총애했다.
진간은 그때부터 조정에 썩은 도인과 소인배들을 모아 세력을 키워나가며 초특급으로 사자의 자리에 올랐다.

백오곡주가 도착했다는 소식을 들은 진간은 우수매와 사루마를 불렀다.
둘은 고비사막과 초원을 누비며 약탈과 살인, 강간을 저지르다 진간의 매서운 무공에 손발을 떨며 무릎 꿇고 부하가 된 악인들이었다.
"뭐냐? 진의 기병들이 백오곡의 목부들에게 당했다는 게 말이 되느냐?"
우수매가 대답했다.
"잘 풀리고 있었는데 갑자기, 호안사걸이 나타나 백오곡주를 도와줬답니다."
"호안사걸?"
"백호국의 떨거지들입니다"
"뭐라고, 호랑이 근처에도 못 갈 놈들이 감히, 우리 일을 방해해?"
"네."
"음, 내 이놈들을 어쩐다?"
모정은 백오곡주에게 호감을 갖고 있었다. 30명의 첩이 있었으나 모두 꽥꽥거리는 오리 같아서, 백조 같은 곡주와는 비교할 수조차 없었다.
모정은 시도 때도 없이 떠오르는 백오곡주 때문에 도무지 일을 할

수 없었는데,
지난번에 군마 3천 필을 선뜻 바치자 모정은 더욱 마음이 기울었다.
모정이 곡주를 부인으로 맞고 싶어 하는 걸 눈치 챈 진간은 곡주가 궁에 들면 자기 일에 방해될 것이 분명해,
진나라 힘을 빌려 해치우려 했으나 호안사걸로 인해 무산되고 만 것이다.
그러나 진간은 인내심이 많았다.
"할 수 없지. 너희들은 곡주를 계속 감시해라. 우선 방해꾼부터 처리해야겠다."

다음날, 백오곡주는 가한을 보기 위해 동안궁(宮)으로 들어가고 호안사걸은 그동안 자몽성을 돌아보기로 했다.
그들은 번화한 자몽성을 이곳저곳 돌아보았다. 적호가 소감을 말했다.
"거리를 보나 시장을 보나, 우리 성(城)보다 훨씬 크고 번화하군요."
백호가 한숨을 내쉬었다.
"우리도, 조정이 분발해야 할 터인데."
구경을 마친 그들은 성 밖의, 동호국을 건국한 모백 가한의 묘로 갔다.
묘는 서문 십리 밖 초원의 언덕에 조성되어 있었다. 멀리 비옥한 시라무렌 초원이 한눈에 들어왔다. 묘지는 능이 아닌 고인돌로 조성되어 있었고, 유언대로 부족의 전통을 지켜 5장 높이의 거석을 세웠다.

거석은 시라무렌 초원과 강을 지키는 수호신처럼 사방 어디서나 잘 보였다. 모백 가한의 시신은 고인돌 아래 석실에 안치되어 있다고 했다.
사걸은 고인돌 앞 반질반질하게 깎아놓은 오석(烏石) 위에 백단 향을 피우고 술잔에 술을 가득 부어 올리며 한 마음으로 엎드려 절을 했다.
"삼가, 대(大) 가한을 추모 하나니다. 가한께서 계속 조선 연방을 이끄셨다면 다물의 꿈, 조선의 태평성대(太平聖代)가 다시 왔을 겁니다."
사걸은 참배 후, 성으로 돌아와 외국 대상들이 머무는 교역시장으로 갔다.
사람들이 많아 부딪히고 밟히며 불편했는데 시끄러워서 말도 잘 들리지 않았다.
무슨 소린지 알 수 없는 변방의 사투리를 쓰는 사람도 많았다. 수많은 부족과 상인들이 값을 흥정하느라 정신들이 없었다. 적호는 너무 부러웠다.
"자몽성이 이렇게나 발전했군요. 우리네 변경의 한 성에 불과했었는데."
"변경이라니. 자몽성은 청구국(國) 도성으로 아사달과 쌍벽을 이루고도(古都)였다.
사실, 우리 영토 삼분지 일이 동호로 들어가지 않았느냐. 연에 빼앗기고 외면한 땅을 저들이 회복해 나라를 세웠기에 달라고 할 수도 없었지.
아, 그때부터라도 잘해왔다면 이리 뒤쳐지진 않았을 텐데. 지금도 백성은 돌보지 않고 오가(五加)끼리 단제의 자리를 놓고 싸우기만

하고 있으니."
그때 묘호가
"저기 보세요."
하고 외치는 곳을 보니, 수선화 꽃바구니를 든 소녀 뒤로「맹수곡마단」깃발을 든 난쟁이와
흰 원숭이 두 마리가 북을 치고 날라리(- 관악기)를 불며 걷고 있었다.
난장이는 공 다섯 개를 허공으로 던지고 받기를 반복했고, 춤을 추던 소녀는 묘호를 보자 화사하게 웃으며 다가와 수선화 한 송이를 건네주었다.
묘호는 얼굴이 빨개졌다. 누군가 적호에게
"남문 개천가, 당산나무 공터에 곡마단이 있는데, 매일 저녁 묘기를 보여줘요.
쿠차에서 온 곡마단으로 한 달 정도 머물다 다른 곳으로 떠난답니다.
맹수들이 묘기를 부리고 소년, 소녀들이 그네 타는 걸 보면 떨어질까 가슴이 조마조마해요. 기가 막히지요. 얼른 가서 구경해보시오들."
묘호가 가만히
"형님.."
하고 부르자 백호가 허락했다.
"좋다"
그들은 오후 늦게까지 다리가 아프도록 돌아보고 삼묘객잔으로 돌아왔다.
동안궁에서 일찍 돌아온 곡주가 백호에게 정이 담뿍 담긴 얼굴로

물었다.
"대협, 어딜 다녀오셨나요?"
곡주의 다정한 태도에 백호가 어색해하며 대답했다.
"모백 가한께 참배하고 교역 시장을 돌아봤습니다. 가신 일은 어떠셨나요?"
곡주는
"가한이 제게 객잔에 묵지 말고 동안궁의 영빈관에 머물라는 걸 사양했어요. 궁은 지켜야 할 법도가 많아 불편하니 그냥 객잔에 머물겠다고 했어요."
하고 시큰둥하게 대답하며 궁 얘기를 하고 싶지 않다는 표정을 지었다.
백호는 이상함을 느꼈다.
"그게 다인가요?"
백오곡주가 말을 돌렸다.
"가한과의 약속이 없었으면, 오늘 대협과 성(城)을 돌아보고 싶었는데, 군마 3천 필을 희사한 답례 차원의 초대라 거절할 수 없었어요."
처음부터 곡주를 누님처럼 느끼고 있던 묘호가 반가워하며 말했다.
"저녁에 맹수곡마단 공연을 볼 거예요. 곡주님도 우리와 함께 가셔요"
곡주는 기뻤다.
"어머, 정말요? 서역에서 온 맹수 곡마단의 공연을 들어는 봤지만, 한 번도 본 적은 없어요. 구경하고 싶었는데 동생이 좀 데리고 가줘요.

이에 적호가
"곡주님은 유명하신데다 많은 호위들과 움직여야 하니, 제대로 구경하기는 좀.."
이라 하자
"호호, 염려 마셔요. 남장 하고 무사도 암바만 데려갈 거예요. 암바-!"
곡주가 누군가를 부르자
"예, 곡주님."
소리와 동시에 회색 인영(人影: 사람의 그림자)이 연기처럼 들어섰다. 곡주의 마차를 몰던 마부였다. 지금 보니 그는 오른 발을 절고 있었다.
곡주를 구하던 날, 채찍으로 기둥을 감고 마부석에 올랐기에 알아볼 수 없던 것이다. 오십이 넘어 보였으나, 형형한 눈빛이 예사롭지 않았다.
곡주가 웃으며 소개했다.
"흑교신편(黑蛟神鞭: 검은 이무기와 같은 채찍 술법의 대가)이라 합니다."
"흑교신편!"
호안사걸은 깜짝 놀랐다.
이십 년 전 동호, 번조선, 백호, 연, 조, 제(齊) 일대에 명성이 자자했던 의협으로,
이무기처럼 빠르고 절륜한 채찍술(術)에 그 누구도 3장 안으로 접근할 수 없었다고 들었다.
십칠 년 전, 홀연히 사라진 그를 오늘 백오곡주의 마부로 보게 되다니.

호안사걸은 모두 자리에서 일어나 정중하게 포권의 예(禮)을 취하였다.
"몰라 뵈어 죄송합니다. 저희는 호안사걸이라 합니다. 선배님께 인사드립니다."
암바가 감회(感懷)가 깊은 눈으로 포권을 했다.
"선협들을 보니 반갑소만 신편은 십칠 년 전에 죽었으니, 날 마부로 편히 대해주시오"
어떤 사연인지 모르나 암바의 표정이 진지해 그리할 수밖에 없었다.
백호가 답했다.
"선배님 말씀에 따르겠습니다."
곡주가 말했다.
"곡마단을 보러 갈 거예요. 암바만 동행할 것이니 그리 알고 준비해 주셔요."
암바가 명을 받고 나가자 적호가 참지 못하고 백오곡주를 보며 물었다.
"신편(神鞭) 같은 고수를 어떻게..?"
곡주가 당시를 회상했다.
"십년 전,
청구국 지역이었던 위령(嶺)을 지나다 응달이 진 절벽 아래 다 죽어가는 사람을 발견했어요. 절벽에서 떨어진 것 같은데, 쌓여있는 짐승의 시체들과 우거진 넝쿨 덕에 한 가닥 숨을 이어가고 있었어요. 얼마나 부상이 심한지 무려 두 달이 지나서야 의식이 돌아왔고, 다시
6개월이 지나 겨우 일어나 앉을 수 있었어요. 스스로 말해주기 전까진 누군지 몰랐고,

1년이 더 지나 어느 정도 회복되었는데, 안타깝게도 다리는 고칠 수 없었어요.
그 후, 암바가 「갈 곳이 없다. 여기서 지내면 안 되겠냐」 해서 마차를 맡기게 되었으나 지금까지도 누가 왜 그를 죽이려 했는지는 모릅니다."
적호가 백호를 보며 물었다.
"형님, 무슨 일이었을까요?"
"말하고 싶지 않은 과거를 캐물을 순 없지. 음, 흰 까마귀와 검은 이무기라.."
사걸이 얘기를 나누는 동안, 곡주는 남장을 하고 암바는 노복 차림으로 나왔다.
남장을 한 곡주는 중년의 잘 생긴 한량이었는데 왼쪽 볼의 보조개가 여인들의 마음을 흔들기에 충분했다. 그들은 함께 남문 밖을 나왔다.
남문 밖은 공연을 보러 가는 인파로, 길을 물을 것도 없이 그들을 뒤 따라가면 되었다.
「맹수곡마단」 천막은 남문 밖 5리 떨어진 초원에 있었다. 우측으로 개천과
사람들이 제(祭)를 지내온 오색 금줄이 주렁주렁한 당산나무가 있었다.
공연장은 자리가 이삼백 석(席)은 되어 보였고 앞쪽은 벌써 자리가 차 있었다.
그들은 중간쯤 왼쪽 자리를 잡고 앉았다. 나무 기둥 열두 개가 천막 중앙으로 세워져 있었고 천정에는 빈 그네가 하나 걸려 있었다. 무대 앞으로 넓은 공간이 있었으나, 접근을 막는 듯 금줄이 단단히 둘

러쳐 있었다.
잠깐 사이 공연장은 어른, 아이 할 것 없이 꽉 들어찼다. 대부분 자몽성 사람들이었으나 드물게 멀리 초원에서 구경 온 유목민들도 많았다.
"딩-!"
시작을 알리는 종소리와 함께 낮에 본 소녀가 무대 위에 나타났다. 빨갛고 파란 동그라미를 알록달록 수놓은 모자를 쓰고 낭랑하게 외쳤다.
"감사합니다, 감사합니다. 쿠차 곡마단을 찾아주신 여러분들께 감사 인사 올립니다.
저는 쿠차곡마단의 가야라고 합니다. 맹수곡마단은 쿠차의 3백년 된 곡마단으로
호랑이를 비롯한 여러 동물들이 우리 단원들과 함께 묘기를 부릴 것입니다.
곡마단은 삶에 지친 사람들을 위로하고 소년 소녀들에게는 꿈과 용기를 심어드리고 있습니다. 저희는 어디고 가지 않는 곳이 없습니다.
저 멀리 안식국(安息國: 페르시아)도 간 적이 있는데, 자몽성 공연이 끝나면 번조선의 왕검성으로 갈 예정입니다. 다음에 여기 다시 오는 건
상당한 시일이 지나서야 가능할 것 같습니다. 아무쪼록 즐겁고 행복한 시간 되십시오."
이어 징, 북, 공후인, 해금, 피리, 나팔을 든 악공들이 무대 왼편에 나와 연주를 시작했고
이색적인 음률이 감미롭게 흐르자 묘호는 곧 마음이 편안해졌다. 쿠

차의 전통 음악이었다.
음악으로 장내가 차분하게 가라앉자 한 젊은이가 산양을 데리고 나왔다.
"이 산양은 곤륜산(山)이 고향이랍니다."
하며
무대 아래의 양끝에 3장 높이 기둥 두 개를 세우고 밧줄을 건 후, 산양을 올려 보냈다. 산양이 작은 판자 위에 네 발을 모으고 섰다. 그때
"가!"
하고 외치자 산양이 밧줄을 타고 건너가기 시작했다. 모두 설마 하는 표정이었으나,
산양이 밧줄을 타고 걷기 시작하자 눈을 동그랗게 떴다. 그들은 산양이 혹, 줄에서 떨어질까 숨을 죽였다. 밧줄을 거의 건너가던 산양이
누군가의 기침소리에 놀란 듯 균형을 잃으며 휘청거리자 모두 놀랐다.
그러나 산양은 무술가의 보법을 밟듯 서너 번 앞발을 허우적거리다 이내 균형을 잡으면서 건너편 기둥 위의 안전판으로 무사히 건너갔다.
숨을 죽이고 가슴 졸이던 관객들이 일제히 짝짝짝짝 박수를 쳤다.
"와!"
"에구, 예쁜 놈!"
젊은이가 산양과 들어가고 이어 낮에 시장에서 보았던 난장이가 나왔다.
이어, 몇이 나와 호랑이 우리를 실은 수레를 놓고, 불이 붙은 굴렁

쇠를 맞은편 2장 높이에 설치했다. 호랑이가 크릉 거리며 어슬렁거릴 때,
난장이가 허리에 감은 채찍을 꺼내들고 우리 문을 열면서 "나와!" 하고 외쳤다. 우리가 열리자마자 뛰쳐나온 호랑이가 몸을 틀며 포효했다.
"어흥!"
공연장을 무너뜨릴 소리에, 놀란 백오곡주가 백호에게 바짝 기댔고 삼걸(三傑)은 검을 잡으며 형형한 안광을 쏟아냈다. 곡주가 기대오자
백호는 솜처럼 부드러운 몸과 향기를 느끼며 삽시간에 온 몸이 굳어왔다.
그때, 난장이가 땅에 박힌 듯 호랑이를 노려본 채 서서 채찍을 휘둘렀다.
"뛰어!"
순간 호랑이가 난장이를 향해 거칠게 도약했다.
모두가
'악!'
하고 놀랄 때, 바닥을 구르며 피한 난장이가 호랑이를 채찍으로 건드리자
핵 하고 몸을 튼 호랑이가 도약하며 훨훨 타오르는 굴렁쇠를 통과하며 착지했다. 관객들이 "와-"하고 박수를 쳤고 아이들은 신나게 소리쳤다.
"멋있다!"
난쟁이가 호랑이 묘기를 몇 가지 더 보여주고 퇴장하자 차력, 마술, 원숭이, 구렁이 공연들이 이어졌고 마지막 순서는 그네타기였다.

열 두세 살 정도의 소년, 소녀가 나왔는데, 너무 어려 버들처럼 약하고 애처로워 보이기까지 했다. 그들은 관객들에게 인사를 한 후, 천천히 그네로 걸어갔다. 소녀가 가녀린 팔로 그네 줄을 먼저 잡았다.
사람들은 그네가 달린 꼭대기와 십 장도 넘는 줄을 올려다보고 숨을 죽였다. 소녀에게 연민을 느낀 곡주가 백호를 돌아보며 가까이 속삭였다.
"저 소녀가 높고 긴 그네를 탈 수 있을까요?"
백호는 곡주의 향기에 경직된 몸으로 그네만 쳐다보며 고개를 끄덕였다.
적호, 흑호, 묘호는 사형과 다정한 곡주의 모습에 흐뭇한 미소를 지었다.
백호는 서른다섯 되도록 무예만 연마해온 바위 같은 사나이로 여인을 가까이 해본 적 없는 사람이었다.
소녀가 그네를 타자 소년이 내달리며 그네 줄을 세게 밀었다. 잠시 후
그네가 조금 떠오르자 소녀(少女)가 힘차게 발을 구르기 시작했고 어느 순간 미끄러지듯 두 발로 매달리며 새가 날 듯 두 팔을 벌렸다.
그때 악사들의 애조(哀調) 띤 가락이, 곡선을 그리는 하얀 손을 타고 흐르며 허공으로 흘러갔다.
묘호는, 소녀의 손가락 끝에서 해가 뜨고 지는 길을 따라 비처럼 바람처럼 살아가는 애환을 느끼며 가슴이 아려왔다.
그때, 소녀의 앵두 같은 입술에서 더 없이 처연한 노래가 흘러나왔다.

그네 타고 하늘 높이 날면서
초원 어딘가에 있을 엄마를
찾자는
조련사 꼬임에 그네를 탔네

엄마를 볼 수 있다는 말에
채찍을 맞고도 울지
않았고
그네에서 떨어져도 아픈 줄
몰랐네

그네를 못타면
밥을 굶었지만
그네에 두 발 걸고 매달려
초원을
여기저기 살펴보았네

불러도,
불러도 찾을 수 없던 날
그네 타고 하늘 높이 날아
혹시
우리 엄마 못 봤냐고
새들에게 물으니
모두 날 놀리며 날아가더라
킥킥

너, 엄마 잃어버린 바보냐고

　　　아아
　　　높이 높이 그네 타는 모습
　　　엄마에게 보여주고 싶은데
　　　오늘도
　　　내일도
　　　날보고 웃는 울 엄마 보고
　　　싶은데
　　　………
　　　………………………………
　　　………………………………
　　　내가 저 하늘의 별이 되어
　　　땅을
　　　내려다보면
　　　우리 엄마 찾을 수 있을까

너무도 처량한 노래에, 관객들 모두 눈물을 흘리며 깊이 탄식했다.
"아!"
'소녀는 전란으로 부모를 잃고 떠돌다 배가 고파 기웃거린 곡마단에서 밥 한 술 얻어먹고, 채찍을 맞아가며 그네를 타는 운명에 **빠졌을** 거야.'
라고 생각하며 고난도의 동작마다 간이 오그라들며 슬픔을 느낀 백오곡주가 눈물을 닦을 때 소년의 머리 위로 줄 하나가 흔들거리며 척척 내려왔다.
늙은 원숭이가 대들보 위에서 줄을 내리고 있었다.
줄이 가까이 오자 소년이 줄에 매달려 탄력을 받은 후 자기 쪽으로 날아오는 그네를 향해 줄을 놓으며 휙- 몸을 던졌다. 사람들이
"아!"
하고 탄성을 터뜨릴 때 소년이 한 바퀴 회전했고 순간, 그네에 발을 걸며 거꾸로 매달린 소녀가 소년의 손을 잡아주자, 일(一) 자가 된 소년, 소녀가 처마 끝 같은 곡선을 그리며 버들이 휘어지듯 허공을 날았다.
모두들 또 감탄하며 박수를 쳤다.
"와!"
"멋있다"
이어, 그네에 탄 소년, 소녀가 관객을 향해 인사를 한 후 힘차게 구르자
그네가 천장 끝까지 날아갔다 되돌아왔고, 음악에 맞추어 시원하게 몇 차례 날아다닌 것을 마지막으로 곡마단의 공연(公演)은 모두 끝이 났다.
공연이 끝나자, 백오곡주가 호안사걸에게 가야단장을 한 번 보러가자고 했다. 그녀는 소녀가 맹수곡마단을 이끌고 있는 것에 호기심이 많았다.
가야단장은 단원들과 함께 무대 뒤에서 정리를 하고 있었다. 가야는 강호(江湖)의 풍진이 느껴지는 낯선 사람들이 다가오자 하던 일을 멈추었다.
"무슨 일이라도..?"

하고, 곡주를 보다
"아!"
소리와 함께 중년의 매력적인 남자가 「남장 여인」임을 알아보았다. 곡마단도 분장을 자주 하기 때문에 남장을 알아채는 건 어렵지 않았다.
곡주는 가야의 표정에 어색했으나 곧, 감출 필요가 없다고 생각했다.
"호호, 단장님이 남장(男裝)을 알아봤군요. 저는 백오곡에서 왔습니다. 공연이 너무나 재미있어서 단장님과 인사를 나누고 싶어서 왔어요."
이곳저곳에서 공연을 해온 가야는 곡주의 명성을 익히 들어 알고 있었다.
"아, 동호국(國)의 백오곡주(白烏谷主)님! 멀리서 귀한 손님이 오셨군요."
가야는 일을 단원들에게 맡기고 일행을 공연장 뒤 천막으로 안내했다.
천막은 예쁘게 꾸며져 있었고, 열 개의 기름등잔 불이 대낮처럼 환하게 밝히고 있었다. 바닥은 페르시아 산(産) 고급 양탄자가 깔려 있었다.
모두 자리에 앉자 백오곡주가 호안사걸을 소개했다. 마부 흑교신편 암바는 호안사걸이 권해도 들어오지 않고 한사코 밖에서 있기를 원했고
차를 마시며 이런저런 얘기를 하던 곡주가 곡마단을 이끌게 된 가야의 사연을 물었다.
"원래 저희 아버지와 숙부가 오래도록 곡마단을 이끄셨는데 5년 전

구탈 공연을 끝내고 동호로 오던 중, 도적 떼의 습격으로 아버지와 숙부
그리고 유능한 단원들이 돌아가셨어요. 그 뒤부터 어쩔 수 없이 제가 곡마단을 이끌게 되었어요.
곡마단엔 나이 많은 분들은 대부분 돌아가시고 어린 사람들뿐이에요."
"아, 그런 일이 있었군요."
곡주는 가야의 밝은 성격이 마음에 들었고, 가야도 왠지 곡주가 언니 같은 느낌이 들어 금방 친해졌다.
그들은 하늘아래 서로 외로운 처지임을 알게 되자 의자매를 맺기로 했다.
"언니!"
"동생!"
이어, 곡주는 명도전(明刀錢) 백 냥을 가야에게 건네주며
"호호호. 지금 가진 게 이것 밖에 없는데, 곡마단 운영비로 보태 써요."
초원에서 백 냥은 매우 큰돈이었다. 가야는 눈이 휘둥그레졌다. 사실
요즈음 가뭄과 한발 등 재해로 백성들 모두 어렵게 살고 있어 수입이 좋지 않은 실정이었다. 곡주는 그들의 사정을 짐작하고 있는 듯했다. 그들은 오랜 친구였던 것처럼 이야기를 나누다 자리에서 일어났다.
"동생, 언제고 백오곡(谷)에 한번 놀러와."
"네, 언니."
사걸과 곡주는 밖으로 나왔다. 가야는 이별을 서운해 하며 멀리까지

전송했다.

성으로 돌아가는 길은 보름달이 비추고 있었고, 발 아래는 풀벌레가 요란하게 울었다. 달빛이 내리는 초원은 낮과 또 다른 정취를 보여주었다. 어느 풀 섶에서 이름 모를 밤새가 울고 있었다. 그들은 시원한 공기를 마시며 자몽성(城)으로 돌아가고 있었다. 곡주가 말했다.
"공연이 좋았어요. 영웅들께서는 어떠셨나요?"
묘호가 얼른 대답했다.
"저는 다음에 한 번 더 보고 싶어요."
"호호..
혹 가야를 보고 싶은? 음, 가야를 보는 눈이 조금은 심상치 않던데요?"
"아녜요!"
묘호가 부끄러워하며 뒤로 빠졌다. 이런저런 대화를 나누면서 반 시진(- 1시간)이 지나 불덕재라는 야산(野山)의 숲길에 들어섰을 때였다.
"곡주님!"
소리에 곡주가 돌아보는 순간 암바가 스쳐 지나갔고, 곡주가 흠칫하자,
전방 숲속에서 수십 개의 인영(人影)이 불판의 콩처럼 튀어나오고 있었다. 이어 흑교신편 암바의 채찍이 꿈틀거리며 이무기처럼 날았고
"윽!"

"악!"
"…"
"큭!"
"…"
하며, 살기를 토해내던 자들이 영문도 모르고 쓰러지며 말에 차인 자갈처럼 부서지고 나뒹굴었으나, 속속 나타난 살수들이 일부는 암바를 공격하고 나머지는 사걸과 곡주를 향해 들개 떼처럼 몰려들었다.
마왕도, 귀두도, 장대 낫, 뱀 머리 창(槍)을 든 백오십 여 살수의 기습에 호안사걸이 발검과 함께 번개처럼 움직이며 백오곡주를 호위했다.
"창창창창!"
"윽………."
"깡깡깡깡!"
"윽………."
"컥………."
신음과 병장기 부딪히는 소리가 울려 퍼지자 숲의 짐승들이 놀라 도망쳤다.
백호는 싸움이 벌어지자 백오곡주를 걱정했으나 쓸데없는 걱정이었다. 백오곡주는 어느새 허리를 감고 있던 연검을 휘두르며 반격했다.
흑교신편 암바와 사걸의 손에 삼십여 살수가 짚단처럼 쓰러졌으나 괴한들은 추호의 동요도 보이지 않으며 며칠 굶은 이리떼처럼 달려들었다.
동료들의 시체를 밟으며 꾸역꾸역 밀려드는 차륜전술에 백오곡주와

적호, 흑호, 묘호가 조금씩 지쳐가며 여기저기 상처가 나기 시작할 때

"캬!"

소리와 함께 새 개의 그림자가 바람처럼 뛰어들며 괴한들을 공격했다.

그림자는 원숭이 두 마리와 가야였다. 전장은 잠깐 사이 원숭이 그림자로 뒤덮였다.

살수들이 원숭이의 기습에 이리저리 밀리다 정신을 차리려 할 때,

"카릉!"

소리가 야산(野山)을 들었다 놓으며 호랑이가 환영(幻影)처럼 나타났다.

횃불 같은 안광을 쏟아내는 호랑이의 등에는 곡마단 난쟁이가 타고 있었다.

이어, 한 괴한에게 몸을 날린 난장이가 일도양단하듯 검(劍)을 내려치자,

호랑이가 휙 달려들며 양떼를 몰아가듯 괴한들을 유린하기 시작했다.

사걸과 곡주는 대번에 힘이 솟구쳤고 싸움은 곡주 일행의 공세로 바뀌어갔다.

살수들은 원숭이도 버거운 판에 호랑이가 포효(咆哮)하며 물고 타격하자

다리야, 나 살려라 하고 내빼기 시작했고, 사걸이 뒤를 쫓아 칠팔 명을 베는 동안 물이 빠지듯 어둠속으로 사라졌다. 곡주가 가야를 안으며 말했다.

"고마워. 동생이 아니었으면 큰 일 날 뻔했어. 그런데, 어찌 알고

왔어?"
"무사하셔서 다행이에요. 도적 떼에게 당한 후, 우린 늘 사방을 살핀답니다.
오늘, 공연을 위해 부근을 돌아본 단원으로부터 불덕재에서 철연방 무리를 봤다는 보고를 받았어요.
철연방(幫)은 번조선에 근거를 두고 연(燕)을 오가는 강도 무리입니다.
우리가 머무는 곳과는 거리가 있어 처음에는 별 관심을 두지 않았으나,
문득 놈들이 동호 제일 부자로 알려진 언니를 노리고 있는 건 아닐까 걱정 되었어요.
그래서 단원들에게,
물 길러 간 샤무르 아저씨에게 북왕(北王)을 데리고 불덕재로 와 달라는 전언(傳言)을 당부하고 마칸, 유칸과 함께 정신없이 달려왔어요."
가야의 말이 끝나자, 호랑이 북왕 곁에 있던 난쟁이 샤무르가 인사했다.
"샤무르 입니다. 모두 무사하셔서 다행입니다."
곡주 일행이
"감사합니다!"
하고 샤무르에게 포권을 취하며 북왕(北王)을 고마운 마음으로 손을 흔들자,
북왕이 가만히
"어흥"
소리를 내며 고개를 돌렸다. 뭐, 이 정도의 일 가지고.. 라는 표정이

었다.
백호가 물었다.
"나도 철연방에 대한 이야기는 들었소. 그런데 동호의 도성 근처까지 출몰하리라고는 생각지도 못했소. 이런 일이 자주 있는 일입니까?"
"그렇지 않아요. 아시다시피 동호의 오환돌기는 막강합니다. 도적들이 도성 가까이엔 감히 들어오지 못하는데 저희도 처음 보는 일이예요.
그것보다 언니, 밤이 늦어 성문도 닫혔어요. 저희 천막에서 쉬시고 내일 가셔요"
"어쩔 수 없군. 동생에게 폐를 끼칠 수밖에.."
"언니, 폐라니요."
그들은 곡마단으로 되돌아가 술을 들며 강호 이야기를 나누다가 잠이 들었다.

곡주와 사걸은 자몽성 삼묘객잔으로 돌아오는 중에, 무사들을 끌고 곡마단 방향으로 달려오는 안춘을 만났다. 철연방 습격 사건을 들은 안춘은
"저번엔 진나라 기병이고, 이번에는 연(燕)의 도적들이군요. 곡주님, 여긴 오래 머물 곳이 아닙니다. 왜들, 곡주님을 해하지 못해 안달일까요?"
백호가 말했다.
"조정에, 곡주님을 없애려는 세력(勢力)이 있는 것으로 보입니다."
곡주가

"지금 동호의 조정은 선교 수행을 등한시하고 있습니다. 인과 덕을 멀리하고 오환돌기만 믿고 있어요. 가한이 이번에 저를 초대한 것은.."
하고 말끝을 흐리자 백호가 무슨 말이든 괜찮다는 듯 고개를 끄덕였다.
백오곡주의 얼굴이 홍조(紅潮)를 띠다 서리가 내린 듯 차갑게 변했다.
"가한이 내게 청혼하며 천하를 통일할 수 있도록 자길 도와달라고 했어요."
하며 백호를 돌아보았으나, 백호는 듣기만 할 뿐 아무 표정도 없었다.
"……"
곡주가 말을 이었다.
"저도 처음에는 가한을 구이원을 통일할 인물로 보았으나 겪어보니 사나운 맹수(猛獸)에 불과했고 덕이 부족하다는 걸 느꼈어요. 단지, 부친
모백 가한의 후광으로 자리를 유지하고 있을 뿐, 충신과 간신을 구분하지 못해「뱀 도사」진간이 간신들을 끌어들여 조정을 쥐락펴락하고 있습니다.
그리고 동안궁(宮)에 삼십 명의 첩이 있는데, 모두 돈 주고 사오거나 여러 나라에서 진상 받은 여자들이에요. 첩들이 하루씩 돌아가며 모시기에 가한의 총애를 얻으려는 첩들의 암투가 극렬하다 들었어요.
저는 초원의 자유로운 삶이 좋기에 일언지하(一言之下)에 거절했어요."

모두가 잔뜩 숨을 죽인 채 눈만 껌뻑거리며 곡주의 이야기를 들었다.
"....."
그때, 백오곡주가 정(情)이 담뿍 담긴 눈으로 백호를 바라보며 말했다.
"저, 잘했죠?"
백호가 무덤덤한 얼굴로 끄덕이며
"그렇소.. 모정 가한은 순수하고 명랑한 백오곡주님과는 맞지 않소이다."
라고 하자 곡주의 얼굴이 활짝 펴졌다.
'오직, 무예와 의에 살고 죽는 목석같은 사나이가 나를 순수하다고 평가했다.
훗, 나에 대한 감정은 알기 어렵지만, 날 싫어하지 않는 것만큼은 분명해.'
이야기를 나누는 동안 삼묘객잔에 도착했고 다음날 자몽성을 나와, 호안사걸은 호안성(城)으로 백오곡주는 백오곡(谷)으로 발길을 돌렸다.
어차피 닥칠 이별이었으나, 백호와 헤어지기 싫은 듯 곡주의 눈에 이슬이 맺혔다.
"백대협, 우리 백오곡(谷)에 언제든 놀러 오셔요. 기다리고 있겠습니다."
간절하나, 절제된 곡주의 옥음이 밀려들자 백호가 말을 박차며 대답했다.
"꼭, 방문하겠소."
더 없이 무뚝뚝한 사나이의 약속은 만 근(斤)의 황금보다 무거울

터,

백호의 「꼭」이라는 말에 일순, 곡주의 속눈썹이 봄볕의 꽃잎처럼 흔들렸다.

곡주는, 호안사걸이 작은 점이 되어 지평선 너머로 사라질 때까지 백호가 혹 돌아보지 않을까, 소녀처럼 돌아보고 또 돌아보며 말을 달렸다.

이틀 후 동호국 사자 관저, 진간은 우수매, 사루마, 부차를 세워놓고 길길이 뛰었다.

"또, 실패했다? 그래, 사걸에게 또 당한 게냐?"

우수매가 대답했다.

"거 참,

백오곡주와 호안사걸을 곧 다 해치우려는 판에 느닷없이 「맹수곡마단」의 소녀와 난쟁이가 원숭이, 호랑이를 끌고 나타나 방해를 했답니다. 철연방(幇) 백여 명의 살수가 그들의 기습에 목숨을 잃었습니다."

진간은 짜증이 났다.

"곡마단은 또 뭐야?"

"네, 소녀는 쿠차 출신 곡마단 단장이고 난쟁이는 맹수 조련사랍니다."

"음?"

하고 잠깐 생각에 잠긴 진간이 짙은 살기(殺氣)를 흘리며 중얼거렸다.

"백오곡주가 다행히 가한의 청혼을 거절했다. 그처럼 영리한 여자가 궁에 들어오면 우리 일에 방해가 될 터인데, 그럴 필요가 없게 되었다.
우리에게 방해가 될 자들은 남녀노소를 불문하고 제거하여야만 한다."

가두시마

백호국(國) 대사자 가두시마는 종일 골치 아픈 정사로 피곤하였다. 전(前) 대륵 가한의 아들 「대염」이 가한에 오른 후 번거로운 일들이 하루도 끊이질 않았다.
일찍 잠자리에 들었으나 잠은 오지 않고 조정에서 대신들과 갑론을박하며 국사를 상의했던 일들이 머릿속에서 지워지지 않고 떠올랐다.
"에이"
반 시진(- 1시간)을 뒤척이던 가두시마가 벌떡 일어나, 평복을 입고 호위 선마와 함께 거리로 나왔다. 최근 들어 몇 번 있었던 일이었다.
선마는 십오 년 넘게 대사자를 모셔왔다. 밤이 늦었지만 거리에는 사람들이 많았다.
"한단가로 가보자"
선마는 흠칫 했다.
"대감, 거긴 삼진(三晉: 조, 한, 위나라)의 유랑민들이 몰려 사는 곳으로 밤마다 자기들끼리 거친 싸움이 일어나는 곳입니다."
"아니다. 한번 가보자"
선마는, 주인의 고집에 어쩔 수 없이 한단 거리를 향해 길을 잡았다.
한단가(街)는 호안성 변두리에 있었으나 유흥가로 유명했다. 수백 년 전쟁을 피해 몰려든 중원 유민들이 조성한 거리로 중원식 객잔과 기루가 즐비했다.
전국시대를 거친 환락의 문화가 주루와 객잔을 뒤덮었고 거리는 취객들로 북적거렸다.
수백 년 이어진 전쟁은 그들을 허무와 자포자기, 향락으로 내몰았다.
"내일이면 전쟁에 끌려갈 몸, 오늘만이라도 한껏 마시고 질펀하게 놀아보세"
장평에서는 진(秦)의 백기가 조나라 병사 사십만을 구덩이에 매장한 사건이 있었다.
조의 백성들은
"이 나라는 살 곳이 못 돼. 하루아침에 부모형제와 자식이 생매장 됐어. 멀리 평화로운 초원으로 도망가자."
하고 통곡하다 구이원으로 흘러든 것이다. 그렇게 호안성 변두리에 한단가(街)라는 조나라 도성을 본뜬 거리가 생겼다.
한단가로 들어선 두 사람의 눈에 진야성(城)이라는 화려한 건물이 들어왔다.
춘추시대의 진(晉)은 조간자(子), 한선자(子), 위헌자(子)에 의해 조(趙), 한(韓), 위(魏) 세 나라로 나누어진 후 삼진(三晉)이라 불렸는데 춘추전국 시대는, 삼진으로 갈라진 BC 476년(- 周주나라 원왕 1년)을 기준으로 춘추시대와 전국시대로 구분된다. 가두시마가 진야성을 가리켰다.

"진야성(晉夜城)으로 가자."

"네"

진야성(城)은 삼진의 유민이 세운 기루였다. 자기들 쪽으로 걸어오는 두 사람을 보고 진야성 앞에 서있던 기녀들이 우르르 몰려들었다.

"어서 오셔요, 나리들"

가두시마가 끄덕이자 기녀들이 착 달라붙으며 둘을 떠 매듯 끌고 들어갔다.

"어어, 이러지들 마라. 내발로 가고 있지 않으냐."

객실은 넓고 화려했다. 삼십 초반의 여인이 나와 간드러지게 웃으며 인사를 올리는데, 요염한 눈빛이 가두시마를 훅- 하고 홀리게 만들었다.

"진야성 주인, 너새 인사 올립니다. 아이들은 어디 출신으로 데려올까요?"

가두시마가 눈을 껌벅였다.

"어디... 출신?"

너새가 말했다.

"호호, 한단가에 처음 오셨군요. 삼진은 진(晉)에서 나누어진 위, 한, 조를 가리키는데 위, 한, 조 세 나라 중(中) 어디의 미인을 데려 올까 여쭙는 것입니다."

가두시마는 입을 벌리고 웃는 여자의 모습이 정말 「너새」 같다고 느꼈다.
"어떤 차이가 있나?"
"분위기가 다르다는 말씀이어요. 조선 여자보다 악기, 노래를 잘 할 거예요. 위(魏)의 여인은 도도한 매력, 한(韓)은 수줍음, 조(趙)는 교태..
국화와 해당화가 각기 다른 매력을 뽐내듯 나리께선 그녀들의 향기에 흠뻑 취하게 될 것이오며, 진야성의 밤을 평생, 잊지 못하실 겁니다. 호호호호."
"그래? 그럼 위와 조를 데려 오너라."
"예, 나리"
얼마 후, 상다리가 휘어지게 차린 술상이 들어오고 두 명의 여인이 들어왔다.
"나리, 인사 올립니다. 위나라 석란(石蘭)과 조나라 두형이라 하옵니다."
모두 열아홉 정도로 자색(姿色)이 뛰어나, 가두시마는 매우 흡족했다.
대감의 눈이 석란에게 가는 걸 본 선마가 가두시마의 곁에 석란을 앉히며 말했다.
"운이 좋은 줄 알아라. 화대(花代)는 걱정 말고 너희들이 가진 모든 재주를 온몸으로 보여라.
잘만 하면 너희들의 가슴이 무너질만한 돈을 올려주마, 으하하하하하.
석란이라고 했지? 뭘 하고 있느냐? 나으리께 어서, 한 잔 가득 올려드리지 않고."
석란과 두형이 허리를 비틀고 요염하게 웃으며 술잔에 술을 가득 따랐다.
가두시마가 대사자(大使者)가 된 지 이십오 년이 흘렀다. 전(前) 가한 대륵(代勒) 때부터 현재까지, 가한의 눈 밖에 나지 않고 무려 25년간 자리를 유지하고 있는 것은 한 가지 능력이 있기 때문이었는데,
사실 그것은 능력이랄 것도 없었다. 그는 긴 세월 정책이라고는 하나도 올리지 않았고
가한의 지시가 명백히 잘못된 것일지라도 그 어떤 간언도 하지 않았으며,
늘 좋은 게 좋은 거라며 이리 저리 빠지고, 실질적으로 하는 일 없이 바보처럼 있는 듯 없는 듯 그저 가한이 시키는 일만 해왔을 뿐이었다.
언제나
'충언과 간언으로 가한의 화를 돋구지 말자. 저 성미를 잘못 건드리면 도끼를 맞을 게다. 그리고 선관의 비위를 건드려 정적을 만들거나 구설수를 일으키지 말자. 꽉꽉 입을 닫고 지내자. 미소를 잃지 말자.'
며, 다른 사람의 공적을 은근슬쩍 빼앗고 잘못된 일은 남에게 미루었다.
그는 젊은 시절, 음산(陰山)의 한 동굴에서 어떤 처세술이 좋은가 식음을 전폐하고 여러 날을 장고한 끝에 크게 깨우친 바가 있었다.
'주인에게 간언하다 다섯 조각으로 찢어지고, 의견을 내세우다 정적에게 죽은 자들이 얼마나 많으며, 심지어 무덤까지 파헤쳐져 부관참시 당하는 자도 있지 않던가.'
하고 「무간언, 무소신, 무정견, 무참견」 사무(四無)를 부동의 신조로

결정짓고 자식들에게도 가훈으로 엄히 가르쳤다.
"초나라의 노자가 덕(德)을 심오하고 어렵게 설명한 건 잘못된 것이다.
욕먹지 않고 살아가는 길을 깨닫는 것이 바로 도에 가까이 간 것이니라.
너희들은 벼슬길에 오르거든 무간언, 무소신, 무정견, 무참견 네 가지를 소매 안쪽에 금실로 새겨 넣고 수시로 보며 잊지 말아야 하느니."
덕분에 호가 조정은 간신과 소인배(輩)들의 복마전이 되어가고 있었다.

가한 대염은 등극 초(初) 2년은 편안하다 싶었는데 3년째부터 감당이 안 될 정도로 갑자기 돌변했다. 어느 날 가두시마를 쌍호전(雙虎殿)으로 불렀다.
"강한 호가를 만들려면, 당장 무엇부터 해야 하겠소?"
가두시마는 속으로 깜짝 놀랐다.
'비첩들과 놀며 편하게 살면 됐지, 뭘 또 번거롭게 일을 벌리시나, 허어 참.'
하고 머리를 굴리다 계책을 냈다.
"조정의 관복을 바꾸어 분위기를 일신(一新)하면, 대신들의 생각이 바로서고 몸가짐이 달라지면서 나라의 위상 또한 높아질 것입니다."
대염이 눈을 반짝였다.
"어찌 바꾸면 좋겠소?"
"고대 부족법에 따라 문관은 백호, 무장은 적호, 맹호, 흑호 복장으로 하시지요.
지금의 옷은 선교 경전에 근거한 것이오나, 선계는 백성들의 존경을 받지 못하고 있습니다. 비호(飛虎) 같았던 호가 본연의 위풍을 살리시오소서."
대염은 흡족했다.
"훌륭하오! 과연 그리하면 우리 호랑이 부족의 용맹함을 되살릴 수 있을 것 같소.
옛적에 환웅천황의 왕비 자리를 두고 호가의 처녀가 쑥, 마늘로 수행을 시험받았으나, 웅가에게 그 자리를 빼앗긴 게, 나는 늘 불만이었소.
무려 수천 년을, 멀쩡한 우리 호가 처녀들이 성급하고 자질이 없다 놀림을 받아왔으니 얼마나 한스러운 일이오.
인간도 초원의 풀포기처럼 하늘이 내셨으니, 각기 잘하는 게 있을 터인데
천황께선 왜 그리 피곤한 시험을 내셨는지. 쑥과 마늘을 먹지 않고도
능력을 검증할 수 있는 것들이 많지 않소. 길쌈, 교리 암송, 시(詩), 춤과 노래. 피리, 북 등 얼마든지 있었고, 그도 저도 아니면 두 분 모두 부인으로 맞을 수도 있었는데.. 쩝. 자, 대사자는 당장 시행하시오."
라 명하고, 며칠 후 가두시마를 불렀다.
"백호궁 내명부도 바꿔야겠소. 나를 포함해 모두 푸른 옷을 입도록 하오."
"네?"
"저 하늘이 파란 색이니, 무릇 하늘의 도(道)를 실천하려면 옷부터

파란색으로 갖춰 입어야 하지 않겠소. 이는 대사자가 내게 깨우쳐준 것이오."
"영명하십니다, 가한"
호안성(城)은 문무 관복과 궁인들의 옷을 기한 내에 만들기 위해 밤을 지새웠고, 여인들은 급히 바느질을 하느라 손가락에 피가 터졌다.
성안의 옷감 수요가 늘어나고 옷과 관련된 자재 가격이 천정부지로 솟구쳤다.
염색 가게도 파란 염료는 동이 났다. 각국의 상인들은 한탕 재미를 보기 위해 옷감과 염색약을 들고 호안성으로, 호안성으로 몰려들었다.
그러던 어느 날 가한이 가두시마에게 또 다시 엉뚱한 지시를 내렸다.
"호랑이는 이빨과 발톱이 무기라 하나, 그보다 무서운 건 날렵하면서도 강한 허리 아니오.
곰처럼 허리 굵은 여자들은 호가의 위상을 떨어뜨리니, 모든 궁에서 내보내고 새로 들여오는 애들 또한 허리가 가는 여인들로 엄선하시오."
갑자기 비상이 걸리자, 허리 굵은 여자를 내보내고 날씬한 여인을 들이느라 궁마다 소동이 일어났는데, 이런 유(類)의 지시가 지속적으로 이어지자,
「사무(四無) 신조」로 적당히 살아온 가두시마는 대염의 황당한 취향에 돌아버릴 지경이었다.
가두시마는 치적은 없었으나 골치 아픈 사고 또한 없었기에 그간 편안했고

창고에 재물도 어느 정도 쌓이고 집안이 무탈해 나름 만족하고 있었다.

지금 가한의 비위를 맞추고는 있지만, 또 어떤 번다(煩多)한 일이 생길까 밤을 지세는 날이 점차 늘어나자, 가두시마는 급기야 호위 선마를 앞세우고 평생 한 번도 찾지 않던 기루를 찾아다니게 된 것이다.

늙은 말이 콩을 더 밝힌다고 했던가. 늦게 입문한 주색이었으나 몇 번 만에 능란한 경지에 올라서고 있었다. 운우지정(雲雨之情)을 나눈 어느 계집이 말했다.

"나리, 연세가 있으신데 어쩜 그리 기술이 좋으셔요?"

가두시마는, 계집의 아첨하는 말이 진심에서 우러난 칭찬으로 들렸다.

"음.. 나의 이 노련미(老鍊味)는 다 천품(天稟)으로 타고난 것이니라."

가두시마와 선마는 가무와 술로 신나게 놀다 진야성을 나오니 상쾌했다. 계집들과 몸을 섞고 나니 저절로 살이 오르는 것 같고 힘이 솟았다.

그때, 너새가 황새걸음으로 달려 나와 요상한 소리로 속삭이며 전송했다.

"호호호호. 손님 중에 간혹 진야성의 술이 안 맞는지, 술이 잘 안 깬다는 분들이 계신데, 빨리 오시면 제가 술이 확 깨는 약을 드릴게요."

가두시마는 술이 강했기에 입술을 내밀며, 괜한 걱정 말라고 손을 저었다.
"흐흐. 그럴 일 없을 걸. 잘 놀다가네"
너새가 허리를 넙죽 구부렸다.
"네, 나리. 밤길 살펴 가셔요."
다음날 꼭두새벽, 가두시마는 두통으로 잠이 깼다. 물을 마시고 목을 돌리며 별짓을 다했지만 소용이 없어 선마를 불렀다. 별채에서 자던 선마가 벌떡 일어나 가두시마에게 달려갔다. 본채는 불을 환히 밝히고 있었다.
"소인, 대령했습니다."
"들어오너라."
가두시마는 창백한 얼굴로 힘없이 누워있었다. 선마는 깜짝 놀랐다.
"어쩐 일이십니까?"
"자다가 극심한 두통이 왔는데, 너새의 말대로 술이 독했던 모양이다. 너는 어떠냐?"
"저는 대감의 호위 때문에 한 잔밖에 먹지 않았습니다."
"어이구!"
가두시마는 진야성에서 간 걸 후회했으나 이미 엎질러진 물, 꾹 참고 진야성으로 달려갔다.
그러나 너새는 진야성에 없었고, 주방 요리사가 나와 편지를 전해줬다.
가두시마는 깜짝 놀랐다.
"나리, 어제 드신 술에는 멀리 신독국(身毒國: 인도)의 요선(妖仙)이 사막의 독벌레와 늪의 독초를 배합하여 만든 요독(妖毒)이 들어있습니다.
사흘 안에 해약을 먹지 않으면 독이 뼈에 스며들어 근(筋)이 녹고

얼굴이 틀어지다 석 달 후, 오장육부가 모두 녹아 살아남기 어려울 것이니
쓸데없이 소문을 내거나 나리의 부하들을 대동하지 마시고 어제 왔던 호위(護衛) 하나만 데리고 내일 저녁에 다시 한 번 놀러 오셔요."
가두시마는 기겁했다.
"이, 이년이!"
너새의 서한을 든 가두시마가 손을 파르르 떨었으나 어쩔 도리가 없었다.
가두시마는 출근도 못하고 누워만 지내다 다음날 선마를 데리고 진야성을 찾았다. 눈에 익은 머슴이 나와 주루 깊이 안쪽 객실로 안내했다.
5십 평이 넘는 객실이었는데, 휘장이 쳐진 벽 아래 제단이 있었고, 속이 울렁거릴 정도의 역겨운 향(香)이 향로에서 스물 스물 타오르고 있었다.

조나라 복장을 하고 거만하게 앉아있는 너새의 좌우로 두 명의 무사가 서 있었는데, 네 개의 눈에서 쏟아지는 살기가 예사롭지 않았다.
'어디서 이런 난폭한 놈들을 데려왔을까. 혹, 저년도 강호인(江湖人)?'
너새가 부드럽게 자리를 권했다.
"앉으셔요, 나리"
가두시마가 앉으며 급히 물었다.

"무료해서 놀러온 늙은이에게 무슨 악감정이 있기에 독을 쓴 것이냐?"
너새가 조용히 웃었다.
"호호, 나리가 색을 밝히는 건 호안성 사람이면 다 아는 사실, 그 무슨 당치않은 말씀이셔요?"
가두시마는 깜짝 놀랐으나 내색하지 않고 눈을 부릅뜨며 으름장을 놓았다.
"해독약을 내놓게. 순순히 주면 이 일을 덮어버릴 것이나 그렇지 않으면, 너희 삼진(三晉)의 떨거지들을 모두 노예로 만들어 버릴 것이니."
이를 본 너새가
"깔깔깔깔깔깔."
하고 허리를 잡고 웃었다.
"상황 파악을 못하는군! 당신, 죽기 전엔 결코 내 손아귀를 벗어날 수 없어. 선택은 오직 하나, 대사자가 우리 가달마교에 입교하는 것이다.
그리고 평소처럼 지내며 마교의 일을 은밀히 처리해 주면 우리도 당신과 당신 가족들이 영원히 부귀영화를 누리도록 적극 도와줄 것이다.
대사자! 안타깝게도 길게 생각할 시간이 없다. 오늘이 사흘 째 되는 날이니,
해약을 먹지 않으면 전신의 근육이 녹아들어갈 것이다. 어찌하겠느냐?"
가두시마는 크게 놀랐다.
"마교(魔敎)라면 가달마황을 받드는 무리 아니냐? 아직도 마교의 잔

당이 남아있다는 게냐?"
너새는 의기양양 했다.
"가달마교의 맥은 끊어진 적이 단 한 차례도 없었다. 긴 세월 고난을 겪었으나 인간의 본성에 악이 남아있는 한, 가달마교는 영원할 것이다.
그리고 지금의 가달마교는 과거 그 어느 때 보다 강한 힘을 가졌느니라."
한낱 계집이 백호국 대사자를 안하무인으로 협박하자 가두시마가 눈에 불을 켰다.
"선마! 저 년을 잡아라!"
며 거품을 물었으나, 선마는 조금도 움직이지 않으며 뜻밖에도
"대사자님, 너새님 말에 따르는 게, 명을 재촉하지 않는 유일한 길입니다."
하고 너새를 거들었다.
"이놈이!"
가두시마가 눈을 허옇게 뒤집어 뜨고 선마를 노려보자, 선마는 눈을 피하며 한 걸음 뒤로 물러섰다. 너새가 비웃으며
"선마는 마호당(堂) 팔랑(八狼: 여덟 마리 늑대) 보다 높은 사사(四蛇: 네 마리 뱀)의 위치에 있소.
오늘, 본교에 입교하지 않으면 당신은 절대 살아나가지 못할 것이오."
라고 했다.
조금 전부터 두 눈이 바늘로 찌르고 쥐어뜯기듯 아파오자, 가두시마는 도리가 없었다.
"알았다, 얼른 해약을 다오."

너새가 기뻐하며

"백호국의 가두시마 대사자님을 모시는데 의식을 생략할 수 없지요"

하고 휘장을 걷자 가달마황의 초상화가 나타났다. 네 개의 팔을 가진 마황이 철퇴와 도끼를 들고 있었는데 나머지 두 손은 빈손이었고

좌우로는 잠을 잘 때도 눈을 감지 않고 마황을 호위한다는 흑백의 뿔사리 두 마리가 불길 같은 눈을 부라리며 푸르스름한 이빨을 드러내고 있었다.

너새가 다른 한쪽의 벽면을 가만히 밀자, 또 다른 방(房)이 나왔는데

마귀와 요괴 가면을 쓴 이십 명의 살수들이 무릎을 꿇은 채 일촉즉발의 살기(殺氣)를 뿜어내며 너새의 하명(下命)을 기다리고 있었다. 가슴이 철렁 내려앉은 가두시마는 시키는 대로 움직일 수밖에 없었다.

"대사자님, 앞의 마골십리향(魔骨十里香)을 향로에 넣으셔요. 그 향은 선인의 해골과 신녀의 자궁을 가루로 만든 후 독초를 섞어 만든 것으로,

가달마황께서 생전에 좋아하신 향이기에 거룩하신 마황님의 영혼을 불러들일 수도 있으며, 십리(十里) 밖에서도 향기를 맡을 수 있답니다.

그만큼 대사자님은 가달성으로부터 깊은 배려를 받고 있는 것입니다"

가두시마는 시키는 대로 했고 마지막으로 너새가 주는 검은 빛깔의 술을 마셨다.

"하늘 아래, 가달신도 모두를 하나로 묶어주는 흑원주(黑元酒)입니다."

가두시마는 두려웠으나 눈을 딱 감고 한 입에 꿀꺽 넘겼다. 너새가 말했다.

"호호, 대감은 이제 우리와 한 식구가 되었습니다. 그 술로 해독은 되었으나
1개월마다 흑원주를 먹어야 독이 재발하지 않습니다. 돌아가셔서 평소와 같이 지내시면 됩니다. 연락사항이 있으면 선마를 통하여 전하겠습니다."

무봉(無縫)

상궁(尙宮) 종희는 가두시마 부인의 연줄로 입궁한 궁녀였다. 촌수로는 가두시마 사돈의 팔촌도 안 되는 먼 인척이었으나, 영악한 그녀는
왕궁의 일을 긴 세월, 가두시마에게 눈치껏 알려주어 신임을 얻고 있었다.
가두시마는 궁의 상황을 종희를 통하여 손금 보듯 알았기에 돌다리 두들기듯 주의하지 않고도 활보할 수 있었고, 종희는 누구보다 일찍 상궁이 되었다. 그러나 종희는 질투가 많고 속이 좁은 표독스러운 여인이었다.
근래, 허리 굵은 여자의 왕궁 출입을 금(禁)하는 가한의 명이 떨어지자
'호호호. 눈엣가시 같은 계집들을 궁에서 쫓아 낼 하늘이 준 기회다!'
하고 손뼉을 치며 즉시 척도(尺度)가 다른 두 개의 줄자를 준비했다.

정상 줄자와 척도가 짧은 줄자를 갖고 다니며, 자기에게 아부(阿附)하지 않았던 궁녀들을 짧은 자로 잰 후, 모두 뚱뚱하다고 내쫓았다. 마침,
평소 못마땅했던 쌍호전(殿)의 무봉이 허리를 재러오자 가짜 줄자로 재고
"넌 허리가 굵다. 안됐지만 궁을 나가라. 평소, 몸매 좀 잘 관리하지 그랬니."
무봉은 황당했다.
"마마, 전 날씬해요."
"아냐, 너무 뚱뚱해"
"아녜요"
"이년! 뭐가 아냐? 일은 안하고, 숨어서 잠만 자고 놀다 뚱뚱해진거지!"
무봉은 기가 막혔다.
"상궁마마, 뚱뚱하다니요. 잘못 재신 것 아녜요? 다시 한 번 재주세요."
종희가 노한 얼굴로 궁녀에게 자를 주며 명했다.
"좋다. 네가 다시 재라!"
궁녀가 인심 쓰듯 무봉의 허리를 조여 가며 쟀으나, 역시나 출궁 대상 치수가 나왔다.

무봉은 졸지에 왕궁에서 쫓겨나 보따리를 들고 집으로 돌아가고 있었다.
무봉의 집은 가난했다. 입이 하나가 늘면 그만큼 생활이 힘들었다.

무봉은 걱정이 태산이었다.
'아, 부모님이 놀라시겠지?'
무봉의 집은 아야미산(山) 아래 아야미홀(忽)이라는 농촌이었다. 작은 땅에 농사를 짓다 보니 입 하나 덜려고 어릴 적에 궁으로 들어왔다.
당시 왕궁의 호위군이었던 마을 아저씨가
"여자도 궁에서 일을 잘 해, 내명부 벼슬을 하면 식구들을 도울 수 있단다."
는 말을 듣고 궁으로 들어간 후 부엌, 뒷간, 빨래방, 침방(針房: 바느질 방) 등을 돌면서 요령 피우지 않고 뼈 빠지게 죽어라 일을 했다.
보통의 시녀는 일도 일이지만 바느질거리가 너무 많고 또 변변찮은 솜씨 때문에 벼락이 떨어져 아무도 없는 곳에서 엉엉 울다 궁 밖으로 내쳐진 경우가 허다한데, 무봉에겐 타의 추종을 불허하는 재능이 있었으니 바로 바느질이었다.
무봉은 또래 아이들과 노는 것보다 어머니의 바느질을 보는 걸 좋아했고,
하나를 배우면 열을 알았으며 어느 단계가 지나자, 독창적인 기법까지 창조함으로써 주위를 놀라게 했는데,
급기야 왼손 바느질을 해도 오른손과 하등의 차이가 없을 정도였으며
어느 한 여름, 모기들의 극성에 모두가 바느질을 포기하던 날조차 무봉은 거뜬하게 할당량을 해치웠을 정도로 바느질의 귀재(鬼才)였다.
그때, 무봉의 주위로 바늘에 관통당해 죽은 모기들이 수북했다는 사

실을 아는 자는 아무도 없었다. 무서운 솜씨였다. 비록 좁은 방이었으나,
무공의 문외한이 모기의 속도와 동선의 변화 그리고 바늘의 무게 중심을 읽으며 적절한 힘을 실은 손가락으로 바늘을 튕겨 잡는 것은
오래 수련한 암기의 고수(高手)들이나 할 수 있는 일이니, 가히 바늘을 갖고 노는 일만큼은 천부적으로 타고났다고 할 수 밖에 없었다.
어느 날, 전(前) 가한의 왕비 우혜는 무봉의 방에 쌓인 산더미 같은 바느질거리가 궁녀들이 무봉에게 떠넘긴 일이라는 것을 알고 야단을 치려하다, 무봉의 바느질 솜씨를 보고 크게 놀라며 찬탄을 금치 못했다.
골무 낀 손가락이 바늘을 연신 퉁겨내고 있었는데 바늘이 두 손과 천 사이를, 미끄러지듯 자유자재로 누비고 있었다. 두 눈을 반짝이며
뚝딱뚝딱 수(繡)를 놓았으나 그 문양은 흠 잡을 데 없이 아름다웠고,
번쩍 솟구쳐 오르다 이불 속으로 사라지며 땅강아지처럼 이리저리 돌다가 꿈결처럼 천을 뚫고 나오는 바늘이 가히 신물(神物)로 보일 정도였다.
흔히 볼 수 있는 예사 바느질 솜씨가 아니었다. 우혜가 무봉을 불러 물었다.
"바느질은 누구에게 배웠나?"
"네, 어머니에게 배웠습니다."
"음, 어머니?"

"네, 어머니 솜씨가 좋아서 부자 집에서 바느질감을 많이 주었습니다."
"어머니의 스승이 누군지 아느냐?"
무봉이 천진한 얼굴로 갸우뚱했다.
"바느질도 스승이 있나요? 저는 모릅니다."
우혜는 무봉을 왕비전(殿)에서 일하게 했으나, 오자마자 종희에게 불려갔다.
"내 말을 잘 들어야 한다. 그렇지 않으면 빨래터로 다시 가게 될 것이야. 너는 가한과 알지님의 일거수일투족을 내게 수시로 보고해라."
그러나 무봉은
'아무도 거들떠보지 않는 나를 왕비님이 어여삐 봐주신 건데, 나를 다시 빨래 간으로 보내? 그리고 왕비님의 동정을 알리라고? 이상한데..'
하며 뭉개고 지냈다.
그 후 무봉은 종희에게 몇 차례 불려갔으나, 그때마다 공손하게 말했다.
"상궁마마, 저는 알지님의 말씀만 듣습니다. 지시를 거두어주시어요."
라 답하고 왕비님께 사실을 보고하였으나, 왕비는 놀라는 눈치로
"알았다"
며 아무 말도 하지 않았다.

그렇게 하루아침에 궁 밖으로 쫓겨난 무봉은 중앙시장의 왕호(王虎)

신발가게 앞을 지나다 멈추었다.
'다시는 도성에 올 수 없을지도. 부모님과 동생 신발이나 한 켤레씩 사자.'
하고 가게로 들어갔다.
입구는 크지 않았으나 안은 매우 호화스러웠다. 다양한 신발이 진열대마다 눈을 어지럽혔고 사람들도 많았다. 부자들이 찾는 고급 상점이었다.
무봉이 신발을 구경하고 있을 때 등 뒤로 여인들의 속삭이는 소리가 들려왔다.
침방에 앉아 바느질하면서도 늘, 귀를 열고 살아온 무봉은 본능적으로 그들의 밀담을 포착했다.
"지난 번 대사자 모신 날, 사막의 독벌레와 늪의 독초로 만든 요독(妖毒)을 어떻게 감쪽같이 술에 넣었니? 나도 못 봤으니, 대단해. 석란아, 그 기술 좀 가르쳐줄 수 있니?"
"쉬운 기술은 아냐. 술 먹이는 재주만으로는 안 되고, 미혼수(迷魂手)라는 수법인데, 너새님께 배웠어. 능숙해지려면 수련이 꽤 필요해."
"나도, 정말이지 그 수법을 배워서 너새님께 너처럼 인정받고 싶어."
"두형아, 내가 잘 말씀드려서 너도 배우게 해줄게."
"고마워"
순간, 무봉은 이런저런 생각으로 머리 속이 뒤죽박죽 엉키고 말았다.
궁에서 권모술수와 암투를 지켜보며 살아온 무봉은 둘의 이야기가 예사롭게 들리지 않았다.

'대사자, 가두시마님과 요독? 그런데 너새는 누구며 미혼수(迷魂手)는?'

무봉은 머리를 아무리 굴려 봐도 뭔 말인지 알 수 없었기에

'흥, 이제는 나와 상관없는 일'

하며

신을 사고 도성을 구경하다 아까 가게에서 봤던 석란과 두형을 발견했다.

무봉은 문득 저들은 뭐하는 사람들일까? 하는 호기심이 생겨 가만히 뒤를 밟았다.

두 여인은 가게를 몇 군데 더 돌다 한단가(街)로 들어섰다. 한단가는 주루, 기루가 많았는데, 중원인들이 많았고 각양각색의 부족들도 보였다.

한단가 얘기를 들은 적은 있었으나, 직접 와보기는 이번이 처음이었다. 멀리서 보니 두 여인은 진야성(城)이라는 3층 누각으로 들어갔다.

'기녀였군.'

무봉은 화려한 진야성을 올려다보며 들어가 보고 싶은 충동이 생겼지만,

여자가 아무렇지도 않게 들어가긴 뭐한 곳이라 이내 포기하고 돌아섰다.

한 시진 후, 성 밖으로 나온 무봉은 집으로 가는 관도를 걷고 있었다.

말을 탈 줄 모르는 무봉이 아야미홀(忽)에 가려면 열흘은 꼬박 걸어야 했다. 빨리 부모님과 동생을 보고 싶었지만 달리 방법이 없었다. 그때

"두두두두두두두두"
소리가 들려 돌아보니 칠흑 같은 준마가 달려오고 있었다. 무봉은 얼른 비켜섰다. 말 위에는 등에 검을 맨 늠름한 소년이 타고 있었다.
무봉은 홀린 듯 소년을 바라보았고, 소년도 무봉(無縫)과 눈을 마주치며 지나갔다. 궁에서는 사내를 함부로 바라보지 않는 것이 여인의 법도였다.
왕궁의 여자는 모두 가한의 것이기에 그의 눈에 들어 총애를 받은 사람 외에는, 평생 가한만 기다리며 지내다 가한이 죽고 나면 신당의 신녀가 되거나 친정으로 돌아가 가한의 명복을 빌며 처녀로 일생을 마무리했다.
길에서 처음으로 비슷한 나이의 소년을 본 무봉은 가슴이 쿵쿵 뛰었다.
시원한 눈빛과 조각 같은 얼굴 그리고 채찍을 휘두를 때 느껴진 야성미가 바느질과 빨래만 하고 살아온 순진한 무봉의 가슴을 뒤흔들었다.
무봉은 이내, 사내의 얼굴을 지우며 한숨을 내쉬다 눈을 꼬옥 감았다.
'저런 사내와 일생을 같이 할 수 있다면..'
하다가
'풋! 내가 왜 이래. 정신 차려, 무봉! 네 주제를 알아야지.'
하고 다시 길을 가는데
"두두두두두두두두두두"
소리와 함께 대추 빛 말이 질주해오고 있었다. 특이하게도 말은 왼쪽 앞발과 뒤쪽 오른 발이 흰 색이었다. 사람들이 모두 길을 내주는 가운데 무봉은 깜짝 놀랐다. 말 위의 기수(騎手)가 왕호가게에서 보고 미행했던 석란이라는 걸 한 눈에 알아보았기 때문이다. 경장(輕裝)에 검을 찬 그녀의 미모가 길을 재촉하던 사내들의 시선을 끌었으나,
무봉은 말을 재촉하는 그녀의 눈에서 알 수 없는 칙칙한 기운을 느꼈다.
'기녀가 아니고 무인(武人)?'
하고 생각할 때, 석란은 사라지고 있었다. 무봉은 저녁 때 대황리(里)에 도착했다.
하루 밤 묵을 생각으로 객잔에 든 무봉은 식사를 하다, 우연히 한 칸 건너 탁자에서 낮에 본 청년과 석란이 술을 마시고 있는 걸 발견했다.
'아! 두 사람은 술을 마실 정도로 친한 사이였어.'
괜히 짜증이 난 무봉이 잘 먹지 않는 술을 시켜 한 잔을 벌컥 들이켰다.
'그럼 그렇지. 멋진 사나이에겐 저렇게 예쁜 여자가 어울리는 법이지.'
할 때 사나이의 낮게 깔린 목소리가 귀에 들려왔다.
"소저,
왜 나를 귀찮게 하는 거요? 난 바쁜 사람이오. 이렇게 소저와 한가하게 노닥거릴 틈이 없소."
"호호호..
묘호님, 어쩜 그리 서운한 말씀을 하셔요. 귀찮다니요. 저는 전날 칠성전에서 뵌 후 소협을 잊을 수 없었어요.
소협을 보는 순간 운명이라는 생각이 들었기에, 소협이 가는 곳이면

어디든 따라 갈 작정이어요. 저를 버리시면 소협은 십리도 못가서 발병이 날 겁니다."
석란은 아녀자의 처신과 부끄러움이 뭔지 전혀 관심 없는 태도를 보이고 있었고, 기녀의 신분을 숨긴 채 묘호를 유혹하고 있는 게 분명했다.
무봉은 같은 여자로서 화가 났으나 함부로 나설 자리도 아니었고 강호를 모르는 무봉은 묘호가 협사로 유명한 호안사걸 중 막내라는 사실을 알 리 없어
'흥, 그 계집에 그 사내겠지'
하고 일어나다, 귀에 잡힌 작은 소리에 눈을 빛냈다. 무봉은 눈을 감고도 수(繡)를 놓는 명인이었기에, 천이 스치는 소리임을 알아챘고,
신발가게에서 석란이 자랑하던 미혼수(迷魂手)가 환영처럼 떠올랐다.
힐끗 보니, 소매에서 쓰윽 약봉지를 꺼낸 석란이 안주를 집어가는 척 묘호의 시선을 가리며 술잔에 은밀히 털어 넣으려 하는 찰나였다.
묘호는 위기를 알지 못했으나 침(針)의 달인 무봉을 속일 수는 없었다.
무봉은 그것이 바로 두형과 석란이 말한 요독(妖毒)일 것이라 짐작했고
석란이 약을 넣으려는 순간 어느새 꺼내든 바늘을 손가락 끝으로 튕겼다. 바늘이 소리 없이 날며 약을 든 석란의 손을 긋고 지나갔다.
순간

"악!"
하고 놀란 석란이 바늘이 날아온 쪽을 돌아보다 약을 떨어뜨리자, 묘호가 약봉지를 낚아챘고 역겨운 냄새에 얼굴을 찌푸리며 석란에게 물었다.
"이게 뭐요?"
석란이 당황하며 얼렁뚱땅 둘러 붙였다.
"호호호호호호, 당신을 내 사람으로 만들 사랑의 묘약(妙藥)이에요."
사랑이라는 말에 묘호가 얼굴을 붉히며 암기가 날아온 방향을 보았다.
단아하고 수수한 여인이 자기를 향해 보일 듯 말 듯 고개를 젓자
'아!'
하고 깨달은 묘호가 전광석화(電光石火)처럼 석란의 곡지혈을 낚아챘다.
"좋은 약을 왜 내 술에만 타려 했소. 소저가 먼저 들면 나도 마시리다."
하고 잔에 약을 쏟아 붓고 입술에 들이밀자 석란의 안색이 돌변했다.
"소협이 날 좋아하지 않는데 내가 왜 마셔요? 우리, 그만 두기로 해요."
그때 무봉이 다가서며
"그것은 사막의 독벌레와 늪지대의 독초로 만든 서역의 요독(妖毒)."
순간, 묘호가 석란의 팔꿈치를 꺾었다.
"뚝!"
"악!"

하고 석란의 몸이 휙 돌아가자 무봉도 깜짝 놀랐으나 곧 이해가 갔다.
묘호는, 신독국(身毒國: 인도)에 자기 뜻대로 상대를 조종하고자 할 때 요독이라는 독 가루를 술에 넣는 극악무도한 자들이 있는데, 그들 중 개과천선할 가능성이 있는 사람은 아무도 없으니, 남녀노소와 미추(美醜)를 불문하고 절대 용서해서는 안 된다고 두 번, 세 번 당부하시던 자애로운 스승의 노안(老顔)이 섬광처럼 뇌리를 스친 것이다.
석란이 피를 흘리며 소리쳤다.
"천한 것. 누구냐? 다 차린 밥상을 엎어버리다니!"
무봉이 대꾸했다.
"누군지는 알 것 없고, 진야성에서 노는 당신이나 정체를 밝히시오."
암기를 날려 자길 구하고, 요독을 간파한 무봉에게 고마움을 느끼던 묘호는
무봉이 석란을 기루 「진야성」과 연관 지어 언급하자 또 다시 크게 놀랐다.
묘호가
"기녀?"
하고 중얼거릴 때, 무봉이 머리의 비녀를 뽑아 끝을 돌리더니 긴 바늘 한 개를 꺼내들었다.
"석란, 지금부터 거짓을 고하면 당신의 몸속에 이 바늘을 집어넣겠소."
무봉은 나오는 대로 뱉은 말이었으나, 석란은 사색이 되며 기겁을 했다.

그간 주인 너새로부터
"시킨 일을 제대로 못하면 네년들의 젖가슴에 바늘을 쑤셔 넣겠다."
는 말을 들어왔는지라, 그 고문을 말하는 줄 알고 두려움에 몸을 떨었다.
"이건, 무슨 독?"
"요독"
"진야성의 기녀?"
"맞다"
무봉은 끼어든 김에 넘겨짚어 물었다.
"전에, 소도에는 어떤 이유로 갔나요?"
"……"
"너새는 누구냐?"
"……"
귀신같은 질문으로 석란이 눈을 감아버린 그때, 귀를 찢는 파공음과 함께
무봉의 몸이 자기의 뜻과 상관없이 옆으로 움직였고 석란이 쓰러졌다.
"큭!"
"팍!"
"앗!"
순간, 창밖으로 몸을 날린 묘호가 눈을 번득였으나, 괴한의 종적은 묘연했다.
석란의 목에 화살이 박혔고 무봉(無縫)을 노린 화살은 벽에 박혀 있었다. 객잔은 삽시간에 난장판이 되었다. 느닷없는 화살도 놀라웠으나

무봉을 안고 화살을 피한 후 창밖으로 몸을 날린 묘호의 경신술 또한 놀라웠다.
흑룡을 쫓아 백호가 구름으로 뛰어오른 약운복룡(躍雲伏龍)을 펼친 것이다.
무예를 익힌 바 없는 무봉은 어찌된 일인지 몰라 정신을 차릴 수 없었으나
곧, 묘호에게 안겨 화살을 피했다는 사실에 가슴이 두근거리며 얼굴이 빨갛게 달아올랐다. 묘호가 돌아와 포권을 하며 깊은 감사를 표했다.
"호안사걸 중 막내 묘호라고 합니다. 미련하기 짝이 없는 저를 구해주셔서 감사합니다. 낭자, 어느 고인의 문하(門下)이신지 알고 싶습니다."
궁에서만 지낸 무봉은 강호의 예법에 당황했으나, 몸을 다소곳이 숙이며 답했다.
"소녀는 무봉이라 합니다. 고인의 제자는 당치 않은 말씀이며 도성의 어느 댁에서 일하다 계약기간이 끝나 고향으로 돌아가는 중입니다."
묘호는 믿을 수 없었다.
'우아한 기품과 기가 막힌 암기술(術)을 지닌 여인이 남의 집 하녀(下女)로 살았다니 믿어지지 않는군. 신분을 드러낼 수 없는 사연이?'
그러나 경망스레 물어볼 수는 없었다.
"아, 네... 그럼, 고향은 어디십니까?"
"아야미홀이예요."
묘호는 반색했다.

"아야미홀? 반갑습니다. 저는 아야미홀 서쪽에서 노합하(河)를 건너 백오곡(谷)으로 갑니다. 괜찮으시다면, 낭자와 함께 갈 수 있겠습니다."
무봉도 잘 되었다 싶어 흔쾌히 수락했다. 세상이 험해 여자 혼자 가기에는 먼 거리였고, 이렇게 준수한 소협과 같이 가다니, 꿈같은 일이었다.
다음날, 묘호가 석란의 말고삐를 건네자, 무봉이 수줍어하며 손을 저었다.
"어릴 때 조랑말을 타 봤을 뿐, 집을 떠난 후엔 한 번도 타 본적이 없고 더구나, 이렇게 큰 말은 못 탑니다. 어떡하죠? 저는 천천히 걸어가겠습니다."
묘호는 뜻밖이었다.
'여협(女俠)으로 생각하고 있었는데 말을 못 탄다니! 그 정도의 암기술에?
사부님이, 예쁜 여자들은 석란처럼 거짓말을 잘하니 조심하라 했지만, 무소저는 다른데?'
어쩔 수 없었다.
"그럼, 걸어가죠."
하고
묘호가 두 마리의 고삐를 잡고 걸어가자, 얼마 후 보다 못한 무봉이 말 한 마리를 넘겨받아 끌었다. 그들은 담소를 나누며 한나절을 걸었다.
날씨는 좋았고 시원한 바람이 무봉과 묘호를 하나로 잇듯 스쳐지나갔다.
무봉은 말을 못타 미안했지만, 묘호와 더 오래 동행하게 되어 기뻤다.
점심은 무봉이 객잔에서 가져온 음식으로 해결했다. 식사 후, 무봉이 말했다.
"길이 더뎌져서 죄송해요. 말을 한 번 타보고 싶은데 도와주시겠어요?"
묘호가 반겼다.
"소저가 배워 보신다니 너무 좋소. 자, 한 번 타 보시오. 잡아드리겠소."
무봉이 말에 타자 묘호가 고삐를 쥐고 길을 걸었다. 이틀이 지나자, 조랑말을 탄 기억이 살아나며 천천히 말을 몰 수 있을 정도가 되었고 여행길은 훨씬 편해졌다. 무봉은 가벼운 마음으로 묘호에게 말을 건넸다.
"소협, 백오곡에는 무슨 일로 가시나요?"
묘호는 백오곡과 곡주 그리고 호안사걸이 만난 인연을 이야기 해주었다.
무봉은 묘호의 이야기가 너무나 재미있었다. 노닥거리며 비빈, 나인들 흉이나 보던 궁(宮)과는 달랐다.
'아, 세상은 이런 거였어. 나도 강호를 주유하며 자유롭게 살고 싶다.
하지만 나는 한낱 바느질꾼에 불과해. 고향에 가도, 평생 좁은 방안에 갇혀 바느질만 하고 살아야 할 걸? 소협은 너무나 멋진 협객, 나 같은 여자와는 어울리지 않아.
더구나 내가 가난한 농부의 딸이라는 걸 알면, 날 무시하고 떠나버리시겠지?'
무봉이 한숨 쉬며 하늘을 올려다봤다. 하늘은 높고 푸른데, 어디서 왔는지 찌르레기 수만 마리가 창공을 휘저으며 한바탕 놀다 서쪽으로 날아갔다.
말을 멈추고 우두커니 새들의 군무(群舞)를 보던 두 사람은 서로 아무 말도 없었으나, 이렇게 함께 구경하며 가는 것이 한없이 즐거웠다.
묘호는
'내일이면 아야미산(山)에 도착한다. 이제 무봉 소저와도 헤어져야하나?
아, 이 바보! 사흘을 지내면서도 그녀의 마음은커녕 소저의 사부가 누군지, 암기술(術)의 명칭은 무어라 하는지 아무것도 알지 못했어. 내가 맡은 임무만 없다면 무소저를 따라 그녀의 고향에 가보고 싶은데..”
해가 질 무렵 하라무두촌(村) 외곽에 다다랐을 때, 작은 시내의 흙다리 앞에 붉은 삿갓을 쓴 사내 셋이 팔짱을 낀 채 길을 막고 있었다.
앞으로 나선 묘호가 모르는 척 성큼 다가서자 중앙의 삿갓이 소리쳤다.
“멈춰라!”
묘호가 눈을 치뜨며 대꾸했다.
“누구냐!”
“우리는 「붉은 삿갓」이다. 호안사걸 중 묘호, 넌 오늘 죽어야 한다. 사걸과는 원한이 없으나 어쩔 수 없는 일. 앞으로는 호안삼걸이 되겠군!”
셋이 검을 뽑아들자, 묘호가 무봉의 말을 왼쪽으로 틀며 손바닥으로 찰싹 때렸다.

무봉의 말이 땅을 박차며 개울을 따라 달리기 시작했다. 삿갓들의 등장에 긴장했던 무봉이 자기도 모르게 고삐를 움켜쥐고 바짝 엎드렸다.
이어 삿갓 하나가 무봉을 쫓자 묘호가 뿌연 검광을 일으키며 막아섰고,
순간 엄밀한 검망(劍網: 쾌검의 그물 같은 잔영)이 삿갓의 진로를 차단했다.
묘호의 일검(一劍)에서, 가벼이 볼 수 없는 상대라는 걸 안 삿갓들이 넓게 흩어졌다. 삼재진(三才陣)으로 가두고 지구전으로 힘을 빼며 제거하려는 술책이었으나, 묘호는 절대 포위를 허락할 수 없었다.
그들의 빠른 경신술이 둘은 감당할 수 있으나 셋까지는 무리라는 걸 보여주고 있었기 때문이다.
어떻게든 일대일, 일대이의 국면을 유도하며 하나를 해치워야만 했다.
"창창창! 창창창창!"
서로의 의도를 읽은 검이 얼음 조각처럼 나는 가운데,
"창창창창창창창창!"
피를 쫓는 네 쌍의 눈빛이 수십 번 격돌하고 휘감으며 엉켰다. 차가운 검풍(劍風) 속에 어느 쪽도 우세를 점칠 수 없는 호각지세가 2각여,
끝없는 혼돈의 검광(劍光) 속에 기어이 목을 치려는 몸부림이 세 개의 붉은 삿갓과 이글거리는 호안(虎眼)을 노을빛으로 타오르게 했다.
포위할 만하면 고양이처럼 탈출하며 반격하는 묘호의 신법이 놀라

웠으나,
삿갓들 또한 적(敵)을 에워싸진 못해도, 각개격파에 휘말리지 않는 합격술(術)로 이백 이십여 합을 몰아치며 묘호의 내력을 갉아먹어갔다.
그렇게 또 1각이 지나, 온 들판을 뛰어다닌 꼴이 되어 버린 묘호가
'여기에 뼈를 묻더라도, 저들 가운데 둘은 반드시 데리고 가야 한다.
최후의 순간 백호타우(白虎打牛: 백호가 소를 때림)로 한 놈의 간을 부수고
호룡동수(虎龍同殊: 호랑이와 용이 함께 죽음)로 또 하나의 숨통을 끊어야겠다.'
고 생각할 때 삿갓 패들도
'어린 놈의 무예가 이리 강하다니. 우리 셋 중 하나만 없었어도 당할 뻔 했다. 그러나 명년(明年: 내년) 오늘이 놈의 제삿날이 될 거다.
흐흐, 오늘 이 놈을 죽여 졸깃졸깃한 살로 만두나 만들어 먹어야겠다.'
며 음험한 눈빛을 흘리며, 묘호의 진력(眞力)이 소진될 때를 기다렸다.
'창창창창.. 창창.. 창창창창!"
어느새 들판에는 어둠이 내리고 있었다. 허(虛)를 노리며 나는 검들이 4인의 잔영을 쫓는 가운데, 묘호를 공격하던 자 하나가 느닷없이
"악!"
하고 휘청거리며 뒤로 물러섰다.

순간, 호룡동수(虎龍同殊)로 좌측의 삿갓을 가른 묘호가 사색(死色)이 되어 물러서는 또 하나의 가슴을 백호타우(白虎打牛)로 타격했다.
"컥!"
이어, 눈에 피를 흘리며 도망치는 자마저 없애려는 찰나
"소협, 참으셔요. 누가 소협을 해하려 했는지 궁금하지 않으신가요?"
하며 더없이 청아한 목소리가 살심(殺心)으로 가득한 묘호를 만류했다.
그제야 누군가의 도움이 생각난 묘호가 돌아보니 무봉 낭자가 웃고 있었다.
'아! 낭자가 암기를 날려 도와줬구나.'
묘호에게 온 정신을 빼앗긴 살수들이 자기들의 삿갓으로 인해, 해가 뚝뚝 떨어지는 어둠을 타고 날아든 바늘을 포착할 수 없었던 것이다.
게다가 무기도 없는 무봉이 기마술(騎馬術)마저 여염집 아낙의 수준이라
무공을 모르는 여자로 오판했던 것이다. 혼자 살아남은 삿갓은 계집을 놓친 것이 후회되었으나, 이젠 다 끝난 일이었다. 무봉이 삿갓에게
"묘호님을 해치려 한 이유가 무엇이며, 당신들의 배후는 누군가요?"
묻자
"비겁한 년, 네가 몰래 던진 암기에 당했으니 할 말 없다. 어서 죽여라!"
하며 모든 걸 체념한 듯 눈을 감았다.

"비겁? 우리 소협에게 당신들 셋이 떼거리로 덤빈 게 더 비겁하지 않나요?
또, 암기는 몰래 사용하는 무기를 지칭하는데, 지금 암기를 던질 테니, 피하셔요 하고 던지라는 겁니까?
게다가 난 몰래 던지지 않았어요. 당당히 걸어와 딱, 바늘 한 개 던졌어요. 당신들이 소협에게 눈이 뒤집혀서 나를 보지 못했을 뿐이에요."
듣고 보니 맞는 말이었다. 이곳은 들판이라 숨을 데가 없었다. 무봉이 그의 귀에 속삭였다.
"사실을 고하면 놓아주겠지만, 아니면 남은 눈마저 못쓰게 만들겠어요. 그럼 당신들에게 당했던 사람들이 복수하려고 달려들지 않겠어요?"
나긋나긋하게 말하는 무봉이 오히려 마녀 같아 보인 삿갓이 포기한 듯 말했다.
"왕치(王齒)라는 자가 소협을 죽여 달라고 했는데, 가두시마의 호위 선마 밑에 있는 자(者)요.
그가, 소협이 지나갈 길을 알려주면서 오백 냥을 줬소. 더 이상 아는 건 없소."
"음?"
묘호는 크게 놀랐다. 대사자의 측근, 선마는 널리 알려진 인물이었다.
'백오곡(谷)은 사부님의 영(令)을 받고 가는 것. 가달의 무리가 호가와 동호를 장악한 간신들과 결속하여 선교를 말살하려 한다는 정보가 있어
힘을 합쳐 악을 소탕하자는 사부님의 뜻을 전하고 백오곡주의 답을

듣고자 가는 길이다.
이는 누구에게도 알리지 않고 은밀하게 추진한 일인데 선마가 어찌?'
권모술수를 모르는 묘호는 망연자실한 채 들판의 짙은 어둠을 응시했다.
궁에서 모략과 음해공작을 들으며 살아온 무봉은 상궁에게 밉보인 탓에 뚱뚱하다고 패대기쳐진 자기를 돌아보다, 가두시마라는 이름을 듣고
신발가게에서「가두시마에게 요독을 몰래 먹였다」고 한 석란과 두형의 대화가 떠올랐다
"소협, 시간이 너무 늦었어요. 긴히 드릴 말씀이 있는데 이 자를 어떡하죠?"
삿갓이 몹시 떨리는 목소리로 애원했다.
"소저, 날 살려 주겠다고 하지 않았소?"
마음이 여린 무봉은 자기가 약속한 바 있기에, 삿갓을 차마 보지 못하고 묘호를 돌아보았다. 묘호는 악인과의 약속도 약속이기에 잠시 고민했다.
"낭자, 고개를 돌리시오."
무봉이 외면하는 순간, 하얀 검광(劍光)이 번갯불처럼 호(弧)를 그렸다.
"큭!"
소리와 함께 왼 어깨가 떨어졌다.
"이 길로 고향으로 돌아가라. 다시 내 눈에 띄면 목을 칠 것이니라."
놈이 비틀거리며 사라진 후 묘호가 길을 재촉하려 할 때, 잠깐만요

하며 무봉이 쓰러진 삿갓들의 몸을 더듬자, 명도전 5백 냥이 나왔다.

묘호는 의외로 침착한 무봉을 보며 놀랐다.

'무봉 소저는 시체들이 무섭지도 않나? 어떻게 이리 차분하고 냉정할까?'

무봉이 눈을 반짝이며

"소협의 목숨 값이에요. 대단하셔요. 저 같은 여인네는 열 냥도 안 될 거예요."

하고 묘호에게 건넸다.

"소저가 다 가지시오. 소저가 내 목숨을 구해준 값으로 생각하시오."

"와, 정말요?"

"하하하하, 호안사걸이 어찌 허언(虛言: 빈 말)을 하겠소이까?"

무봉이

"호안사걸이 누구신지 모르나, 소협의 한 마디가 천금(千金) 같다는 건 아오니, 돈은 제가 보관하는 것으로 하겠어요. 소협, 그럼 오늘 저녁은 제가 모실게요. 우리 그만 가요"

하며 신이 나서 앞장서서 걸어갔다. 묘호는 무봉(無縫)의 우리라는 말에,

아까

「우리 소협에게 당신들 셋이 떼거리로 덤빈 게, 더 비겁하지 않나요?」

하고 시비(是非: 옳고 그름)를 가리던 장면이 떠오르며, 단아하면서 야무진 무봉이 더 이상 타인 같지 않아 한없이 다정(多情)하게 느껴졌다.

두 사람은 하라무두촌(村) 노합하 여관에 들었다. 묘호는 술을 마시며, 무봉에게 어떻게 다시 돌아와서 자기를 도울 수 있었냐고 물었다.

"정말 운이 좋았어요. 얼마 안가 물살이 세고 수심(水深)이 깊은 시내를 만났어요. 말이 겁이 났는지 멈추었지 뭐에요. 그래서 돌아왔는데

나는 무공을 몰라 소협에게 방해만 될 것이 뻔했어요. 제가 할 줄 아는 건 오직, 바늘을 던지는 것뿐인데 그것도 길어야 2장 이내거든요.

그래서 멀리 떨어진 곳에서 엉금엉금 기어 언덕 아래쪽으로 접근했어요. 싸움이 하도 격렬해서, 아무도 제가 접근하는 걸 모르는 것 같았어요.

소협, 저는 눈을 감고도 바느질을 할 수 있어요. 그리고 여름에는, 바늘을 던져 잉잉 날아다니는 모기들을 잡아가며 바느질을 해야 했어요.

언덕 아래에 숨어 한참을 기다리니, 소협이 제가 있는 곳으로 후퇴했는데,

거리는 2장이 넘었지만 또 이동해 버리면 소협이 위태롭고 기회가 다시는 오지 않을 것 같아, 정신을 모으고 힘을 다해 던졌는데 다행히

삿갓의 눈을 맞춘 거예.. 어머, 세상에! 내가 바늘로 사람을 해치다니!"

묘호는 놀라움을 금할 수 없었다.
'실로, 담대하고 의리 있는 여인.'
이라 생각하며 정중하게 포권의 예(禮)를 취하였다.

"감사하오. 소저가 적시에 도와주어 도적들을 해치울 수가 있었소이다."
"별 말씀을요. 오는 동안 소협이 옆에 계셔서 무섭지 않고 편안했어요. 그리고 의리(義理)가 있지, 저 혼자만 살겠다고 도망칠 수 있나요?"
하며 무봉이 주먹 쥔 손을 들어보였다. 손이 하도 작고 예뻐서 자기도 모르게 잡아보고 싶은 마음이 인 묘호가 얼굴을 붉히며 급히 화제를 돌렸다.
"아! 소저, 아까 긴히 할 말이..?"
무봉도 생각난 듯
어제 신발가게에서 석란과 두형이 나눈 이야기와 그녀들의 뒤를 밟았는데, 진야성으로 들어가더라는 것 등을 말해주었다. 묘호는 감탄했다.
"소저, 듣고 보니 이해가 가오. 가두시마가 요독에 당해, 악인의 꼭두각시가 되었다는 말 아니오. 사부님께 먼저 보고 드린 후 알아보겠소.
그런데 말이오. 소저가 일을 했다는 대감 댁이 어느 집인지, 내가 알면 안 되겠소?
그리고 비녀 속 암기는 무어라 부르오? 소저는 진정 무공을 모르오? 혹, 무공을 숨기는 것 아니오? 나는 진심으로 소저에 대하여 알고 싶소이다."
묘호가 연이어 묻자, 무봉의 뺨이 새빨개졌다.
'소협이 날 무인으로 아시다니, 이를 어쩌나?'
"제가 사실을 말하면 소협이 저를 달리 보실 것 같아, 말씀 못 드렸어요."

술을 몇 잔 한 탓으로, 도화(桃花)처럼 물든 무봉의 옥안이 너무 예뻤다.
"무슨 말씀을, 좀 알려주시오, 낭자. 우리가 내일 헤어지면 언제 또 만날 수 있겠소?"
묘호가 간절하게 물으며 포권을 하자, 무봉이 잠시 벽을 보다 결심한 듯, 자세를 바로하며 대답했다.
"저는 백호궁 알지 전(殿)에서 어제 쫓겨나 집으로 돌아가는 중이에요."
과연, 무봉의 자세에서 궁의 여인에게나 있을 우아한 기품을 느낄 수 있었다. 이어, 무봉은 그간 궁에서 있었던 일들을 자세하게 말해주었다.
묘호가 그제야 모든 걸 이해한 듯
"가한도 정신 못 차렸고 왕궁도 썩었군요. 쫓겨난 걸 너무 서운해하지 마시오. 차라리 잘 나왔소. 낭자는 궁과 어울리지 않는 여인이오.
강호는 소문이 빠르기에 오늘의 싸움으로 낭자는 구이원에 새로이 등장한 여협으로 알려질 것이오.
손가락으로 바늘을 날려 붉은 삿갓패와 싸운 의로운 여협으로 말이오.
내일 고향으로 가게 되면 부모님이 많이 놀라실 것 같소. 그리고 흑도 무리가 가족들에게 해를 가할 수도 있으니, 내 제안을 하나 하겠소.
낭자는 여기서 기다리시오.
내가 직접, 낭자 부모님께 5백 냥과 신발을 전하면서 안전한 곳으로 이사시켜 드리고 따님은 잘 있다 말씀드릴 테니, 나와 함께 백오곡에 가면 어떻겠소? 앞으로의 일을 천천히 생각해 보면서 말이오."
라고 말했다.
묘호와의 이별이 싫었던 무봉이었으나, 고향 문턱에서 판단이 서질 않았다.
"오늘 밤, 생각해 보겠어요"
하고, 다음날
"소협의 제안대로 하겠어요. 제가 연락도 없다가 갑자기 집에 가서, 왕궁(王宮)에서 쫓겨났다고 하면 부모님께서 매우 상심하실 것이어요.
이렇게 된 김에 세상 구경도 할 겸, 소협을 따라가겠어요. 그리고 저희 가족은 3백 냥이면 충분합니다. 다만, 무공을 모르는 제가 짐이 될까 걱정이 되어요."
무봉이 동행하겠다고 하자, 마음을 졸이고 있던 묘호는 크게 기뻤다.
'야호, 내가 바로 천하의 행운아다! 무봉 낭자와 함께 지낼 수 있다니!'
하며 주먹을 꽉 쥐었으나 겉으로는 자못 진지한 표정을 지으며 말했다.
"소저, 무공을 배우고 싶다면 시간 날 때마다 조금씩 가르쳐 드리리다.
구이원의 무공은 환웅천황과 4대신장, 12지신장의 무예가 각 선문과 오가(五加), 열국(列國)의 소도나 도관의 무술로 갈라져서 전해진 것이오.
나는 호안성(城) 출신으로 당연히 백호가의 무공을 배웠소이다. 백

호 무예는 도인, 귀족이 아니면 배울 수 없으나, 소저는 비(妃)를 모셨고
이 묘호를 구해주어 백호 사문(師門)의 일을 도와준 분이니, 소생이 몇 가지 무술을 전수한다고 해서 사문의 문책은 받지 않으리라 보오."
그 유명한 호안사걸의 무공을 배운다는 사실에 무봉은 너무도 기뻤다.
다음날 묘호는 역마(驛馬)를 쓸 수 있는 금패를 역참의 책임자에게 보여주고,
지금까지의 일이 적힌 서한을 호안성(城) 소도로 보내 달라 당부했다.
그리고 무봉의 집을 찾아「타 지역으로 집을 옮기라는 무봉의 편지」
와 함께 3백 냥을 전해주고 안전하게 이사하는 걸 지켜본 후 돌아왔다.
모든 것이 잘 정리되자, 무봉과 묘호는 나란히 백오곡으로 말을 몰았다.

백오곡(白鳥谷)

노합하를 건너면 동호국 영토였다. 백오곡은 칠노도(七老圖) 산맥에 있었다. 그곳은 옛날 배달국 연방 시절, 청구국(靑丘國)의 영역이었다.
칠노도산맥에 들어선 묘호와 무봉은 한 시진을 이쪽저쪽으로 달리며 찾아보았으나
끝이 보이지 않는 수십 개의 계곡 가운데 어디가 백오곡(谷)인지 찾을 길이 막막했다. 계곡(溪谷)이 거의 비슷비슷하여 저기가 여기 같고 여기가 저기 같았다. 무봉이 따라다니다 지친 듯 묘호에게 물었다.
"소협, 오시면서 백오곡을 잘 아신다 하지 않으셨어요?"
묘호가 쩝- 소리를 내며 대답했다.
"소도에서, 백호 대사형께 들을 땐 금방 찾을 수 있을 것 같았소이다만."
"어머! 잘 모르신다는 말씀이군요."
무봉 앞에서 체면을 구긴 묘호가
"아니오, 내 차분히 다시 생각을 해 보겠소. 우선 저기 보이는 숲에

서 잠시 쉬었다 가시죠."
두 사람이 숲으로 들어가니, 마침 시원한 물이 흐르는 계곡이 나왔다.
"말부터 물을 먹입시다."
무봉의 말을 보니 땀이 흥건했고, 입에는 흰 거품이 잔뜩 물려 있었다.
두 사람은 말을 씻겨주고 물을 먹인 후, 풀이 좋은 곳을 찾아 쉬게 했다.
그리고 바위에 앉아 모처럼 숨을 돌리는 그때 멀리서 말발굽 소리가 들려왔다.
"두두두두두.."
묘호가 번쩍 몸을 날리자 무봉도 급히 뒤따랐다. 지대가 높은 곳에서 보니, 2천 정도의 기마대가 반대편 계곡을 향해 말을 달리고 있었다.
"진나라 군(軍)!"
무봉이 갸우뚱했다.
"진나라 군이 왜 나타난 걸까요? 여긴 동호국(國)의 영토 아닌가요?"
묘호는 지난 번, 알타이선문을 다녀오다 사형들과 진군(秦軍)을 쫓아낸 일을 떠올렸다.
"흥, 동호의 간신들이 내통하고 불러들인 것 아니겠소?"
무봉은 알아들을 수 없는 얘기였으나 저들의 목적지가 혹시 백오곡?
하며 돌아보았고,
묘호 역시 불길한 예감으로 무봉을 보다 아-! 하고 탄성을 내질렀다.
"백오곡! 낭자, 빨리 따라 갑시다!"
두 사람은 즉시 숲을 빠져나와 진(秦)의 군졸들이 간 방향으로 달렸다.
5리를 가니 산세가 돌변하며, 절벽이 좌우로 수십 폭 병풍처럼 전개되었다.
묘호가 속도를 늦추자고 수신호(手信號)를 하면서 말했다.
"여기가 백오곡일 것 같소."
무봉이 걱정스러운 표정으로 말했다.
"진군의 기습을 곡주께서 모를까요?"
"곡의 구성원이 거의 목부, 잡부들이라 모를 것이오. 그리고 무술을 익힌 자가 있다고는 하나, 군(軍)을 상대할 정도로 많지는 않을 것이오."
그때
"두리둥둥둥 둥둥두두둥둥.."
멀리서 다급한 북소리가 들려왔다. 드디어 적의 침입을 발견한 것이리라.
갈수록 가팔라지던 병풍 계곡이 끝날 때 쯤, 수십 리의 분지가 나타났다.
이리저리 갈라져 흐르는 시내들로 더없이 비옥(肥沃)한 초지였고, 파란 하늘이 지척(咫尺)에 펼쳐진 천연의 대목장이었다. 건물 다섯 채가 분지의 야산 기슭에 건방(乾方: 서북)을 바라보고 늘어서 있었다.
묘호는 치우천황 당시 천마대(天馬隊)의 목장이 청구국(靑丘國)에 있었다는 이야기를 들었는데, 백오곡이 바로 그 천마목장이 아닐까 생각했다.
"소협, 저기 진나라 군이 백오곡과 대치하고 있어요."
과연 진군(秦軍)이 진을 펼치고 백오곡(谷) 인물들과 마주하고 있었다.
묘호는 도와줄 궁리를 했으나 마음만 급했지 방법이 떠오르지 않았다. 그렇다고 무공을 모르는 무봉과 함께 무조건 돌진할 수도 없었다.
"음"
이를 눈치 챈 듯 무봉이 말했다.
"소협, 저쪽 숲에 숨어 있을 테니, 제 걱정은 조금도 하지 마셔요."
무봉이 가리키는 곳을 보니 절벽 아래 몸을 감출만한 숲 지대가 있었다.
"좋소"
무봉이 숲으로 들어간 걸 확인한 묘호가 천천히 진군 뒤로 다가갔다.
그는 비장한 각오를 했다.
'오늘, 호안사걸(虎眼四傑)의 명예를 걸고 부끄럽지 않게 싸우리라.'

백오곡은 흑교신편(黑蛟神鞭) 암바와 경비대장 안춘이 이끄는 오십 명의 호위대 그리고 오백여 명의 목부들이 무기를 들고 나와 맞서고 있었다.
진의 기병을 끌고 나타난 자는 임호성 성주 조호였다. 백오곡주에게 청혼을 했으나
거절당한 조호는 곡주를 납치하려 했고 이마저 실패하자, 만반의 준

비를 하고 기습적으로 나타난 것이다. 그가 백오곡에 나타난 것은 곡주를 품고 싶어서 만이 아니었다. 그는 이미 백 오십 명의 첩이 있었고
각각 1년에 딱 하루 밤만 함께 보냈다. 그의 여성 편력은 희세(稀世: 세상에 드묾)의 변태라 할 정도여서, 어떤 첩은 밤새도록 학대만 했고, 어떤 첩은 알몸을 빤히 감상만 하며 날이 새도록 안아주지 않았다.
사실 그는 백오곡주 뿐 아니라 백오곡에 널린 말, 소, 양, 나귀, 노새(- 당나귀 숫놈과 말 암놈이 교배), 버새(- 당나귀 암놈과 말 숫놈의 교배),
낙타 그리고 푸른 말까지 수백만 마리의 가축들이 탐이 났던 것이다.
'진은 늘 군마가 부족하다. 계집과 목장만 손에 넣으면 진시황도 날 무시하지 못할 게다.'
라고 생각해 왔으나 백오곡이 동호 내에 있는 탓으로 자칫, 전쟁을 일으킬 수 있어 군(軍)을 움직일 수 없었다. 중원을 통일하기 전 구이원과의 전쟁은 진왕조차 피하고 있다는 걸, 조호는 잘 알고 있었다.
그런데 얼마 전, 동호에서 우수매가 마차 다섯 대에 보물을 가득 싣고 와서 조호의 욕심보를 흔들었다.
"저는 사자 진간님의 심부름으로 왔습니다. 우선 예물을 받아주십시오.
사자님은 지난 번, 호안사걸의 방해로 실패한 백오곡주의 일을 안타까워하시며,
미인이 영웅 곁에 있어야 하는 건 당연한 이치고 또한 우리가 모시

는 주인이 각기 다르니

천하영웅이 청혼하러 가는 혼사 길을 잠시 열어두겠다고 하셨습니다."

조호가 단추 구멍만한 왼눈을 가늘게 뜨며 의심하자, 두꺼비처럼 튀어나온 오른 눈이 더욱 불거졌다. 흰자위가 아래위로 뒤집어지며 번득였다.

"저번에도, 그런 말에 움직였다가 아까운 부하들만 잃고 실패했소이다. 헌데, 진간이 나에게 호의를 베푸는 이유는 도대체 무엇이오?"

우수매가 대답했다.

"사자님은 동호의 충신이십니다. 저희 가한께선 이미 알지님과 비빈이 여럿 있는데, 백오곡주가 감히, 가한을 꼬드겨 알지가 되고 싶어합니다.

그리되면 가한의 총기가 흐려지며 조정은 혼란에 빠지게 될 것입니다. 제대로 된 신하라면, 주군이 잘못되는 걸 어찌 보고만 있겠습니까.

달기와 포사가 궁에 들어가 나라가 절단 난 건, 성주님도 잘 아시지 않습니까.

한 번 실패했다고 포기하지 마십시오. 한두 번의 왕래로 취할 수 있었다면 절색(絶色)이라 할 수 있겠습니까? 그리고 백오곡주와 어울릴 장부가, 지혜와 용력을 겸비하신 성주님 외에 또 누가 있겠습니까?"

조호는 우수매의 달콤한 말에 어깨가 저절로 으쓱해졌다. 군자가 아니면, 진심이 아니라는 걸 알면서도 기분이 좋아지는 게 아부(阿附) 아니던가.

'흐흐흐흐, 곡주를 취하면 천마(天馬) 목장은 저절로..'

접었던 꿈이 다시 부풀어 오른 조호는 우수매를 극진히 대접한 후, 나흘 굶은 오소리가 병아리를 덮치듯 백오곡(谷)에 들이닥쳤으나, 경장(輕裝)을 한 백오곡주가 눈에 들어오자 그만 숨이 턱 막히고 말았다.
흑진주처럼 빛나는 눈에, 꽃잎 같은 입술은 타오르듯 붉었으며 녹색 띠로 두른 버들 같은 허리의 곡선과 뒤로 단단히 묶은 흑단 같은 머리가, 깨진 기와장 같은 조호의 심장에 한바탕 춘풍(春風)을 일으켰다.
선녀가 하강한 듯, 형언하기 어려운 어여쁜 자태에 조호는 탄식했다.
'봉황 같은 곡주에 비하면, 내 계집들은 삼백 육십 마리의 닭이로구나.
아! 나는 그동안 닭장 속에서 헤헤 하고 허우적거리면서 살았던 거야.'
만나자마자 붙잡으려던 마음을 접고 조호가 더없이 부드럽게 말을 건넸다.
"임호성(城)으로 곡주를 모시기 위해 내가 직접 왔소이다. 곡주, 함께 가십시다. 평생, 그대만을 위하며 살겠소. 소, 말, 낙타 똥이 가득한 초원을 벗어나 나와 함께 성에서 행복하게 사시는 게 어떻겠소?"
순간, 화가 치밀어 오른 백오곡주가 아미(蛾眉)를 여덟 팔 자로 바꾸며
"조호! 내 이미 수차 거절했건만. 늙으면 후안무치해진다더니, 첩 삼백을 거느리고도 이리 뻔뻔하다니.."
하고 질책했으나, 곡주의 화내는 모습조차 예쁘게 본 조호가 달래듯

말했다.
"날 너무 나무라지 마오. 곡주, 사나이는 나이나 외모보다 가슴속의 포부와 능력, 재주를 눈여겨 봐야하오. 내 비록, 영준하지 못하고 늙었다 하나
학식과 문장은 조정의 관료 모두가 알아주는 바이며, 곡주를 사모하는 마음은 저 하늘보다 높고 구이원(九夷原)보다 넓다고 자부하오. 곡주,
정 마음에 걸린다면 그깟 첩들 싹 다 쫓아내고 당신만 사랑하며 살겠소.
그리고 내 힘은 앞으로 오십 년도 끄떡없소. 나는 한 끼에 돼지고기 닷 근을 먹고, 이는 오소리 이빨처럼 강하니 혹, 건강일랑 염려 마오.
또, 난 자식이 없으니, 곡주가 만약 떡두꺼비 같은 아들을 낳아준다면
그 아이에게 성주(城主) 자리를 물려줄 것이외다. 곡주, 나의 제안이어..."
하는 찰나 안색이 새파랗게 변한 백오곡주가 파르르 떨며 검을 뽑았다.
"닥쳐라! 내 오늘 그 추악(醜惡)한 입을 찢고 재갈을 물리고 말 것이니라."
곡주의 연검이 울분을 토하듯, 하얀 검기(劍氣)가 칼날을 타고 흘렀다.
'추악한 입?'
부하들 앞에서 체면을 접고 몸을 낮췄으나 곡주가 사납게 저항하자, 조호의 눈썹이 꿈틀거렸다. 더 이상 말이 필요 없는 국면이었다. 조

호가 공격을 명하기 위해 채찍을 들 때, 기병대장 이양이 달려와 보고했다.
"성주님, 뒤에 누가 나타났습니다."
흠칫 돌아보니, 웬 놈이 검을 비스듬히 들고 천천히 다가오고 있었다. 필마단기였으나 그는 가을 밤의 서리 같은 안광을 뿜어내고 있었다.
조호의 부하들 중, 묘호와 싸워본 자들이 너도나도 거품을 물며 소리쳤다.
"호안사걸(虎眼四傑)!"
"호안사걸? 지난번의 혼사(婚事)를 방해했던, 바로 그놈들 아니더냐?"
"예, 바로 그잡니다"
조호는 사걸(四傑)에 대해 알고 있었기에 사방을 두리번거리며 물었다.
"사걸은 네 명인데, 왜 저놈 혼자뿐이냐?"
"모르겠습니다. 혹, 뒤에 오고 있을지도?"
평소 의심이 많은 조호는, 묘호의 태연한 모습에 은근히 겁이 났다. 조호는 호안사걸을 두려워하고 있었던 것이다. 그때, 이양이 소리쳤다.
"저길 보십시오."
멀리, 계곡 아래에서 일정 간격을 두고 세 군데에서 연기가 솟아오르고 있었다.
어디론가 상황을 알리는 봉화(烽火)가 분명했다. 군사를 끌고 동호로 깊이 들어온 건 동호의 진간을 믿고 온 것인데, 호안사걸이 나타나고 연이어 봉화가 타오르고 있으니 쉽게 넘겨버릴 일이 아니었다.

진간을 믿었다가 낭패를 봤던 조호는. 무예가 절륜한 호안사걸을 뒤에 두고
진(陣)을 치고 죽기로 맞서는 백오(白烏) 패거리와 싸울 수는 없었다.
만약, 동호의 오환돌기라도 나타나면 영락없이 죽은 목숨 아닌가. 조호는 용기가 사라졌다.
'진간, 이 믿을 수 없는 놈! 사걸이 또 나타나다니. 오늘은 그냥 돌아가는 게..'
하며
"어찌하면 좋겠느냐?"
고 묻자, 이양은 평소 성주가 여색을 밝히는 것을 속으로 못마땅해 하고 있었다.
"아쉽지만 회군하시는 게 좋을 것 같습니다."
이양은
조(趙)의 명장 이목의 당질로, 임호성의 용맹한 장수였다. 이목이 억울하게 죽자 조호에게 잠시 몸을 의탁하고 있었다. 나라는 망하고 임호성과 대성만이 조(趙)의 성으로 남아 있었으나, 막상 임호성에 와보니 조호는 나라가 망하기도 전에 진에 투항한 자(者)였고 백성을 외면한 채, 낮밤 가리지 않고 여자만 밝히고 있어 불만이 많았다.
백오곡주가 절색이라 하나, 여자 때문에 병사들의 피를 뿌리고 싶지 않았다.
"성주님,
칠노도산맥은 동호인조차 특별한 일이 없으면 찾지 않는 험한 곳입니다. 보다시피 이 길은 좁고 길며 한 번 막히면 물러설 퇴로가 없

습니다. 진간만 믿고 여기에서 싸우기엔 돌발 변수가 너무 많습니다.

곡주가 요물(妖物)이라면 동호의 살수나 선객들을 이용해도 충분할 터인데, 왜 하필 멀리 있는 우리에게 부탁하였겠습니까. 그만 회군하십시오.

진간에게 꿍꿍이가 있을 겁니다. 지난번 사걸의 출현도 몰랐다고 잡아떼 자입니다.

지금 백오곡 무리를 해치워도 봉화를 본 동호군이 달려오고 있다면 이곳에 갇히고 말 것입니다. 그리고 이 일로 전쟁이 날 수도 있습니다."

조호가 백오곡주를 정신 나간 듯 다시 한 번 바라봤다. 정말 예뻤다.

자기를 맞이하기 위해 연지를 바른 듯, 꽃잎 같은 입술과 봉긋 솟은 가슴이 늙다리 조호의 황폐한 두 눈과 사막 같은 가슴을 마구 흔들었다.

조호가 하늘을 보며 원망했다.

"하늘이시여! 제 마음을 이리도 몰라주십니까?"

"성주님."

"에잇! 돌아가자!"

이양이 소리쳤다.

"모두, 회군하라!"

병사가 소라 고동을 힘 있게 불어 제켰다.

"부웅부우웅---"

"두두두두두....."

지축을 울리며, 2천 기병이 돌아가기 시작했다. 묘호는 흠칫 놀랐으

나
곧 오만한 표정으로 기병과 거리를 유지하며 호시횡보(虎視橫步: 호랑이가 노려보며 횡으로 걸음)를 취했다. 차갑게 이글거리는 호안(虎眼) 아래
사선으로 기울어진 묘호의 검(劍)이 일당백의 패기와 생사결(決)의 검광을 번득이자, 연기에 쫓겨 가는 조호를 더욱 초조하게 만들었다.
백오곡주는 그제야 묘호를 발견했고 사나이 백호를 떠올리며 크게 기뻐했다.
잠시, 긴장 속에 조호의 느닷없는 퇴각과 암수를 의심하던 묘호는 멀리 숲속에서 연기가 솟구치고 있는 걸 발견했고 이내, 조호를 속이고자 무봉이 연기를 피운 것으로 짐작하며 그 지혜로움에 감탄했다.
이윽고, 조호가 사라지자 묘호는 달려 나온 무봉과 함께 백오곡주에게 갔다.
곡주와 흑교신편 암바, 안춘은 당장이라도 달려들 것 같던 조호가 갑자기 썰물처럼 계곡을 빠져나가기 시작하자, 영문을 알 수 없어 하다
맞은 편 숲 세 군데에서 연기들이 높이 솟아오르는 걸 발견했다. 곡주는 묘호와 꽃다운 낭자가 함께 오는 걸 보고서야 마음을 놓으며 웃었다.
묘호가 외쳤다.
"누님! 접니다."
"어서 오세요, 이번에도 동생이 우리를 구했어요. 고맙습니다. 그런데 형님들은..?"

묘호가 씨익 웃었다.
"저 혼자 왔습니다."
곡주는 깜짝 놀랐다.
"그럼, 동생이 필마단기로 조나라의 2천 기병(騎兵)을 쫓아낸 겁니까?"
"사정이 급해, 내 뒤에 형님들이 계신 듯 호기를 부려보았는데, 여기 무봉 소저가 적시(適時)에 연기를 피운 전략이 적들을 속인 모양입니다. 누님, 이 분은 무봉 소저라고 합니다. 소저, 백오곡주님이시오."
무봉이 날아갈 듯 인사했다.
"곡주님, 처음 뵙겠습니다. 정말 아름다우셔요. 뵙게 되어 영광이에요."
곡주는 묘호와 무봉을 번갈아 보며 환하게 웃었다.
"어머, 이렇게 총명하고 예쁜 아가씨를 어디서 데려오셨을까? 두 분 덕에 위기를 모면했습니다. 여러분! 조호가 물러갔어요. 모두 소협과 무봉 소저 덕분입니다.
소를 잡고 술과 음식을 푸짐하게 준비해주셔요. 잔치를 해야겠어요."
백오곡 사람들이 환호했다.
"와-!"
묘호가 백오곡주에게 사부의 편지를 전했다. 저녁이 되자 모두 마당에 모여, 밤새도록 술과 춤과 노래를 즐겼다. 달 밝은 밤이라 목장은 더 없이 낭만적이었다. 묘호와 무봉은 백오곡을 구경하며 사흘을 보냈다.
백오곡주는 무봉이 진야성 기녀 석란의 암수를 깨고 묘호를 구한 일과 궁의 침녀(針女)로 지내온 이야기를 듣고 다정하게 손을 잡았다.
"소저는 의로우며, 권모가 판치는 궁궐에서 운명에 지지 않고 살아왔으나, 새처럼 자유롭게 강호(江湖)에서 지내는 게 더 어울려 보여요.
소저, 앞으로 날 곡주라 부르지 말고 언니라고 불렀으면 해요. 어때요?"
궁(宮)에서 무서운 상궁과 궁녀들 속에 칼날 위를 걷듯 살아온 무봉은, 뭇 영웅들이 경외하는 여장부(女丈夫) 백오곡주로부터 인정을 받게 되자, 긴 세월 참아왔던 눈물이 터지며 무너지듯 곡주의 가슴에 안겼다.
"곡주님! 아니, 언니!"
"동생!"
묘호는 백오곡주에게서 답을 받아 호안성(城)으로 돌아가고 무봉은 백오곡에 남아 곡주를 돕기로 했다. 묘호는 무봉과 헤어지기 싫었다.
"언니 말씀이, 백오곡(谷)은 호안사걸과 운명을 함께 할 것이라고 했고
언니를 돕는 게 소협을 돕는 거라 하시며, 저에게 무술도 가르쳐 주신다고 하셨습니다."
라는 무봉의 말에, 묘호는 아쉬운 마음을 가까스로 누르며 돌아섰다.

읍차 사루마로부터, 조호가 백오곡을 공격하지 않고 철수한 이야기

를 들은 진간이 크게 노했다.
"늙은 놈에게 장가 한 번 더 가라고 국경까지 열어줬는데, 그냥 돌아가? 이번엔 또 뭔 일이 있었던 게냐?"
사루마가 대답했다.
"잘 모르겠습니다. 임호성으로 사람을 보내 알아보고 있습니다. 그런데 그깟 여자, 살수들을 보내 없애면 될 걸, 왜 굳이 멀리 떨어진 진(秦)의 병력을 이용하시는 겁니까?"
진간이 대답했다.
"백오곡주가 목적이 아니다. 백오곡은 치우천황 당시의 「천마목장」이다.
사부께서, 가달성주님 지시로 목장에 구이원 총 본당을 세우려 하시는데 백오곡은 수백 만 가달교도들이 모일 수 있는 곳이고, 남북 천오백 리 태항산맥을 타고 지나(支那)에 잠입하기 좋은 길목이기도 하다.
장차 성주님이 천하를 도모하고자 흑림을 떠나면 백오곡에서 지내실 것이며 그 날이 오면, 구이원과 중원은 우리의 지배하에 있게 될 것이다.
백오곡주는 우리 가한뿐 아니라 사방으로 평(評)이 좋은 여자라 함부로 손을 델 수 없으니, 좀 번거롭더라도 타인의 손을 빌릴 수밖에.."
사루마가 눈이 휘둥그레지며 입이 저절로 따악 벌어졌다.
"아! 드디어 우리가 중원까지 들어가는군요. 과연, 우리 교주님의 원대한 꿈과 지략(智略)은 저 같은 뱁새들은 감히 헤아릴 수 없습니다."
"중원의 당(黨)은 이미 설치되어 각지에서 암약(暗躍) 중이니라. 너,

그 입 좀 다물어라. 냄새 난다."
"옙!"
"음.. 더 이상 진을 이용하긴 어려울 것 같으니, 사부님을 뵙고 대책을 상의해야겠다."

난하를 건넜지만

마리산(山) 백겁곡(谷), 철연방주 전비는 겁화당(堂)에 남연(南燕)동주와 3대당주, 칠살, 49향주 이하 소(小)두령들을 모아놓고 회의를 하고 있었다.
전비 뒤로, 누런 천에 휘갈겨 쓴 겁화(劫火)라는 붉은 글씨가 귀기를 흘리고 있었다.
전비는 자라목이 된 악흔(惡痕)을 흘겨보다, 일곱 구멍으로 불을 터뜨렸다.
"우웃! 못난 놈!"
하며
손을 쳐들자 피 빛 구름이 피어올랐고 이어 악흔의 뺨을 치려는 찰나,
한 부하가 다급하게 들어와 당주 파성(破星)의 귀에 뭔가를 보고했다.
네 명의 당주 가운데 마화가 다물장 습격 시(時), 창해신검의 손에 죽고

남은 당주는 악흔, 음곡, 파성 셋이었다. 전비가 들었던 손을 내리고 파성을 응시하자, 파성이 긴장한 얼굴로 전비에게 다가가 보고를 했다.
"뭐, 사백님이? 연(燕)의 수호신(守護神)이며 역수의 흑룡(黑龍)이 패하다니? 그리고 하간오노 또한 절정을 달리는 고수(高手) 아니더냐?"
파성이 대답했다.
"상하운장의 악오귀가 전서구로 알려왔습니다. 창해신검의 손짓 한 번에
만노, 사노, 천노가 죽었고, 대노님과 전노는 호월의 고독장(掌)에 돌아가셨다고 합니다."
"창해신검과 호월선자?"
전비는
경악하며 두려움에 휩싸였다. 가뜩이나 도리깨를 든 놈의 방해로 육마검(劍)이 죽었는데, 흑림의 각팔마룡 외에는 적수가 없다는 창해신검과
이십년 전, 번조선과 패수 일대를 공포에 몰아넣은 호월선자가 나타나다니.
"으음.."
전비는 손이 떨렸으나 막대한 재물이 떠오르자 이내 눈을 희번덕거리며
"신검이 방해한다면 심각한 일이다. 어찌해야 물건을 되찾을 수 있겠나?"
하고 거칠게 물었다.
그때, 처음부터 기둥 옆에 휘장처럼 서있던 음곡(陰哭)이 나서며 말

했다. 중원은 칠웅 중 진(秦)이 조, 위, 한을 병탄하고 초, 제, 연 3국만 남았는데, 음곡은 초를 염탐하다 전비의 연락을 받고 급히 돌아왔다.

"저들은 살필진(津)에서 요하를 건널 것으로 보입니다. 요하 건너는 번조선 오춘리(里)로 기비의 땅이니, 일단은 수유성이 저들의 목적지일 겁니다."

전비가 놀라

"그럼, 우리 물건을 훔친 자들이 모두 기비의 수하들이었단 말이냐?"

악흔이 대답했다. 악흔은 호랑이 주막에 마차를 **빼앗긴** 후, 하루하루를 초조하게 보내고 있었기에, 목숨을 걸고 자기의 과오를 만회하고 싶었다.

"처음에 마차를 노린 자들은 웅가의 국관, 온평, 호랑이 주막 패였는데, 알고 보니 다물장 패들과 이미 편을 짜고 있었으며 지금은 기비와 왕래하려고 하니, 오춘리에서 마차를 **빼앗는** 게 좋을 듯합니다."

방주가 음곡을 돌아봤다. 음곡은 강도와 이간질, 뒤통수치기에 관한 한,

연(燕)에서 둘째간다고 하면 서러워 할 자(者)로 전비의 총애를 받고 있었다.

철연방의 모두가 당주 음곡의 눈에 거슬리는 것을 극히 조심하고 있었다.

음곡이 생각에 빠지면, 구렁이가 조는 것처럼 눈을 반만 뜨고 있었는데,

'저 자의 반쯤 감긴 눈에는 분명 악마의 지혜가 감춰져 있을 게야.'

라고들 생각했다.
"음곡.. 악흔의 의견이 어떠하냐?"
고 묻자
"악당주의 의견이 옳습니다. 뒤를 쫓지 말고 길목에서 가로채야 합니다.
그러나 오춘리 보다는 그 북쪽으로 2십 리, 수유성(城)으로 가는 외길이며 지형이 험해 마차가 달릴 수 없는 파이가산(山)이 좋을 겁니다.
정탐을 보내 수유성의 동태를 살피면서 전략을 세우는 게 어떠할는지요?"
전비는 목을 길게 뽑으며 천천히 쓰다듬었다. 전비는 기분이 흡족하면, 누르스름한 사각 얼굴을 받친 목의 사마귀를 쓰다듬는 버릇이 있었다.
"음, 네 말이 내 생각과 꼭 같다. 그리 하자."
이를 본 부하들은 속으로 오늘 회의가 음곡 덕에 잘 풀렸다고 안도했다.
사실 철연방 회의는 말이 회의지 회의가 아니었다. 여름 날씨처럼 변덕스러운 그의 손에 몇 명씩 골통이 부서지는 게 예사였기 때문이다.
따라서 그들은 방주가 회의를 소집하면 손과 발을 부들부들 떨면서, 회의 내내 긴장의 끈을 늦추지 않고 방주의 눈치를 살펴봐야만 했다.
방주가 엄숙한 표정으로 다정하게 불렀다.
"음곡(陰哭)"
"예, 방주님"

"마연대(隊)와 함께 마차를 되찾아라! 모두들 음곡을 물심양면으로 도와라."

"명(命)을 받들겠습니다."

동주(洞主) 남연 이하 모두는 깜짝 놀랐다.

전비의 경호 살수로 구성된 마연대(魔燕隊: 악마의 제비 무리)는 결성된 이래,

아직까지 강호에 투입된 적이 없었다. 그만큼 이번 일을 대단히 엄중하게 생각하고 있다는 뜻이리라. 마연대는 조직 전체에서 제일 흉악한 놈들만 골라 방주와 좌우 동주가 직접 무예를 전수한 비밀 정예로

모두 삼백여 명이었고 대장은 동주(洞主) 남연이 이끌고 있었다. 남연은

호타수 출신으로 장대 낫을 무기로 썼는데 평소에는 반으로 접어 등에 메고 다녔다.

전비가 이를 갈며 중얼거렸다.

"흑선님을 뵙고 올 것이니라. 다들 이 일에 목을 걸어야 할 것이다."

상하운장 동북쪽 끝은 살필진(津)이었다. 살필진에서 난하를 건너면 수유후(侯)의 관할 오춘리(烏春里)로, 나루터는 없으나 배를 붙이기 용이했다.

높새는 살필진에서, 열여섯 대의 마차를 기비가 준비한 배에 싣고 사고 없이 도하했다. 번조선에 들어서자, 모두 안도의 숨을 내쉬며 기뻐했다.

수유성(城)의 살란극치가 5백 명의 병사를 이끌고 높새 일행과 만났다.
"고생들 하셨습니다."
두약도 기뻐하며 여홍에게 조심스럽게 말했다.
"수유성 군대가 있으니 정말 안심이 되어요. 이제 우린 떠나도 되지 않겠어요?"
두약은 여홍과 강호를 주유하고 있었으나, 다물장을 돕다보니 위험한 일을 겪으며 한시도 긴장을 풀 수 없는 상황이었다. 마차의 표사 역할이 힘들다는 생각이 들었다. 여홍이 이해한 듯 고개를 끄덕였다.
"이들과 헤어질 때가 된 것 같소."
두약이 반가워하며
"오라버니, 우리 주작국(國)으로 가요. 전부터 꼭 한 번 가보고 싶었어요."
"좋소. 그러나 오춘리(里)에 들어가 점심은 먹고 헤어져야하지 않겠소?"
"네, 좋아요"
강을 건너고 대열이 정리된 후, 토왕귀는 수유후(侯) 기비가 보이지 않고 읍차 살란극치가 병사들을 이끌고 나타나자, 의아해하며 물었다.
"읍차님, 기후님은..?"
살란극치가 답했다.
"사정이 생겼습니다. 어제, 태원 상곡의 진나라 군(軍) 2만이 침범해 과이가찰님과 함께 출정하셨습니다."
진(秦)과 국경이 맞물린 수유성은, 고대(古代) 배달국 문명이 중원으로 흘러들어가는 길목으로, 인간의 인후(咽喉: 목구멍)와 같은 곳이었다.
호걸들은 중원 열국의 끝없는 탐욕을 입을 모아 비난했다. 살란극치가 말했다.
"수유성은 바로 옆 오춘리(里)를 거쳐야만 합니다. 지금이 사시(巳時: 오전 9시 반)이니 그곳에 가 식사를 한 후 출발하도록 하십시다."
모두 시장기를 느끼고 있는 터였다. 호걸들과 마차는 5백 군사의 호위를 받으며 오춘리 흑수객잔에 들어섰다. 객잔은 오춘리 북쪽 외곽에 있었다.
객잔은 크지 않았고 달랑 한일 자(字) 모양의 건물 한 동만 서 있었다.
살란극치는 병사들을 동서남북에 배치한 후 호걸들을 안내했다. 여러 개의 탁자에 음식과 술이 풍성하게 준비되어 있었다. 높새와 호걸들은 감탄했다
"이런! 이토록 세심하게.. 감사합니다."
살란극치가 말했다.
"아닙니다, 저희가 감사드릴 일이고 수유후님이 특별히 당부하신 일입니다.
여기까지 오시느라 고생 많으셨습니다. 식사하시면서 천천히 이야기 나누십시오."
"예, 장군"
모두 식탁에 자리를 잡았다. 며칠만의 편안한 식사라 맛이 기가 막혔다.
방혁은 조카 온평의 일에 엮이면서 삶의 터전이었던 주막에 불을

질렀고 친구들까지 죽게 했으며, 몇 번의 죽을 고비와 고문까지 받았으나 사건은 마무리 되지 않고, 이제는 일가족 넷의 운명이 마차의 일부가 되어 끌려 다니고 있다는 것을 깨닫고 있었다. 몹시 피로했다.
이젠 해모수고 기비고 다물장이고 간에 한시 빨리 자기 몫의 수레를 받아 떠나고 싶었다.
방혁이 온평에게 말했다.
"조카, 우리는 할 일을 다 했고 굳이 수유성까지 함께 갈 필요가 없을 것 같다. 여기서 높새 대인, 토왕귀님과 헤어진 후, 자네는 웅가국(國)으로 우리 가족은 다른 길로 갔으면 하는데 어찌 생각하는가?"
온평은 난감했다.
혼자, 사형도 구하고 마차 여섯 대를 몰고 돌아가는 것은 불가능했다.
호월선자가 이정 때문에 도와줄 것 같기는 하나 장담할 수 없는 일이었고
높새를 따라 수유성(城)으로 들어가는 것은, 사정을 알게 된 번조선 가한이 그간의 분노를 핑계로 기비를 쳤을 경우, 안전을 장담할 수 없었다.
이를 듣고 있던 높새가 잠시 생각을 하다 방혁과 온평에게 말했다.
"소협,
지금 마차 다섯 대를 나눠드리고, 무사(武士) 다섯 명을 지원하겠소이다."
이에 온평이 요이화를 보며 말했다.
"고모, 조금만 더 도와주셔요. 국관 사형을 먼저 구해야만 합니다.

사형을 두고 저 혼자 대웅성(城)까지 마차를 끌고 갈 수는 없습니다."
요이화는 기적 같이 만난 오라버니의 아들 온평이 너무도 가여웠다.
"여보, 당신의 착잡한 마음 다 압니다. 그러나 여보, 우리가 처음 만난 날.. 나는 인(仁)을 위해 죽음도 불사하는 당신의 의기에 반해 내 몸을 의탁한 거예요. 여보, 이렇게 하십시다. 이왕지사(已往之事), 조카를 좀 더 도와줍시다. 평이는 중산국(國)의 외로운 후예입니다."
방혁이
과거를 회상하는 듯 요이화를 사랑스러운 눈빛으로 바라보다 흔쾌히 말했다.
"알았소, 내 잠시, 죽은 친구들이 떠올라 정신이 흔들렸소. 조카, 미안하네."
"고마워요, 여보"
늪새가 호월에게 정중하게 물었다.
"선자님께서는 어찌 하시겠습니까?"
호월이 대답했다.
"우리는 온평 소협 옆에 있겠어요."
대화를 지켜보던 여홍이 두약을 돌아보며 말했다.
"사매,
온소제의 사정이 여의치 않으니 함께 머물며 도와주고 떠나도록 합시다."
두약이 밝게 웃으며 대답했다.
"그렇게 하도록 해요. 모두의 이야기를 듣고 저도 같은 생각이 들었어요."

"고맙소, 사매"
거취가 결정되자
높새는 수레 여섯 대를 나누고 방혁 가족, 온평, 여홍, 두약, 호월선자, 이정과 작별한 후 나머지 열대의 마차를 몰고 흑수객잔을 떠났다.

기자가 살던 수유성

한편 국관과 넉쇠, 옥이, 안교, 망치는 육마검을 없앤 후 난하를 따라 북으로, 북으로 이동한 끝에 오춘리 서남쪽 몽산(蒙山)에 도착했다.
산 중턱의 다 허물어진 성을 발견하고 그 아래 동굴에 몸을 숨긴 채 높새 일행이 난하를 건너 오춘리에 들어서기만을 기다리고 있었다.
그들은 철연방(幇)의 움직임을 한순간도 놓치지 않고 관찰하고 있었다. 처음에는 산성(山城)의 내력을 몰랐으나, 망치가 흙더미 속에서 [기(箕)] 자가 쓰여진 기와 조각을 주워들자 국관이 고개를 끄덕였다.
"아! 기자가 양국(國)의 몽현(蒙縣) 사람이었지. 고향 이름을 따서 이 산을 몽산이라 명명하고 향수를 달랬던 것 같군"
"아.."
국관은 신전소도에서 무예는 물론이고 학문에도 열중하였기에 각국의 역사에 밝았다.

"옛날 은나라의 기자가 조선에 망명 와 머물던 성인 듯하다. 당시에는
이곳과 지금 진(秦)이 점령하고 있는 체성, 평요성, 태원성까지 모두 구이원이었는데, 사백여 년 전 진(晉) 문공 이후 진(晉)나라에 점령 당했다"
까마득한 구백 년 전의 이야기라 기자에 대해 아무것도 모르는 망치가 물었다.
"기자(箕子)가 누굽니까?"
"기자는 동이 사람으로 공자도 존경했던 군자다. 은(殷)의 마지막 왕, 주(紂)의 숙부이며 충신이셨는데, 은이 주(周) 무왕에게 망하자 충복 강달과 궁흠 이하 오십 인을 거느리고 여기 수유로 망명해 왔다.
당시(- 9백 년 전), 조선은 기자를 동정하고 수유 땅을 내주어 번왕으로 삼았다.
갑골문자를 만든 은나라는 하(夏) 이후 중원을 지배한 동이족 나라인데, 무엇보다 중요한 건 조선과 똑같이 한울님을 신봉하였다는 것이다.
한울님은 모든 신(神)들의 위에 계신 분으로 배달민족은 일이 급하면 누구나 한울님을 찾는다.
기우제를 지낼 때도, 병이 낫게 해 달라 기도할 때도 한울님께 빌지 않느냐.
나는 당시의 수유성이 어디인지 늘 궁금했었는데 바로 이곳이었구나.
지금의 수유성은 그 이후 옮겨지어진 것이며, 기비는 바로 그의 후손이다.

사실이 이와 같은데, 중원은 자기들이 기자를 조선왕으로 봉했다고 황당한 주장을 하고 있다.

은이 망하기 전, 기자는 주(紂)의 서형(庶兄: 아버지 첩에게서 난 형) 미자계와 종형제(- 사촌) 비간에게 「나는 주(周) 무왕의 신하가 되지 않을 것」이라 말했는데, 어찌 원수 무왕이 던져주는 벼슬을 좋아라 하며 덥석 받았겠느냐.

또 무왕이 주를 건국했다고는 하나, 중원 각지에는 여전히 서(徐), 엄(奄), 영(盈), 웅(熊), 박고(薄姑) 등 동이의 수십 개 강국이 웅크리고 있는 상태였는데, 단제의 막강한 조선을 언제 어떻게 정복했다는 것인지.. 모두 다 화하(華夏)의 사가들이 지어낸 황당무계한 이야기다.

더구나 무왕은 은을 멸망시키고 2년 째 되던 해에 중병을 앓았는데,

얼마나 위독했는지는 서경(書經)에 잘 전해진다. 주공이 무왕을 대신하여 죽게 해 달라고까지 선왕들에게 극진히 빌었으나, 무왕은 병사했다.

그 병자(病者) 무왕이 언제 군대를 이끌고 우리 대조선(大朝鮮)을 정벌했으며, 기자를 조선의 왕으로 어떻게 봉할 수 있었겠냐는 말이다.

기자의 무덤은 아직도 중원의 양국(梁國) 몽현(蒙縣)에 있다. 기자는 무왕이 죽을 때까지는 중원에 있었을 것이다. 무왕이 기자를 만났다면 무왕이 기자를 방문한 게 아니고, 기자가 주의 호경(鎬京: 서안)으로 가 상면했을 것이다.

당시, 호경으로 가다 폐허가 된 은의 도읍에 보리가 무성한 걸 본 기자가 통곡도 못하고 소리죽여 눈물만 흘렸고, 동행하던 기자의 부

인은 맥수지가(麥秀之歌)를 지어 나라 잃은 슬픈 심경을 노래했다고 한다.

    보리는 무성하고, 수수는 윤기가 있구나
    저 아이(-紂)는 우리와 화목하지 않았다.

기자가 가솔들과 조선으로 온 시기는 무왕이 죽고 그 아들 성왕이 즉위한 후일 것이며,
유민(流民)에 대한 주나라의 혹독한 차별에 견디지 못해서였을 것이다.
그때, 주는 건국 후 동이계(界) 나라들의 왕에게, 아무 관심도 없는 작위와 장황한 이름의 관직을 일방적으로 부여했는데 이는 국내 정치용(用)으로 자기 백성들을 속여 체면과 위신을 세우려는 술책이었다.
즉, 기자가 주의 억압에 조선으로 망명했다 하면 수많은 은나라 유민들이 동요할 것을 우려해,
조선이 건재함에도 불구하고, 주(周)가 기자를 조선왕으로 봉했기에 기자가 조선으로 떠난 것이라는, 말도 안 되는 기가 막힌 잔머리를 부린 것이다.
이것이 바로 중원 사관(史官)들이 밤낮으로 입에 달고 다니는 후안무치한 춘추필법이다.
공자의 춘추필법은 구이(九夷)를 폄하하고 중원을 내세우는 역사집필 기준이며, 구이원을 정복하고야 말겠다는 저의가 깔린 불의의 필

법이다.
당시 주(周)는, 성왕을 대신하여 섭정을 한 주공이 동이 열국을 어느 정도 평정했으나
동쪽 해안은 여전히 열국들이 건재하여 주의 영토는 지금과 같지 않았다. 동이계 나라들은 수백 년이 지난 전국시대까지도 여전히 건재했다.
화하가 백적이라 부르던 중산국이 망한 것은 불과 백년도 안 된 일이다.
나의 사제 온평이 바로 중산국(國) 명장 사마장군의 후손이다. 잊지 말아라. 신시(神市) 이후 우리 조선은 단, 한 차례도 중원에 정복된 적이 없었다."
듣고 있던 옥랑이 말했다.
"흥, 화하족은 정말 부끄러움을 모르는군요. 사실을 그리도 왜곡하다니."
넉쇠가 눈을 부리부리하게 뜨며 물었다.
"국선협, 나는 도리깨로 콩이나 보리타작만 하고 살아와서 역사는 잘 모르는 사람이오. 기자(箕子)라는 분에 대해 좀 더 알고 싶소이다."
"예, 대협. 제가 아는 대로 말씀드리겠습니다."
국관은 철연방을 감시하는 것 외에는 특별히 할 일도 없어, 화하(華夏)와 구이원의 역사를 넉쇠, 옥랑, 안교, 망치에게 들려주며 기자가 주의 무왕에게 가르쳐줬다는 조선의 통치철학, 홍범구주를 설명했다.
"무왕이 처음 기자를 만난 자리에서, 은이 멸망한 원인을 물었는데 이는 은나라를 조롱한 것이었소. 그러나 기자가 이에 답하지 않자,

무왕은 무력으로 대할 사람이 아니라는 걸 깨닫고, 급히 예(禮)를 갖추어 백성을 다스릴 도에 대하여 물었습니다. 이에, 기자가 천하 통치의 홍범구주(洪範九疇, 아홉 가지 큰 법)를 설파했습니다. 홍범구주는 배달국과 조선의 「홍익인간 이화세계」를 실천하는 정치 대도로

그 자리에는 주의 강태공, 주공, 소공 등도 있었을 겁니다. 망국의 처참한 심경이었으나 기자가 홍범을 알려준 까닭은 새로운 위정자가 바른 정치를 행하여 은나라 유민들이 편안하기를 바라서였습니다."

망치가 물었다.

"선협님, 죄송합니다만, 도(道)가 뭔지 제 머리로는 도무지 모르겠어요. 도가 뭔지 부터 알고 싶어요. 그 다음에 홍범구주를 말씀해 주셔요."

국관이 망치를 보고 웃었다.

"무술에도 도가 있듯, 우리가 걸어가야 할 길을 도라고 생각하면 된다.

달리 표현하자면 자연이 움직이는 길 또는 그 운행 법칙이라고도 할 수 있겠지.

밤하늘의 무질서하게 보이는 수억 만개의 별도 모두 하늘의 도(道)를 따라 한 치의 오차 없이 운행하고 있으니 얼마나 놀라운 일이냐"

망치는 초원에 누워 올려다보던 별들을 생각하며, 가만히 눈을 감았다.

홍범구주(洪範九疇)

홍범구주는 환웅천황 신시(神市)시대 이후 배달국, 고조선의 정치와 종교의 요체로서, 서경(書經) 주서편(編) 홍범조(條)에 들어있다. 이는 주나라 무왕이 찾아가 물은 정치의 대도(大道)에 관한 기자의 답변을 사관이 기록한 것이며 무왕 4년(- 은나라 멸망 2년 후)의 일이다.

기자의 강의는 9일에 걸쳐 이루어졌다.

첫째 날은, 오행(五行)을
둘째 날은, 오사(五事)를
셋째 날은, 팔정(八政)을
넷째 날은, 오기(五紀)를
다섯째 날은, 황극(皇極)을
여섯째 날은, 삼덕(三德)을
일곱째 날은, 계의(稽疑)를

여덟 째 날은, 서징(庶徵)을
마지막 아홉 번째 날은, 오복(五福)을 설(說)하였다.

+ 홍범구주의 기원

단군세기에, 단군 재위 67년(- BC 2267년) 왕검께서 태자 부루를 보
내 순(舜)임금이 보낸 사공 우(禹: 후일의 우임금)와 도산(塗山: 회계
산)에서 회맹한 기록이 보이는데 홍범구주는 그때 중원(中原)에 전
해졌고
오월춘추(吳越春秋: 후한 조엽의 사서)에, 단군왕검 시절 창수사자 부루
가
도산에서, 당시 9년 홍수를 다스리는 일로 고전하던 사공(司空: 건
설 관장) 하우(夏禹: 하나라 우임금)에게 오행(五行) 치수의 방법과 정
전법 등이 담긴 신서(神書) 금간옥첩을 전해준 사실이 전해지고 있
다.
그때, 조선은 금척(金尺: 神의 자), 금규(金規: 神의 콤파스)를 모방하
여 만든
작도 도구를 함께 보내줌으로써, 과학적인 치수공사를 하도록 이끌
어주었다.

금간옥첩은 배달국에서 전해진 황제중경(黃帝中經)으로, 홍범구주의
연원이 되며 우(禹)는 이 도움으로 마침내 치수(治水)에 성공하고
순(舜)의 뒤를 이어 정전제 등의 황극의 도로 천하 만민을 다스렸
다.
그 후, 홍범은 은(殷)이 망할 때까지 정치 종교의 근간이 되었고, 기
자에 의해 다시 주(周)에 전해졌으나, 중원(中原) 후대의 사가들은
조선의 도움을 사실 그대로 기록하지 않고 신화로 바꾸어서 전하였

다.
황하에서 용(龍)이 나타나 꼬리로 물줄기를 어찌어찌 흐르게 하라고 공사 방법을 그려주었느니, 뱀의 안내로 신전에서 천지 측량 도구를 얻어 치수공사를 성공 했다느니 하며 조선의 대은(大恩)을 왜곡하였다.

1. 오행(五行)

음양오행으로 사물의 본성을 설명했다. 기자가 제일 먼저 오행을 설한 것으로 볼 때, 홍범은 음양오행에 바탕을 둔 사상이라는 걸 알 수 있다.
만물의 생성 근원인 태극이 음양을 낳고, 음양의 분합(分合)에 의해 수화목금토 오행(五行)이 생성되고, 사시(四時: 춘하추동)가 운행한다.

오행 상생은 수생목(水生木)에서 발원하여 목생화, 화생토, 금생수로 진행하는데, 태양이 동에서 남, 서, 북으로 순환하며 춘하추동이 펼쳐지는 이치이고
오행 상극은 수극화(水剋火), 화극금, 금극목, 목극토, 토극수를 말한다. 음양이 상호 작용하듯 오행도 생과 극의 조화 속에 공존한다.
우(禹)는
부루태자로부터 오행의 원리 가운데서 금극목, 목극토, 토극수(土克水)의 혁신적인 토목공사(土木工事) 기법을 배워 9년 홍수를 다스렸

다.

2. 오사(五事)

삼가는 자세로, 오사를 행하여야 함을 강의했다. 다섯 가지는 바른 몸가짐과
바르게 말하고, 보고, 듣고, 생각하는 것으로 군주가 갖춰야하는 덕목들이다.

기자가 홍범을 강(講)한 시기는 유학을 세운 공자가 태어나기 훨씬 전이다. 동이의 통치 철학에 이미 군주의 인격과 도덕을 강조하였으니,
공자의 인의(仁義)의 정치도 사실은 동이의 사상을 그 태반으로 하고 있는 것이다.

3. 팔정(八政: 여덟 가지 정사)

행정 분야.
팔정 - 식(食: 양식), 화(貨: 회계), 사(祀: 제사), 사공(司空: 건설), 사도(司徒: 교육), 사구(司寇: 경찰), 빈(賓: 외교), 사(師: 군軍) - 을 강의함.

국가 주요 사무를 분야별로 나누어 각료 조직을 설명한 것이다. 고대 동이족은 효율적으로 정부를 조직하여 통치하고 있었던 것이다.

4. 오기(五紀)

오기 - 세(歲: 년), 월, 일, 성신(星辰: 별), 역수(曆數: 책력) - 에 맞게 협력해서 일해야 함을 강의함.

우주는 무한한 시간이 흐르는 공간이다. 도(道)는 시공간의 변화로 발현되며
천지를 오가며 시간을 낳는 것은 해와 달이다. 일월의 관측은 역(曆)의 탄생을 가져왔고, 이로써 자연의 변화를 알 수 있는 달력이 만들어졌다.

고대에는 왕조가 바뀌면 먼저 천지도수와 틀어진 역법을 새로 고침으로써 백성들의 농사를 돕고 그 위엄을 과시했다.
천간, 지지로 시간을 헤아리는 60진법은 동이족이 만든 것인데, 메소포타미아 지역의 고대 국가 수메르도 60진법을 사용한 것이 신비롭다.

사마천의 사기에 [간지별명표]가 있는데, 그것이 고대의 우리말일 것으로 추측된다.

5. 황극(皇極: 군왕의 법도)

황극 - 왕이 지켜야 할 법도 - 으로 나라의 기강을 바로 세움으로써, 부모와 같은 군왕(君王)이 되어야 함을 강의함.

1) 정전법(井田法)

고조선의 정전법은 「홍익인간 이화세계」의 사상을 펼친 정책으로 당시, 정치의 성패는 토지 제도를 어떻게 펼치느냐에 달려 있었다.

제2 대 부루 단제 때 정전법을 시행했고 신지(神誌) 귀기가 구정도(圖)를 만들었다.

토지 900묘를 우물 정(井) 자 아홉 개로 나누어 바깥쪽 8구획은 8가구가 나누어 경작하고, 중앙 1구획은 공동 경작하여 국가에 세금을 납부하는 제도이다.

1. 사전	2. 사전	3. 사전
4. 사전	5. **공전**	6. 사전
7. 사전	8. 사전	9. 사전

2) 홍범구주도(圖)

홍범 사상은 「홍익인간 이화세계」의 개국이념을 통치에 실현하고자 정전도를 원용하여 만들어진 정치사상도(圖)이다.

홍범구주도

1. 오행	2. 오사	3. 팔정
4. 오기	5. 皇極	6. 삼덕
7. 계의	8. 서징	9. 오복

중앙의 황극이 광명정대한 법도로 주위 여덟 개의 중심을 잡고, 천하를 다스린다는 뜻.

6. 삼덕(三德)

군왕만이 복(福)과 형벌을 내릴 수 있는 것으로, 자신의 권위를 세우고 사회 질서를 유지하는 것이 나라를 안정시키는 방책이라고 설명하고
신하들이 갖추어야할 덕성을 정직, 강극(剛克: 勇), 유극(柔克: 仁)으

로 분류하여, 신하들이 지나치거나 모자람이 없는 중(中)을 지키도록 했다.

동이족은 공자의 유학이 등장하기 전, 이미 중용(中庸) 사상으로 나라를 다스려왔다.

7. 계의(稽疑: 의심을 헤아림. 점을 쳐 神께 묻는 것)

국가 중대사가 있을 경우, 점을 쳐야 함을 강의

1) 군왕이 먼저 살펴본 후
2) 신하에게 묻고
3) 백성의 의견을 들어보고도, 결정하기 어려우면
4) 거북점과
5) 시초점(- 易占)을 치는데

위 다섯 가지가 모두 일치하는 것을 대동(大同)이라 했다.

역(易)은 주역이라는 이름은 문제 삼지 않더라도 괘사, 효사가 주(周) 문왕과 주공의 작품인 양 왜곡된 기록이 많아「동이의 복희님」은
팔괘만 만들었을 뿐「역(易)은 주나라의 것」이라는 느낌을 주고 있으나,
이 역시 수천 년 전부터 전 분야에 걸쳐 모든 것을 자기들의 창조물로 변조해온, 이해하기 어려운 화하족(族)만의 집착의 산물이라

할 것이다.

홍범구주에서 보다시피 은(殷)의 군왕들은 이미 거북점과 동시에 역점을 쳐왔다.
은허에서 발굴된 이후 해석이 된 다음과 같은 갑골문 내용이 그 사실을 증명한다.

++를 치면 승리할 수 있을까요? 신의 가호를 받을 수 있겠습니까?
열흘 간 재앙이 없겠습니까?
++지역에 재난이 있을까요?
내일, 무인(戊寅) 일에 비가 올까요?
직계 조상에게 소 5마리로 제사를 드릴까요?
왕이 ++에서 사냥 하는데 재앙이 없을까요?

위와 같이, 역점은 동이의 은나라에서 흔히 행하여온 일상 중 하나였다.
문왕과 주공은 그 역을 새로이 엮어 첫 번째 괘를 건위천으로 바꾸었을 뿐이며.
원문의 문왕과 기자에 관한 기술 또한 다른 각도에서 살펴볼 일이다.

제19 대 단군 구모소 시절, 지리숙(支離叔)이 주천력과 팔괘상중론을 지었다(- BC1392). 지리숙은 장자(莊子) 지락편에 나오는 선인이다.
조선의 천지자연의 도에서, 자연철학인 역(易)이 나오는 것은 극히 자연스러운 일이다.

8 서징(庶徵: 여러 징조)

정치는 천도(天道)를 따라야 하는 바, 바르게 행해지지 않으면 한울이 여러 징조를 보인다.
즉, 비가 오거나 볕이 나고, 따뜻하고, 춥고, 바람이 부는 모양이 각각의 계절에 맞는지를 분석한 후, 정책을 결정하여야 함을 강의함.
고대의 통치 이념은 이음양순사시(理陰陽順四時)이다. 음양을 잘 다스리면 사계절(四季節)이 순행하여 천하가 두루 평안해진다는 뜻이다.

비근한 예로, 초원의 소가 숨을 헐떡이고 있다면 기후의 변화가 있는지
좋지 않은 징조는 없는지 자세히 살피고, 군왕 스스로 「과연 내가 천도(天道)에 따라 정사(政事)를 돌보고 있는지 살펴보라」는 의미이다.

9. 오복과 육극(六極)

군왕과 함께 천도를 따르면 5복을 누릴 것임을 강의함.

　　　　오복 (五福)

　　　1) 장수하고
　　　2) 부자로

3) 편안하게
4) 덕을 베풀며
5) 명대로 살다 죽는 것

기자 관련 일고(一考)

1)

기자는 조선(- 한반도)으로 가지 않았으며 조선후(侯)로 봉했다는 사실은, 화하(華夏)의 후세 사가들이 조작한 것으로 보인다.

무왕이 기자를 찾아가 홍범구주 강의를 청한 시기는 무왕 즉위 4년(- 은나라가 멸망한지 2년. 문왕이 천명을 받은 때로부터 13년)인데
서경(書經) 주서 금등편을 보면 은나라를 이긴지 2년 되던 해(- 무왕 4년),
동이계 나라들의 반란을 진압하던 중, 중병에 걸려 그 해에 병사했다고 적혀있다.
무왕이 과연, 기자를 방문해 9일 간 홍범구주 강의를 들을 여유가 있었을까.
그리고 무왕은 기자를 조선 제후로 언제 책봉하였으며, 기자는 언제 조선으로 간 것일까. 그리고 기자의 홍범구주 강의 장소는 어디였을까.

2)

현재까지 중원에 남아있는 기자묘(廟), 기자 독서대 등 기자와 관련된 유적으로 봤을 때, 당시 무왕이 찾아갔다는 곳은 기자가 거주하는
중원의 어느 지역으로, 그때까지 대륙(大陸)에 남아있던 조선의 영

토였을 것이다.

+ 참고

1)

AD 660년, 당나라 고종이 신라의 김춘추를 우이도행군총관(嵎夷道行軍總管)에 임명하였다. 우이는 산동의 [청주]를 가리키며, 하(夏)나라 이전부터 동이족의 오랜 거주지로 대륙 내, 신라가 있던 곳이다.

2)

당나라는 고구려의 왕에게 요동공(公), 낙랑공(公) 등의 관작을 주었는데 요동, 낙랑은 고구려 영토였다.
동북아의 강국 고구려가 당(唐)에서 던진 관작을 순순히 받았을 리 없으나,
고구려가 당나라의 관작(官爵)을 받았다면 당이 고구려를 침공할 이유가 사라지니 앞뒤가 맞지 않는다. 모두 화하의 사가들이 꾸며낸 이야기이다.

파이가산의 혈투

철연방의 동정을 살피러 나갔던 안교가 돌아와 넉쇠, 옥랑, 국관에게 보고했다.
"선협님, 높새님 행렬이 5백 군사의 호위를 받으며 오춘리에 들어서기에 만나보려 했으나, 놀랍게도 살수들이 잠복해 있어 갈 수 없었어요. 백 명이 훨씬 넘어 보였습니다. 높새 대인께 알려야 하는데 어떡하죠?"
넉쇠가 말했다.
"국소제, 그들은 백여 명만 온 게 아닐 거요. 수유 병사만 해도 5백이고 거기엔 여대협을 비롯해 다른 고수들이 계시지 않소. 감히, 그 정도 병력으로 공격하진 못할 거요. 저들의 의도를 알아낸 후 움직여야겠소."
그 사이 둘은 더욱 가까워진 듯 호칭에 약간의 변화가 있었다. 국관이 끄덕였다.
"상하운장에 있을 때 방대협, 요이화 여협과 이야기를 나눈 적이 있는데
온평과 방대협 가족은 멀리 수유성(城)까지 따라가지는 않을 겁니

다.
당초 계획대로 마차를 나누어 받아 동남쪽 오십 리의 현원리(里)로 향할 것입니다. 현원리에 웅가와 왕검성으로 가는 두 갈래 길이 나옵니다.
방대협은 장차 왕검성에서 살고 싶다고 하며, 여의치 않으면 바다 건너 마한(馬韓)으로 갈 생각이라고도 했습니다. 그러니 우리는 수유성은 무시하고 현원리(里)로 가서 온평을 기다리면 될 것 같습니다."
높새 일행이 두 패로 나뉜다는 말을 듣고 넉쇠가 놀란 표정을 지었다.
"그럼, 나의 대형은 어디로 가실 것 같소? 온사제와 함께 오신다면 좋으나,
만약 높새 대인를 따라 수유성으로 가신다면 내 입장이 곤란하지 않겠소?
국소제, 난 대형을 만나기 위해 부초(浮草)와도 같이 강호를 떠돌았소이다. 나는 간신히 찾은 대형(大兄)을 다시는 놓치고 싶지 않소이다."
하며 옥랑을 돌아보자 국관, 안교, 망치의 안색이 굳어지며 창백해졌다.
옥랑은 넉쇠의 심정을 이해했다. 여대협은 지주산에서 자기를 구해 준 은인이 아니던가. 언제고 만나 뵙고 감사 인사를 올리고 싶은 분이었으나, 국관의 몸 상태가 너무 좋지 않아 딱히 외면하기도 어려웠다.
넉쇠에게 말했다.
"먼저 온소협께 국선협을 안내해 드리고, 대협이 안 계실 경우 수유

성으로 가면 어떨까요?"
넉쇠는 옥랑과 초조한 눈으로 가슴 앞에 손을 모으고 있는 안교의 모습에 입맛을 다시며
"옥랑. 그렇게 합시다."
고 하자, 안교와 망치는 살았다는 듯 손뼉을 마주치며 허리를 넙죽 굽혔다.
"고맙습니다."

높새는 온평을 위해 5인의 다물장 용사를 웅가국(國)에 다녀오도록 배려한 후, 자기는 살란극치의 호위를 받으며 수유성(城)으로 향했다.
객잔에 남은 온평은 앞으로의 일정을 상의했다. 요이화가 온평에게 말했다.
"한 곳에 오래 머무는 건 좋지 않으니 가까운 웅가(熊加)의 치림성(城)에, 현원리(里)로 지원 병력을 보내 달라 부탁하고, 우리는 현원리에서 기다렸다가 마차를 인계하고 바로 국관 소협을 구하러 가자."
온평은 경험이 부족해 판단을 내리기 어려웠다.
'아, 사형이 있을 땐 별 생각 없이 뒤만 따라다니면 됐는데. 정말 어렵군.'
하고 고민할 때 이정이 온평의 소매를 끌며
"고모님 말씀대로 하셔요. 웅가(熊加) 쪽으로 한 발짝이라도 더 가요, 오라버니. 그리고 현원리(里)는 가는 길도 그리 나쁘지 않잖아요?"

라 하자

온평이

"우둔한 나를 깨우쳐줘서 고맙소. 그렇게 하는 게 좋을 것 같군."
하고 요이화에게 말했다.

"고모님, 현원리로 가시죠."

온평은 다물장 무사에게 편지를 주어 치림성으로 보낸 후, 다섯 대는 다물장 무사들이 몰고

방혁 가족의 몫 한 대는 방성이 끌고 오춘리(里)를 조용히 빠져나갔다.

선두는 여홍과 두약, 좌측은 온평과 이정, 우측은 호월, 후미는 요이화와 방혁 부녀가 지켰다.

여섯 대로 기동이 가벼워진 그들이 한 시진쯤 지나 어느 숲으로 접어들기 삼십 칠팔 장 전, 여홍이 조용히 손을 들어 행렬을 정지시켰다.

매복이 있다는 신호에 마차를 두 대씩 세 줄로, 머리를 마주 보도록 정렬하며 귀를 기울였으나 미풍 외에는 어떤 것도 느낄 수 없었기에,

창해신검의 가공할 무예를 목도한 바 있는 호월은 또 다시 놀라고 말았다.

아무리 짧게 잡아도 숲이 시작된 후 팔 장 지점의 매복을 가정한다면,

사십 오륙 장의 거리에 적이 있다는 얘기인데 그것도 숲에 가려진 절제된 살기를 포착한 창해신검의 공력(功力)이 더없이 경이로웠다.
이어

마차를 떠나지 말라고 한 여홍이 연기처럼 사라지는 찰나, 푸른 검

운(劍雲)이 악귀처럼 뛰어나오는 살수들을 덮으며 숲 속으로 사라졌다.
"으악! 큭! 컥, 헉, 윽, 흑, 악! 음, 어억…"
하며
쓰러지는 살수들의 신음과 이승의 끈을 놓는 소리가 수림(樹林) 너머로 장송곡(葬送曲: 장례 때 연주곡)처럼 구슬프고 처절하게 이어졌다.
"악!"
"헉!"
"윽!"
"악!"
"큭, 컥, 아악-!, 허억!…."
호월선자 이하 모두가 눈을 부릅뜨며 전신의 내공(內功)을 끌어올리다
"사사사삭..!"
소리에 돌아보니 악흔과 또 다른 삼백오십 여 살수가 몰려오고 있었다.
"후훗"
호월이 살기를 흘리며 앞으로 나서자, 온평은 비스듬히 검(劍)을 기울였고 두약, 이정, 요이화, 방혁 등과 다물장 무사 5인이 빠르게 포진했다.
두약은 당장, 적진으로 뛰어들고 싶었으나 마차를 지키라는 여홍의 당부가 있었기에 살수들이 근접하기만을 기다렸다. 이어, 호월의 앞으로 들이닥친 악흔이 우장(右掌)을 내지르자 비릿한 냄새의 손바람이 쇄도했다.

십여 장 전부터 악흔의 칙칙한 눈에서 익숙한 기운을 느낀 호월이 호곡향귀(狐哭向鬼: 여우가 귀신을 보며 통곡함)로 막고, 호곡천지(狐哭天地: 여우의 곡소리가 천지를 가득 메움)를 전개하자, 악흔의 독장이
물벼락을 맞은 잔불처럼 기세가 꺾이는 동시에 뒤를 따르던 살수 열일곱이 병자(病者)처럼 힘없이 나동그라졌다.
호곡향귀에 흩어진 악흔의 독과 호곡천지의 독 바람에 영문도 모르고 자빠지는 사이, 열여섯 가닥의 은빛이 꿈결처럼 날았고 거품 물고 쇄도하던 살수들이 돌부리에 걸린 듯 엎어지며 땅바닥을 뒹굴었다.
두약이 새로이 창안한 암기술 십육광(十六光: 열여섯 개의 빛)을 펼친 것이다.
이름 그대로 빛처럼 빠른 암기였기에 위험을 느끼기도 전에 파고들었다.
여홍이 돌아오기 전, 인해전술로 서너 대는 탈취하려 했던 악흔은 크게 놀랐다.
아무리 손가락이 잘렸다 하나, 상대는 요이화와는 또 다른 괴이한 고수였다.
독을 두려워하지도 않을 뿐 아니라 자신을 능가하는 독술의 대가로 보였으며, 바람을 찢는 여우의 곡(哭)이 아득히 사라진 기억을 건드리며 불길한 살기를 내뿜고 있었다. 유엽비도가 껄끄러워 요이화를 피해,
다소 약해 보이는 여인들을 공략한 것이었으나, 늑대를 피하려다 표범을 만난 꼴이 된 듯했다. 설명은 길었으나 숨을 몇 번 내뱉는 틈에

요이화의 유엽비도가 날고, 그림자를 쫓으며 혼을 가두는 온평의 검과 방혁, 방성, 방초 그리고 다물장 무사들이 만든 검망(劍網)이 암벽처럼 적들의 난입을 막아서자,

이정이 현란한 호월무(舞)를 밟으며 살수들 속으로 뛰어들었다. 모두 수비에 치중하고 있었으나 그녀는 매우 극렬한 모습을 보이고 있었다.

호월무에 몸을 실은 이정이 나아가고 물러서며, 춤추듯 움직일 때마다

살수들의 칼이 간발의 차로 빗나갔고 호월검(劍)이 번득일 때마다 어김없이 모로 쓰러졌다.

방향이 없는 바람처럼 예단하기 어려운 검로(劍路)가 십여 명의 살수들을 짐작도 못했던 죽음의 문턱으로 몰아갔다.

호월이 심산유곡을 다니며 먹였던 기화선초(奇花仙草)로 심후한 내공을 얻었다고는 하나, 사실 이정은 불퇴전의 기세로 목숨을 걸고 있었다.

사랑하는 낭군을 괴롭히는 악인들과의 결투인지라, 그들을 용서할 수 없었다.

병마로 신음할 때 온평이 베풀어준 극진한 간호를 생각하며, 그가 잘못되거나 상심하는 걸 생각조차 하기 싫었던 이정은, 더 없이 다정한 온평을 돕는 일이라면 목숨이라도 던질 각오가 되어 있었기에 정작,

악귀 같은 적들과 마주치자 꼭꼭 담아왔던 감정이 폭발하고 말았다. 아직 실전이 부족한 이정이었으나 적진에 와락 뛰어들며 좌장을 뿌리고

육연검(六連劍)을 펼치자 일곱 명의 살수가 허수아비가 꺾이듯 쓰러

졌다.
그때, 굳건하게 마차를 지키던 온평은 이정의 무예에 크게 놀랐으나 이내 심장이 오그라들었다. 적들의 수가 압도적이기에 수세를 취하며
여대협이 돌아올 때까지 기다려야만 했는데, 이정의 차가운 눈빛과 굳게 다문 입술에서 얼핏 옥쇄(玉碎)를 각오한 검무(劍舞)를 느낀 것이다.
'아니?'
아연실색한 온평이 급히 그림자를 베고 목을 치는 검광을 뿌리며 돌파하려 했으나, 시체를 밟으며 밀려드는 살수들의 공격에 가로막혔다.
살수들은 이정의 검에 쓰러지는 동료들을 보고 놀라면서도, 적이 미인이라는 사실에 대뜸 막연한 기대와 충동을 느끼며 앞 다투어 달려들었다.
"창창-창.. 훅훅-큭, 흑, 창! 훅-컥, 창..창....!"
병기 부딪치는
소리와 검광 속에 적들이 볏단처럼 자빠졌으나 십 오륙, 합이 지나자
세상과 단절된 채 살아온 이정은 연이어 터지는 비명과 피 냄새보다,
흐흐 웃으며 위아래로 샅샅이 훑어보는 비릿한 안광을 느끼면서부터 자기도 모르게 평정심을 잃어갔다. 명경지수와 같아도 버티기 힘든 상황에,
경험이 일천한 이정이 태연한 척 흘리기엔 너무도 끈적끈적한 눈길이었다.

조금 전과 달리, 이정의 검이 흔들리는 걸 본 온평이 초조하게 검을 휘둘렀고,
이어, 분노가 치민 이정이 좌우를 베고 물러서며 좌장(左掌)을 떨치자
여우의 울음이 처절하게 울려 퍼지며 칠팔 명의 살수들이 발에 차인 돌멩이처럼 나가떨어졌다. 절장(絶掌) 호곡천지(狐哭天地)를 펼친 것이다.
이어, 적들의 도산(刀山)을 뛰어넘은 이정이 꼬리를 물기 위해 여우가 돌듯
회전하며 검을 휘두르자 이정을 쫓으며 고개를 틀던 살수들이 느닷없이 갈라지고 있는 자기들의 몸을 허망하게 바라보며 목을 떨구었다.

호월무와 절묘하게 어우러진 호월검의 정수(精髓)를 펼친 것이었으나
살수들이 여전히 벌떼처럼 달려들었기에, 한 번에 많은 내력을 쏟아낸 이정이 처음과 같은 모습으로 연이어 상대하기에는 중과부적이었다.
호월검으로 네다섯 차례 더, 살수들을 베고 난 이정이 숨을 들이쉴 때였다.
훅훅, 훅., 훅- 쌔-액.. 사삭 싸-악! 하며 쇄도하는 칼을 피하는 순간
어깨를 지지는 작열감에 황급히 물러섰고, 동시에 허리와 등을 향해 날아드는 귀도를 막아내었으나, 또 다른 칼이 이정의 가슴으로 들이

닥쳤다.
많은 수를 상대로 내력을 나누어 쓰지 않은 것이 화를 불러들인 듯, 고통 속에 용을 썼으나 경신술을 펼치기 어려울 정도로 공간을 빼앗겨 가다
얼마 못가 악귀들의 손에 잡히게 될 것 같은 위험한 국면이 이어졌다.
이윽고, 낄낄 거리는 소리와 함께 세 개의 칼이 이정의 머리와 어깨, 허리를 베어갔고 호월검으로 두 개의 칼을 막고 허리를 지키려는 찰나
또 다른 칼들이 틈을 노리며 이정의 주위를 꿈틀거렸다. 허리에 근접한 칼을 막더라도 어깨의 부상 때문에, 무작위의 난폭한 공격으로부터 언제까지 자유로울지는 장담할 수 없었다. 그때 돌아버린 포효가 전장(戰場)을 흔들었다. 칼을 맞은 곰이 바위를 쪼개듯, 십여 명의 살수를 베어 넘긴 온평이 토해낸 천웅후(天熊吼: 곰의 포효) 였다.
이정의 위기를 본 온평이 치우장(掌)으로 길을 열고 분영(分影), 참마의 쾌검으로 살수들을 가르며 돌진해 나아갔다. 온평의 눈에 그동안 볼 수 없었던 핏빛 살기가 번득였다. 가슴 깊이 자리한 이정이 위험에 빠지자, 여인을 사지(死地)로 내몰았을 뿐 아니라 나만 바라보는 소녀를 보호하지 못한 자책과 분노가 화산처럼 일시에 폭발한 것이다.
자기는 백 번 죽더라도 이정만은 살아야 했다. 심산유곡에서, 십여 년을 세상과 단절된 채 병마와 싸우다 이제 막 꽃을 피운 아름다운 여자였다.
온평이 힘을 다해 휘두른 검에 여덟 명의 살수(殺手)가 고꾸라졌고,

부표처럼 움직이는 치우장에 살수들이 황급히 물러서다 나동그라졌다.
곰이 담을 허물 듯 적진을 뭉개며 돌파하는 온평의 내공이 놀라웠다.
이정을 향해 전진하는 온평의 눈에는 두려움도 그 어떤 미련도 없었다. 어찌될지 모르는 연인을 구할 수만 있다면 나는 죽어도 좋다는 각오와
좀 더 아껴주지 못한 후회와 연민으로 이를 갈며 검을 휘두르는 찰나,
단전의 기운이 용천혈(穴)과 노궁혈(穴)로 굽이치며 찬연한 검기를 천지사방으로 뿌렸다. 절체절명(絶體絶命)의 위기에 목숨을 거는 순간,
고도의 집중이 선천지기를 깨우며 자나 깨나 바라던 내공(內功)의 약진(躍進)을 끌어낸 것이다. 몇 번을 더 치고 박으며 베어 넘긴 온평이 마침내 살수들을 뚫고, 숨을 몰아쉬고 있는 이정의 뒤에 도착했다.
"얏!"
하는 기합 소리에
"아!"
하고 돌아본 이정이 울컥하며 눈물을 글썽였다. 꿈결 같은 상봉이었다. 이제 곧 죽을 것 같은 때에 사랑하는 온평이 그림처럼 나타난 것이다.
잠깐 떨어져 있었으나 두 사람은 1년을 못보다 만난 것처럼 격동했다.
"내가 길을 열 테니 따라 오시오."

하며 검을 휘두르자, 은빛 검호(劍弧: 검이 그린 곡선)가 살수의 목을 분리했고,

좌수의 치우장에 휘말린 적들이 속수무책으로 쓰러지거나 뒤뚱거렸다.

누구도 가벼이 볼 수 없는 온평의 공력과 무예에, 뒤를 따르던 이정은 조금 전까지 절망적이었던 고통은 까맣게 잊어버린 채 더 없이 행복해 했다. 일당백(一當百)의 무예에 감탄하면서, 이 모든 일이 끝난 후 둘만의 오붓한 대화를 상상하며 호월검을 더욱 강하게 휘둘렀다.

마차까지 가기는 쉽지 않았으나, 함께 있는 것만으로도 행복한 두 사람이 역동적으로 검을 휘두를 때, 돌연, 적들의 후미가 뭉그러지며 끔찍한 비명과 웅혼한 사자후가 살수들의 머리 위로 울려 퍼졌다.

"우우우웃... 이얏!"

"훅훅훅 후훅훅훅!"

"악!"

"윽!"

"...."

"컥!"

"큭!"

"...."

"슈..슈슈………슉!"

"컥……컥,,,,,,,,윽!"

"퍼퍽………퍼퍽!"

"윽큭....흑..으..컥!"

"헉!"
"끅!"
"………"
"훅훅훅…후훅…훅!"
뿌연 먼지 속에 양떼를 몰아치듯 다섯 개의 그림자가 내달리고 있었다. 불의의 기습에 지리멸렬하던 적들이 이내 정신을 차리고 막아섰으나,
도리깨를 든 석탑 같은 사내가 타작을 하듯 훑고 쓸고 패며 질주하자,
그나마 재수 좋은 자(者)가 비명을 지를 수 있었을 뿐 대부분이 머리와 가슴이 깨지거나 팔다리가 부서지며 여기저기로 획획 나가떨어졌다.
살수들이 기겁을 하는 사이, 칼로 막은 자는 칼이 부러지며 몸이 절단 났고,
엎어질듯 피한 자는 기척도 없는 철각(鐵脚)에 기절하였으며 우당탕 물러선 자들은 궤적을 알 수 없는 돌개바람에 목이 틀어지며 죽었다.
그리고 좌우로 나는 4인의 그림자가 수십 개의 돌과 암기를 날리고 검(劍)을 휘두르며, 배(-船)를 들어 던지는 파도와도 같이 길을 열어갔다.
온평을 공격하던 자들이 놀라며 뒤를 돌아보는 사이 온평과 이정은 간신히 마차로 돌아왔으나, 정신을 차린 적들이 전열을 재정비한 듯,
두 패로 나뉘어 빠르고 침착하게 공격하기 시작했다. 이백삼십 여 명이 정면 승부를 피하며 차륜전을 취하자, 무사들의 전진 속도가

늦어졌다
그때, 멀리 응시하던 온평이 눈을 부릅뜨고 반가워하며 크게 소리쳤다.
"사형!"
그들은 바로 애타게 기다리던 국관, 안교, 망치와 생면부지의 철탑 같은 사나이 그리고 백면서생이었다. 국관의 무예는 익히 잘 알고 있으나,
각기 다른 속도로 날며 눈과 태양혈을 파괴하는 안교의 돌과 일도 양단의 검술 그리고 망치의 귀신같은 박치기에 모두 사기가 치솟았고
사나이의 바위라도 부술 패도적인 도리깨에 안도의 신음을 토하며, 봉우리를 도는 구름처럼 변화하는 서생의 검술에 더 없이 놀라워했다.
단아한 서생이, 기운 달이 떨어지듯 검로를 그리다 살수들의 칼을 비틀고 휘감으며 검광을 뿌릴 때면 살수들은 여지없이 바닥을 뒹굴다.
둘 다 적이 아니었기에 다들 국관이 나타나기 전보다는 편안하게 싸웠으나,
병력 차이가 너무 큰 탓으로 마음 한편으로는 불안했고, 숲으로 들어간
창해신검의 안위 또한 알 수 없어 초조한 마음을 억누르기 어려웠다.

사실, 여홍이 매복을 알면서도 숲으로 뛰어든 까닭은 이백 오십을

상회하는 호흡을 포착했기 때문이었다.
포악한 기운으로 모두 강자임을 알 수 있었으나, 그들이 밖으로 나오면
다른 세력과 합류해 아군이 다치거나 마차를 탈취 당할 수도 있었기에,
무림의 금기를 깨고 숲으로 뛰어들지 못하리라 짐작한 살수들의 허를 찌른 것이다.
더구나 그들은 창해신검이 노화순청을 넘어, 일거수일투족이 무리(武理)를 벗어나지 않는 반박귀진의 고수임을 짐작조차 못하고 있었다.
누구나 아는 만큼 보이고 자기 수준으로 남을 평가하는 습성이 있다.
자신이 수십 년을 수련해도 이룰 수 없었고 또 그 수준에 오른 자를 보지 못했기에,
철연방의 동주 남연은 전삭이 여홍의 손에 패한 소식을 들었으면서도
여홍이 대자연의 율려를 토납하는 고수일 줄은 생각 못하고 우물에서 하늘을 재듯, 삼백 마연(魔燕)을 당해내지 못할 것이라고 오판했다.
여홍의 유령 같은 경신술과 피의 검운(劍雲)을 상상하지 못한 남연은,
바람처럼 들이닥친 푸른 구름에 평생 손에서 놓지 않았던 장대 낫을 써보지도 못한 채 가슴이 갈라졌고, 아차! 하고 육신을 돌아보는 남연을 지나
하나도 둘도 아닌 강물 같은 바람이 반경 십이 장의 살수들을 휩쓸

었다.
이어 검운(劍雲)을 가르며 검광이 번득이자 살수들이 막막한 얼굴로 눈을 감았다.
여홍이 희대의 절장(絶掌) 불연기연과 칠성폭우를 동시에 펼친 것이다.
전삭조차 저항할 수 없었던 비술을 소졸들이 어찌해 볼 도리가 없는 건 당연했다.
팔십 여 명이 눈 깜짝할 사이에 쓰러지자, 여홍을 죽이려 했던 이백이십 여(餘) 살수들은 듣도 보도 못한 신공(神功)에 크게 놀랐으나, 바로 정신을 추스르며 스스로를 지키기 위해 거품을 물고 달려들었다.
소문으로 들어온 창해신검의 무예는 방금 목도한 경지에 비하면 크게 약했다.
전삭을 무너뜨려 천하를 놀라게 하였으나, 구십여 합으로 이긴 실력으로는 이 같은 신위(神威)를 보일 수 없었다. 전삭과의 비무 이후 약진을 한 게 아니라면, 그 날의 결투에 분명 사정이 있었을 것이기에,
도망치는 것 보다 똘똘 뭉쳐 결사 항전을 하면서, 악흔의 부하들이 소수의 적(敵)을 빨리 해치우고 자기들과 합류하기를 기대한 것이다.
이는, 신협이라 불리는 창해신검을 상대로 극히 영리한 판단을 내린 것이었으나
넉쇠, 국관 등의 느닷없는 방해로, 파해(破解)가 불가능한 창해신검의 검(劍) 아래 자발적으로 목을 들이민 결과를 초래하고 말았다.
본능적으로, 무언(無言)의 합의를 이룬 살수들이 여홍을 공격하려는

찰나
"훅!"
소리와 함께 여홍을 떠난 그림자가 포착할 수 없는 속도와 궤적으로 살수들을 스치고 돌아 온 후, 다시 떠오르며 저공으로 급선회하자,
앞장서 달리던 살수들이 억! 소리도 끝을 내지 못하고 곤두박질쳤다.
적들이 많아, 한동안 사용하지 않던 선풍비(旋風匕)를 꺼내든 것이다.
이어 번쩍이는 그림자가 한 차례 더 쓸고 지나간 자리에 시체들이 쌓이자, 백팔십 여 살수들이 핏기 잃은 얼굴로 뒷걸음질 치기 시작했다.
이 모든 것이, 방에서 나와 섬돌의 신을 신고 다섯 걸음 내딛는 시간 밖에 걸리지 않은 변화였으니, 가히 눈물도 없이 통곡할 무예였다.

한편, 악흔은 웬 놈들이 후미를 두들기며 휘젓는 것을 보고 크게 노했고,
그들 중 이마에 피도 안 마른 것들이 있는 걸 보고 급히 몸을 날렸다.
"이놈들!"
하고 소리친 악흔의 눈에, 도리깨를 들고 부하들을 두들겨 패는 놈이 들어왔다.
놈의 도리깨가 날 때마다 부서지는 부하들을 보고, 악흔이 달려들며

철연장을 내지르자 넉쇠가 바위를 굴리듯 좌장(左掌)을 끊어 쳤다.
"꽝!"
하며 이는 회오리에 악흔의 몸이 흔들렸다.
"돌개바람!"
돌개바람은 배달국의 장법으로 전설 같은 무공이었다. 손가락이 잘려 독공(毒功)이 반 토막 난 후, 공력의 운용이 예전 같지 못한 악흔은
뜻밖의 돌개바람에 기혈이 진탕되자, 이를 갈며 이십여 합의 공방을 이어갔다.
창해신검과 손가락 부상 탓으로 마연대(隊)를 의지했으나, 뜬금없이 나타난 넉쇠에게 역부족을 느낀 악흔이 부하들을 불러 넉쇠를 공격했다.
그러나 넉쇠는 콩을 타작 하듯 깨고 부수며 졸개들을 유린해 나아갔다.
칼과 몸뚱이가 사발처럼 날아갔고 시간이 갈수록 그 기세는 불길처럼 타올랐다.
"훅-컥 윽..."
힘을 찾아가던 살수들은 악흔이 1합에 꺾인 듯 보이자, 사기(士氣)가 떨어졌고
옥랑과 국관, 안교, 망치는 더욱 길길이 뛰며 살수들을 해치워 갔다.
이를 본 호월과 요이화, 온평 등의 반격이 차츰 거세졌고 흐트러진 국면을 어찌 정리할까 악흔이 고민할 때, 어쩌다 날아든 돌멩이처럼 소년 하나와 신녀 둘이 나타나 마연대(隊)의 측면을 두들겨 대기 시작했다.

선두에 선 소년의 창법은 빠르고도 더 없이 패도적이었다. 찌르고, 패고, 찍고, 후려치며 권각이 날자 살수들이 낙엽처럼 쓰러지는 가운데

우르릉 꽈릉! 소리와 함께 창에 달린 은빛 무궁화가 눈부시게 빛났다.

신녀들의 무공 또한 대단했다. 나비가 날 듯 교차하며 검광을 뿌리자 부하들이 허수아비처럼 쓰러졌다. 신녀국의 접유화림(蝶遊花林)이었다.

그들은 뇌바우, 에제니, 소별이었다. 여인들의 쌍검(雙劍)이 원을 그리며 벼락창(槍)과 힘을 합하자,

우웅-웅웅 소리와 쌍검의 검광들이 어우러지며 살수들을 놀라게 했다.

악흔은 예상치 못한 적들의 연이은 훼방으로 가슴 속에 열불이 났다.

병력은 우위에 있으나, 넉쇠와 뇌바우의 무술로 진(陣)에 균열이 생기자

"휙-"

하고 길게 휘파람을 불었다. 마차 탈취를 뒤로 미루고 진을 하나로 만든 후 적들을 없애기로 한 것이다. 이어, 방향을 바꾼 살수들이 호월, 온평, 이정 등과 넉쇠 일행 그리고 뇌바우, 에제니, 소별을 포위하며 그물을 조이듯 압박해 들어갔다. 뜻밖의 방해로 흔들리던 살수들이 안정을 되찾았고 마연대가 본연의 기세를 불길처럼 뿜어내자

넉쇠, 국관과 뇌바우 등 여덟 명 또한 바람이 범을 따르듯 호월, 요이화, 온평, 두약 등과 빠르게 합류하며 마차 앞에 병풍처럼 늘어섰

다.
더 이상 물러설 수 없는 악흔과 죽음을 사양하지 않는 호월, 넉쇠, 국관, 온평, 이정 등이 가득 당긴 화살처럼 일촉즉발의 기운을 폭사할 때
돌연, 하늘을 쪼개는 기합과 함께 휘청거리는 살수들을 무형의 바람과 일곱 개의 광망(光芒)이 어지러이 휩쓸었고, 이어 자갈처럼 구르며
도망치는 자들을 열두 가닥의 검기와 창해의 물결 같은 검운(劍雲)이 훑고 지나갔다.

순간, 모두가 일시에 내공이 흩어지며 비틀거렸다. 호월과 두약, 넉쇠, 악흔, 요이화는 눈을 감았고, 나머지는 기혈을 가라앉히기 위해 주저앉았으나, 악흔의 부하들은 기절할 듯 눈을 감으며 무릎을 꿇었다.
다시는 듣지 못할 사자후였다. 밖에서 들려오는 소리에 급해진 여홍이
극한의 사자후로 적(敵)들의 공세에 제동을 걸고, 불연기연으로 때리며
칠성난비에 이어 추혼십이검(劍)과 또 하나의 절예 창해벽운(滄海碧雲: 바다의 푸른 구름)을 반박귀진의 내공으로 일시에 몰아친 것이다. 이어,
밖으로 나온 여홍이 선풍비(旋風匕)로 악흔을 베고, 넉쇠 앞에 섰다.
"아우!"

"대형!"
하고 넉쇠가 절을 올리려 하자 여홍이 만류했다. 자기들을 구해준 장사가 창해신검의 의제라는 사실에 호월, 온평, 이정 등이 감탄할 때
"정말 반갑네만 인사는 잠시 미루세."
하고
"동예의 여홍입니다. 세 분의 도움에 깊은 감사의 말씀을 드립니다."
하며 포권을 취하자 뇌바우와 신녀들은 형언할 수 없는 충격을 받았다.
에제니는 진정 산이 쪼개질 사자후에, 꼼짝없이 대마왕의 손에 죽는구나 했는데,
숲에서 나온 사나이가 악흔을 아이 잡듯 하여 놀라고, 철탑 같은 사나이의 대형이어서 까무라치다, 황사산(山)과 파곡산(山)을 평지로 만들고 북연귀를 꺾은 신검진천하(神劍震天下)의 창해신검이라는 사실에
아! 하고 입이 벌어진 아기 같은 소별을 깨우며 급히 예(禮)를 갖추었다.
"신협(神俠)을 뵙게 되어 무한한 영광입니다. 신녀국의 에제니라 합니다. 이쪽은 소별, 이분은 뇌바우님 입니다.
신협(神俠)이 계신 줄 알았다면, 저희는 감히 나서지도 않았을 겁니다."
"아닙니다. 세 분의 무예와 하늘을 찌르는 의기가 저들의 기세를 꺾었습니다."
이야기를 나누는 사이,

숲속의 살수들과 마차를 노리다 사자후에 무릎 꿇은 자들이 진땀을 흘리며 내빼고 있었으나, 여홍은 못 본 척 넉쇠를 보며 손을 굳게 잡고 반가워했다.
"이 얼마만인가!"
그리고 일행에게 넉쇠와 옥랑의 소개를 마치자, 국관이 넉쇠와 옥랑의 도움으로 탈출한 경위를 이야기하며 자연스럽게 서로를 알아갔다.
한참이 지나, 넉쇠는 얼핏, 여인국 신녀들과 대화할 때면 왠지 모르게 대형(大兄)의 눈빛이 서글퍼진다는 걸 느끼며 의아한 생각이 들었다.
그러나 여홍이 생모를 찾으러 간 곳이 여인국이며, 특히 신정(神井)의 물이 신비로운 감동과 그리움을 일으킨 곳이라는 걸 넉쇠가 알 리 없었다.
그때 요이화가 에제니, 소별을 보며 물었다.
"여인국은, 북옥저 차구산에 있지 않습니까?"
"네, 아주 아름다운 곳입니다. 한 번 놀러 오시기를 기다리겠습니다."
"그런데, 어떻게 우리를 돕게 되신 겁니까?"
여홍의 물음에
"저희가 산현선사님을 뵈러 일토산에 방문한 날, 붉은 눈 독제비 떼의 습격으로 도인들이 돌아가시고 웅녀상을 도둑맞은 일이 있었습니다."
라고 뇌바우가 답하자 호걸들은 대경실색했다.
"웅녀상은 번조선의 치두남 가한 때 만들어진 보물 중의 보물 아닙니까?"

에제니가 말했다.

"네, 환웅상과 더불어 구이원 제일의 보물이라 할 웅녀상은 실제로 성모님의 아름답고 성스러운 모습을 가장 잘 표현한 상(像)이기에, 저희도 구도순례 차(次) 왕검성의 신전소도를 자주 방문하고 있습니다."

뇌바우가 말을 이었다.

"독제비들이 철연방(幇)과 관계가 있을 것이라는 선사님의 말씀을 듣고 찾아다니던 중(中),

어제 마리산의 철연방 산채에서 나온 살수들을 추적해 온 것입니다."

국관이 고개를 끄덕이며 말했다.

"소협, 우리도 철연방을 찾기 위해 추마산을 뒤지다 제비들을 본 적이 있었소. 수 천 마리가 있었는데 제비들이 까마귀 눈과 골을 파먹고 있었어요. 직접 눈으로 보지 않으면 믿을 수 없는 일이었습니다."

여홍이 말했다.

"철연방은 그간 조선의 재물을 훔쳐 연(燕)의 희왕에게 보냈던 것이오.

희왕은 밥만 축내는 멍텅구리라 하니, 웅녀상을 훔쳐 놀고먹는 경비로 사용하려 했을 것이고, 철연방은 우리의 동정을 들여다보고 있었소.

높새 대인의 마차는 열한 대나 되오. 여섯 대에 이 정도면 그쪽으로는 철연방의 주력이 투입되었을 것입니다. 아무래도 가봐야만 할 것 같은데.."

호걸들은 고개를 끄덕였으나 국관, 온평은 이를 어쩌나 하고 갈등했다.

그동안의 은혜를 생각하면 당장 달려가야 하나, 겨우 찾은 7억 만 냥을 들고 거꾸로 움직인다는 것은 아무래도 어려운 일이었다. 여홍이

"우린 이만 헤어져야 할 것 같소. 각자 계획대로 가시고 나와 넉쇠 아우는 파이가산으로 가겠소이다. 뇌소협과 신녀님들은 어찌하시렵니까?"

하고 묻자, 뇌바우가 씩씩하게 대답했다.

"저희는 웅녀상을 찾으러 왔습니다. 악도가 있는 곳이면 어디든 가겠습니다."

국관, 온평은 여홍과 두약, 넉쇠, 옥랑, 뇌바우 등과 일일이 작별인사를 했다.

"대협, 형님 누님 동생들 정말 고맙습니다. 꼭 한 번 대웅성으로 놀러 오십시오."

여홍이 호월선자에게 다가갔다.

"다시 뵐 날을 기다리겠습니다."

호월이

"호호, 나도 대협을 돕고 싶지만, 우리 이정이 웅가로 잡아끄는군요."

라 하자, 부끄러워 고개를 숙인 이정이 가만히 손을 흔들며 작별인사를 했고

여홍은 요이화(妖夷花) 가족에게 포권을 한 후 북쪽으로 말을 몰았다.

한편, 높새 일행을 호위하며 수유성 깃발을 들고 앞서가던 병사가 놀란 듯 소리쳤다.
"저거, 제비 맞아?"
"제비 같긴 한데 더 커 보이는구먼."
"그런데, 웬 제비들이 저리 많을꼬?"
"글쎄.."
병사들이 수군대는 소리에 살란극치가 보니 제비 떼 수천 마리가 날아오고 있었다.
살란극치가 불안한 표정으로 높새를 돌아보자 토왕귀가 태연하게 말했다.
"별일 있겠습니까. 제비는 사람에게 이로운 새 아닙니까. 그냥 지나가겠죠."
그러나 얼마 지나지 않아 제비들이 군마의 행렬 위에 이르자, 하늘이 삽시간에 어두워지며 군마들이 나아가지 않고 흥분하기 시작했다.
"히힝, 히---힝!"
"이랴, 이---랴!"
사람들이 고삐를 당기며 진정시키려 했으나 말들은 말을 듣지 않았다.
순간 어디선가 쇠를 긁는 것 같은 날카롭고 괴이한 피리소리가 들려왔고
"끼-익 끼이익- 끼끼끼끼----"
소리에 하늘을 날던 제비들이 급강하하며 병사들을 공격하기 시작했다.
"악-!"

"눈!"
"컥!"
"큭!"
"윽!"
……
"흑!"
……
"헉!"
……
병사들이 연신 비명을 지르며 혼란에 빠지자, 살란극치가 소리쳤다.
"방패로 막아라!"
병사들이 방패로 몸을 보호하며, 날아드는 제비들과 싸우기 시작했다.
높새, 토왕귀, 제호 등도 제비들을 베기 시작했으나 수천 마리의 공습(空襲)에 별 다른 효과가 없었다.
거기에 독을 품고 있어 눈이 붉었던 것인지, 부리에 쪼인 병사들이 속절없이 쓰러져 갔고, 살란극치와 높새, 토왕귀, 제호 또한 듣도 보도 못한 제비들의 기습에 크게 놀라며 얼굴이 하얗게 탈색되어갔다.
모두 암울한 얼굴로 죽음을 떠올리며 장탄식을 했다. 기가 막힌 일이었다.
평생, 수많은 격전을 치러온 영웅들이었으나, 상상할 수 없었던 제비들의 공격에
4백 이상의 병사들이 쓰러졌고 더 이상 그 어떤 방법의 저항도 떠올릴 수 없었다.

그때, 원시림의 언덕 위에서 낄낄 거리며 이들을 보는 무리가 있었다. 바로 철연방주 전비와 당주 음곡이었다. 방주가 친히 출동한 것이다.
얼굴에 붉은 털이 가득한 흑선이 바위에 앉아 흑피옥 피리를 불고 있었고, 고색이 창연하여 한 눈에 극히 오래된 보물임을 짐작하게 했다.
그 뒤로 또 한 명의, 수염과 눈썹이 하얀 흑선이 눈을 좌우로 번득이고 있었다. 그들은 가달성에서 출두한 적발마군과 백발마군이었다.

모두가 무기(武器)을 휘두르며 앞이 보이지 않는 절망 속에 몸부림을 칠 때 문득, 아득히 먼 곳으로부터 어둡고 쓸쓸한 선율이 들려왔다.
잘못 들었나 싶을 가느다란 소리였으나, 악귀(惡鬼) 같은 제비들이 투명한 암벽을 만난 듯 무차별 공격을 멈추고 우물쭈물 체공비행을 하였다.
그 사이,
좀 더 가까워진 음률이 저공으로 날다 절벽을 타고 오르듯 솟구치자, 제비들이 홀린 듯 공격을 멈추고 곤두박질치다 솟아오르기 시작했다.
말이 주인의 휘파람에 질주하듯, 제비들이 수직으로 길게 오르자 호걸들과 병사들은 그 틈을 이용해 숨을 돌리고 전열을 재(再) 정비했다.
"아우, 방해꾼이 나타났네!"

백발의 말에 적발마군이 분노하며 11성 내공을 주입하자, 송곳을 가는 소리가 귀를 뚫을 듯 날카로워지며 제비들이 다시 하강하려 했으나

돌연, 음산한 피리소리가 이무기처럼 날며 파이가산(山)을 뒤흔들자 갈피를 잡지 못해 서로 머리를 부딪친 제비들이 어지럽게 날아올랐다.

제비들을 막고 있는 자는 여홍이었다. 높새를 찾아 달리다 마음(魔音)과 병사들의 비명이 아스라이 들려오자, 질주하는 말 위에서 피리를 불어 제비들의 공세를 차단하며 하늘 위로 몰아내고 있는 것이다.

탄탄한 바닥에서 펼쳐야 할 음공을 말을 타고 달리며 전개하고 있었다.

두 가닥 음률이 이무기 두 마리가 사생결단을 하듯 산천초목과 하늘을 긁으며 날았고, 이를 분석한 높새가 곧 닥치게 될 위험을 알리자

병사들은 귀를 막았고 살란극치, 토왕귀, 제호 등은 급히 자리에 앉아 좌공에 들어갔다.

모두, 날카로운 소리는 제비를 부리고, 음산한 소리는 제비를 막는 소리이며

싸움의 승패가 이 음공의 결투에 달려있다는 걸 직감하고 가슴을 졸였다.

얼마 후, 높새의 행렬 가까이 도착한 여홍이 앉아 피리에 집중하자 두약과 넉쇠는 여홍의 호법을 서고 뇌바우와 에제니, 소별은 마차를 지켰다.

여홍은 승기를 잡아가다 조금 전, 마음(魔音)의 힘이 급증하자 흠칫

하며 눈썹을 찌푸렸다.
여홍은 피리를 부는 자가 그토록 찾아 헤매던, 어머니를 죽인 적발마군이며
그가 밀리자 백발마군이 내력을 주입해주고 있다는 걸 모르고 있었다.
비록 패했다고는 하나 발해어부와 비무를 했던 마인들이며, 그 후 각팔마룡의 휘하에 들어가 가달마공을 십여 년 연마한 악마들이었다.
'무서운 내공! 누굴까?'
지금까지 초절한 고수를 만나지 못한 여홍은 이 자가 음(音)에 정통한 자라는 사실과
수시로 곡을 바꾸어 공격하고, 보통의 음역(音域)과 크게 달라 특별한 악기가 필요한 음을 자유자재로 펼치고 있는 것으로 보아, 흔히 볼 수 있는 피리는 아닐 것이라고 느끼며, 그에 반해 12성 내공으로 복마곡을 전개할 수 없는 자기의 한계를 떠올리자 가슴이 답답했다.
자기의 피리가 아무리, 개마국의 명장(名匠) 청벽자가 만들어준 상등품이라 하나, 복마곡을 완벽하게 전개하기에는 역부족이었던 것이다.
보통의 곡은 9성의 내공으로 운용할 수 있으나, 적보월의 복마곡(曲)은 9성을 주입하려 하면, 곧 부서질 것 같은 긴장감을 주고 있었다.
반면 백발과 적발은, 처음에 들릴 듯 말 듯 하던 소리가 차츰 가까워지며 커지자 아연실색했다. 이 자는 분명 말을 달리며 피리를 불고 있었다.

땅의 굴곡과 말 등으로 전해지는 네 발굽의 힘을 분산시키며, 자기들만 알고 있어야할 마음(魔音)을 연주하다니, 듣고도 믿지 못할 일이었고

지금 들리는 소리는 「마신의 통곡」으로 적발을 압도하며 제비들을 적발에게 몰아가려는 음이기에, 백발마군은 체면을 돌아보지 않고 적발 뒤에 앉아 자신의 기운을 사제의 명문혈로 쏟아 붓기 시작했다.

격체전력(隔體傳力)은 시전자 내력의 3할을 넘지 못하나 가달마공을 익힌 백발마군이 힘을 쓰자 6할의 기운이 적발의 단전으로 밀려들며,

흑피옥 피리가 악마의 소리를 내기 시작했다. 적발과 백발의 합해진 내력은 칠십 칠팔 년에 이르렀다. 이를 본 음곡은, 현(現) 무림에 백발로 하여금 각팔마룡의 전력마공(傳力魔功: 기운을 타인에게 전달하는 마공)을 펼치게 할 고수가 있다는 사실에 놀라움을 금할 수 없었다.

사실, 이 일은 가달성의 명예가 달려있었다. 가달성주가 자기를 주인으로 모시는 자의 방패가 되어주는가를 천하의 악인들이 지켜보고 있기에,

백발은 각팔마룡의 손에 해골이 부서지지 않기 위해 앞뒤 재지 않고 마공을 전개한 것이다. 두 개의 음이 1각이 넘도록 엎치락뒤치락 돌고, 감고, 휘고, 밀고, 당기며 날았으나 승부는 좀처럼 나지 않았다.

백발은 전력마공을 펼쳐도 1각을 버티는 적(敵)에게 긴장을 감출 수 없었으나, 여홍은 점차 힘의 열세를 느끼며 양패구상을 떠올리고 있었다.

허나 그 결과는 두약을 포함한 모두의 죽음을 의미하기에 택하기 어려웠다.
여홍이 대자연의 기운과 선천지기를 일상의 호흡 속에 융합하고, 심검(心劍)을 넘어 반박귀진의 경지에 올라섰다 하나, 복마곡(曲)을 전개할 수 없는 약한 피리로 소싸움 하듯 반복해서 격돌하는 국면이었기에,
시시각각 내력은 채워지고 있으나, 마공과의 충돌로 소모된 진기(眞氣)보다 약간씩 부족하여, 시간이 흐를수록 밀리고 있었던 것이다.

적과 대형(大兄)의 피리 연주를 심각하게 지켜보던 넉쇠는 크게 놀랐다.
'대형이 잘못될 수도 있다. 이토록 공력이 높은 자가 있다니. 아, 어쩐다?'
그렇다고 음공을 모르는 자기가 나설 수도 없으니 미칠 지경이었다.
"삘리리나노라 끼끼끼이이끽끼이끼익끼끼끼끼끼 나니라아리노나끼끽…"
그때, 날카로운 소리에 잠식당하며 힘을 잃어가던 「마신의 통곡」이 이 꽃 저 꽃으로 훨훨 나는 나비의 날개 짓 같은 음률로 바뀌어가다, 하늘을 활공하는 참매의 울음으로 바뀌며 기운차게 울려 퍼졌다.
"끄-------아!"
여홍이 고민을 거듭하다 8성 내공으로 복마곡을 전개하자 적발의 음이 기가 꺾인 듯
끼끽 소리가 부드러워지는 가운데, 좁은 듯 넓은 가락이 울퉁불퉁

진동하다 직선으로 뻗고, 횡으로 구르다 타원으로 선회하고, 불쑥 솟아오르다 툭 떨어지며 밝고 어두운 엇박자로 밀고 퇴각하면서 홀연, 망망대해(茫茫大海)의 물결처럼 전진하자, 적발의 음이 약해지는 동시에 제비들이 꺄악- 하고 몸을 틀며 원시림을 향해 날아갔다.

진정 이름에 어울리는 복마곡이었다. 몇 음절 만에 마음(魔音)이 힘을 잃었고, 선(仙)과 마(魔)의 충격파에 새들이 우박처럼 떨어지는 사이,

넋 나간 제비들이 주인을 공격하려 들자, 백발은 목숨이 두 개나 되는 듯, 전 공력을 항아리 엎듯 부었고 전력마공의 폭발적인 내력이 실리자, 제비들이 핏발 선 눈으로 다시 하강곡선을 그리기 시작했다.

괴이한 음공이 불편한 파공음을 일으키며 긴 시간 하늘을 휘젓고, 높새 등이 부글부글 끓는 기혈을 가라앉히고자 혼신의 힘을 다할 때,

더 이상 방법이 없는 여홍이 마침내 9성의 내공으로 복마 최후의 초식,

복마천음(伏魔天音: 마를 굴복시키는 하늘의 소리)을 펼치자 처음에는 적발마군의 음(音)을 꺾고, 비틀고, 때리고 눌렀으나 얼마 못가서 뿌드득 이를 가는 적발마군의 반격에 밀리고, 꼬이고 뒤틀리다 좀 더 지나자 피리 표면의 푸른색이 점점 옅은 색(色)으로 바뀌어 갔다.

여홍은, 손가락에 오는 파동으로 피리가 부서질 위험을 감지하였으나

피리를 버릴 경우, 사기가 오른 악인의 무자비한 공격에 돌이킬 수

없는 상처와 타격을 입게 될 사람들을 걱정하며 눈을 반개(半開) 했다.
스승이 돌아가신 후 백두선문을 찾아갈 때보다 어려운 국면에, 이이활신(以耳活神)의 화로가 복마천음을 증폭시키며 마곡(魔曲)을 흔들었다.
여홍이 위험을 감수하며 9성 반의 내공(- 약. 칠십 년)을 끌어올린 것이다.
온전한 검에 내력을 주입하는 것과 달리, 피리의 여러 구멍에 손가락을 붙였다 떼었다 하면서 초(超) 강력 음을 내는 동시에, 진기(眞氣)를 불어넣어 피리의 균열을 막는 것은, 결코 간단한 일이 아니었다.
여홍은, 여기서 밀리면 참혹한 결과로 이어지기에 좌고우면할 수 없었다.
이어, 만물이 조화를 이루어가는 대동의 율려를 떠올리자, 선음이 방향을 틀며 적발의 마음(魔音)을 안내하듯 옆으로 나란히 흘러갔고,
검(劍)을 비껴 치듯 측면을 톡톡 건드리며 난폭한 기세를 분산시켜 갔다.
상대를 꺾으며 곧 벌어질 피의 축제를 상상하던 백발은 음률이 또 바뀌며 기대와 다른 국면으로 흐를 기미가 보이자, 짜증이 폭발했다.
불청객으로 인해 낭비한 시간뿐 아니라 전비에게 받아온 그동안의 극진한 대접을 생각하면, 망신도 이런 망신이 없었다. 분노가 극에 달한 백발의 눈에 핏발이 서고 적발마군의 관자놀이가 불끈 치솟았다.

'이놈!'
눈이 돌아간 백발이 일생의 기운과 젖 먹던 힘까지 모두 쏟아 붓는 찰나
"캬-!"
소리와 함께, 거대한 그림자가 창공을 가르며 바람처럼 날아오고 있었다.
바다의 북풍 같은 괴음(怪音)에서 참을 수 없는 분노를 느낀 사람들 눈에, 양 날개가 10장이 넘는 하얀 학(鶴)이 제비들을 덮치는 광경이 들어왔고
선학의 소리가 들리자마자, 광기가 사라진 제비들이 도망치려 파닥거렸으나, 마음이 너무 급해 날개가 말을 듣지 않는 것 같아 보였다.
이어, 빗자루로 하늘을 청소하듯 선학(仙鶴)이 두 날개로 제비 떼를 쓸기 시작하자, 제비들의 주검이 우박처럼 우두두두 쏟아져 내렸다.
"끅끅찍끅꺽…"
"찌끅찌직배..!"
"……………!"
느닷없는 기습에 적발마군이 발광하듯 피리를 불어댔으나, 선학의 무서운 기세에 정신을 놓아버린 제비 떼는 조금도 반응하지 않았고 얼마 지나지 않아, 발에 차이고 부리에 찍힌 제비들이 신선(神仙)의 부채 같은 양 날개에 천지사방으로 찢어지고 날아가며 도망치자, 학은 익숙한 자리를 찾아가듯 여홍과 가까운 곳에 유유히 날아 내렸다.
그리고 학의 등에서 열세 살 정도로 보이는 소녀가 훌쩍 뛰어내렸다.

소녀가 학의 귀에 뭐라 속삭이자, 학이 하늘로 솟구치며 멀리 사라졌다.
"청련아! 네가 어떻게."
"오라버니!"
청련이 여홍의 품에 안기며 눈물을 글썽였다.
"흑흑.. 보고 싶었어요."
바로 백두선문의 청련이었다. 여홍도 반가워 청련을 토닥인 후 물었다.
"대선사님과 중양정사님은 편안하시고?"
"네"
하고 청련이 대답할 때
"뚜-!"
고동 소리와 함께 전비와 음곡이 철연방 이백 여 살수들과 몰려오고 있었다.
제비를 믿고 병력을 적게 끌고 온 전비는 갑자기 학(鶴)이 방해하자,
만사 끝이라고 한숨을 쉬고 있었는데, 선학(仙鶴)이 돌아가는 걸 보고
"어?"
하며
상황을 살폈다. 수유의 오백 병사는 칠십 명 정도 밖에 남지 않았기에
지금 마차(馬車)를 빼앗지 않으면 다시는 기회가 없을 것으로 판단한 전비는 수적 우위와 백발, 적발마군을 믿고 즉시 진군(進軍)을 명했다.

선학이 제비들을 해치우자 위기가 끝난 줄 알았던 살란극치가 소리쳤다.
"마차(馬車)를 저 언덕 아래의 음각 지형에 모으고, 전투준비를 하라."
병사들이 마차를 구석진 곳에 모아놓은 후, 몰려오는 적들을 기다렸고
이십 장 앞 오른편 언덕을 이용하여 높새, 토왕귀, 제호와 다물장 무사들이 살란극치와 호응하는 소뿔 같은 형세의 방어진을 구축했다.
이어 넉쇠에게「자기가 신호를 주면, 돌개바람으로 불시에 타격하라」이른 여홍이 이목을 끌기 위해 검 끝으로 땅을 긁으며 몸을 날렸다.
파-파파파파파팍!
티끌을 일으키며 갈 지 자로 다가오는 유령 같은 그림자에 살수들이 멈추어 서자, 방금까지 싸웠던 음공의 주인임을 직감한 두 마군이 난폭하게 나서며 적염장(掌)과 현빙장(掌)을 동시에 쳐냈다. 수십 년 전,
발해어부와의 싸움 이후 누군가를 둘이 동시에 공격한 적은 한 차례도 없었으나, 이 자는 더 이상 생각해보고 말고 할 상대가 아니었다.
"후훅, 훅!"
소리와 함께 적백(赤白: 붉고 흰)의 뜨겁고 차가운 바람이 여홍을 덮어갔다.
넉쇠는, 적이 누구든 언제나 홀로 상대해왔던 대형의 지시와 거미방(幇)의 만독존자를 능가하는 괴이하고 강력한 두 개의 장력에 크게

놀랐다. 스치기만 해도 재가 되거나 얼어붙을 음양의 기운이 넘실거렸다.
'음(音)의 대결로 심상치 않은 자(者)라 느꼈기에 대기하라고 하셨을 터..'
라고 생각한 넉쇠가, 멀지도 가깝지도 않은 거리에 서서, 괴인들의 힘과 신경을 분산시키는 동시에 언제든 타격할 수 있는 자세를 취했다.
절정의 고수가 대동한 자라면 그 또한 일류일 것이기에, 백발과 적발은 내력을 분산하며 단박에 여홍에게만 집중할 수 없는 상태에 빠져들었다.
순간, 격랑에 휩쓸린 듯 보이는 여홍이 지게를 내던지듯 쌍장을 펴자, 둘도 하나도 아닌 손바람이 냉열(冷熱)의 기운을 분리하는 동시에
다섯 가닥의 쇠줄 같은 내경이 만곡을 그리며 백발과 적발을 베어갔다.
"후후훅!"
거친 파공음이 일자 백발과 적발, 전비가 눈을 뒤집으며 외마디를 토했다.
"탈명장!"
"앗!"
"창해신검!"
여홍이 북연귀 전삭을 잡은 불연기연과 탈명장을 동시에 전개한 것이다.
'우리의 공력을 분리해 승부를 볼 놈이라면, 팔십 년 이상의 내공을 지녔다는 이야기. 더구나 좀 전의 음공 대결로는 힘이 소모되지 않

은 듯. 명불허전이로구나. 성주의 유일한 적이라더니 과연, 무서운 놈!"
하며 백발이 쌍장을 뒤집자 적발이 좌로 이동하며 적염장을 쳐냈고, 두 가닥의 현빙장이 얼음이 쪼개지듯 여홍의 가슴과 무릎으로 들이닥쳤다.
하등의 신호도 없었으나 정해진 수순처럼 움직이는 모습이 놀라웠다.
그러나 이들의 등장으로, 음공의 주인이 두 명이었음을 파악한 여홍이
도립(倒立: 거꾸로 섬)의 자세로 날아오르며, 쇠갈고리처럼 구부린 손가락으로 백발의 머리를 찍어가자, 훅 소리와 함께 밀려든 내경(內勁)을 적발이 수도(手刀)로 비껴 치며 3인의 육박전이 시작되었다.
모두 절정의 고수들이었기에 공수가 몇 초 오가자, 잠깐 사이 3인의 그림자가 거미줄처럼 뒤엉키며 중인(衆人)의 시야를 어지럽혔고, 넉쇠는 기합 하나 없는 살기 속에 권각의 격돌음으로 우열을 느끼고자 했다.
밀면 당기고, 돌면 찍고, 끌면 비트는 두 개의 그림자가 빛과 그늘처럼 움직이며 뜨겁고 차가운 손바람을 연거푸 쏟아낸 지 반 각 여, 범의 눈으로 응시하며 대형(大兄)의 명을 초조하게 기다리던 넉쇠의 귀에
문득, 지금까지와 다른 소리가 천둥처럼 파고들었다. 사방 16각(角)을 매처럼 날고 와류(渦流)처럼 도는 파공음으로 보아, 기이한 궤적을 그리며 찍고, 훑고, 파고, 긁는 대형의 괴조공(怪鳥功)이 분명했다.

이제 곧 저들의 틈이 드러날 터, 대형의 지시가 떨어지길 기다리는 넉쇠의 눈에 극한의 살기가 일렁이며 화염 같은 불길이 일었다. 실로,
한 시대를 주름잡던 자들이었으나 여홍의 수법이 괴이 절륜하게 바뀌자,
한 몸처럼 빈틈을 찾아볼 수 없던 합격술(術)이, 깨진 사발이 구르듯 궤도를 이탈하기 시작했고, 크게 놀란 적발이 반 보(步) 전진하는 동시에 백발이 물러서며 적발의 등에 좌장을 붙이려는 찰나, 후욱
소리와 함께 빙글빙글 도는 가파른 곡선의 돌풍이 위기 타개에 집중하고 있는 백발에게 들이닥쳤다. 여홍에게 가려진 넉쇠가 여홍의 전음에 따라 전비의 뒤에 선 백발을 향해 돌개바람을 전개한 것이다.
"앗!"
"꽈릉- 훅!"
"뚝!"
"백발존자!"
"돌개바람!"
하며 적발이, 오른 팔이 부러진 채 피를 토하는 백발마군을 보고 경악했다.

백발과 적발은 천려일실(千慮一失)이라는 말과 같이 놓친 것이 있었다.
가달성 밖에선, 반박귀진의 경지에 이른 자를 만나 본 적이 없었고

또한 자기들이 음공(音功)의 우위를 점한 데다 서생 같은 자가 다가오자,
대결에서 유리했던 이유가 흑피옥피리에 있었다는 사실을 인지하지 못하고, 그가 9성 내공만으로 전력마공을 상대했을 줄은 생각조차 하지 못했다.
단순히, 심후한 내공을 지닌 고수로 오판했으나 상대는 창해신검이었고, 육허(六虛)를 비껴 치는 탈명장과 하나도 둘도 아닌 강물 같은 바람 그리고 암벽을 쪼갤 북두권(北斗拳)과 궤적을 짐작할 수 없는 철조(鐵爪)에 역부족을 느끼며 또 다시 격체전력을 펼치려 하였으나,
사각을 타고 들이닥친 넉쇠의 돌개바람에 불의의 타격을 허용하고만 것이다.
백발은 반사적으로 방어했지만 반 박자 늦었기에 팔꿈치가 부러지고 말았다.
'오십오 년 공력의 사형이! 기습을 당했다고 하나 저 자도 무서운 놈.'
적발마군은 다시없을 충격을 누르며, 돌개바람에 당하지 않은 걸 천만 다행으로 생각했다. 사형의 회복은, 최소 1년(年)은 걸릴 것이다.
적발과 철연방주 전비가 눈 깜짝할 사이에 벌어진 참사에 놀랄 때, 여홍이 눈썹을 꿈틀거리며 비수(匕首) 같은 안광을 줄기줄기 폭사했다.
철연방주로 보이는 자가 뱉은 백발존자라는 말에, 공격을 멈춘 것이다.
"마혼원 호법?"
느닷없는 말에

"네가 그걸 어..?"
할 때, 여홍이 검을 뽑자 삽시간에 푸른 검기(劍氣)가 구름처럼 일었다.
"앗!"
적발이 뒷걸음질 쳤다. 발검과 동시에 이는 푸른 검운은 무술계 모두가 알고 있는 창해신검 만의 독문 표기였다. 반박귀진에 이른 자가 아니면,
그 누가 노화순청의 검기를 일으킬 수 있겠는가. 가달성 내에도 귀면나찰 모르게, 귀신을 만날지언정 창해신검은 피하라는 말이 돌고 있었다.
여홍이 적발에게 물었다.
"몇 년 전, 매가성(城)에서 너희들이 어느 부인(婦人)을 살해하지 않았느냐?"
"촌(村)에서 계집 하나 죽인 것을, 어찌 일일이 다 기억하고 있겠느냐?"
여홍은 화가 끓었으나, 혹여 엉뚱한 자를 죽이지 않기 위해 다시 물었다.
"흑피 옥피리를 훔쳐간 일, 말이다."
피리를 언급하자 적발이 생각난 듯
"아! 적보월의 제자!
맞다. 백발 사형과 함께 간 그 날, 옥피리를 내놓으면 살려주려 했는데, 끝끝내 고집을 부리기에 콱 죽였느니라. 그게 어쨌다는 게냐?"
여홍은 마침내 적발과 백발 두 놈이 어머니를 해한 원수임을 확인하자

'어머니, 원수를 드디어 찾았습니다.'
하며 말했다.
"그 부인이 바로 나의 어머니다. 내 오늘 너의 목숨을 거둘 것이다."
일순, 검운(劍雲: 구름 같은 검기)이 흩어지며 푸른 섬광이 적발마군을 갈랐다.
가히, 광풍을 쫓는 번개 같은 검이었다. 숨을 고르고 보법을 밟으며 빈틈을 노리는 따위의 수순은 없었다. 적발을 벤 신검합일(身劍合一)의 검광이, 시간마저 멈춰버린 검의 궤적을 따라 불길처럼 흔들렸다.
전비와 이백 살수들은 너무도 놀라 사지(四肢: 팔다리)가 얼어붙었다.
이어, 여홍이 백발마군을 향해 몸을 틀 때, 검은 그림자가 불쑥 나타났다.
흉악한 뱀 머리 지팡이를 든 흑무(黑巫)였다. 흑무란 어둠의 무당을 이르는 자들로, 널리 창생(蒼生)을 돕는 백무(白巫)에 반하는 자들이었다.
그들은 선교(仙敎)에 저항하는 자들로 마도(魔道)의 두령 급들이었다.
흑림(黑林)에서 흑무를 상대해 본 여홍이었으나, 그들이 어떤 이유로 각팔마룡에게 귀부(歸附: 스스로 와 복종함)하였는지는 알 수 없었다.
"아, 사자님!"
전비는 죽다 살아난 듯 반갑게 맞이했다. 목이 달아날 위기에 가달성 4대사자 중 한 분이 나타나다니. 전비는 너무도 고마워 사자의 다리를 잡고 울고 싶었다.
'경신술로 보아 흑무보다 위로 보이는데, 가달성은 진정 무서운 곳이군.'
여홍이 이마를 찌푸리자, 전비가 얼굴을 펴고 살수들이 사기를 되찾았다.
이어
"넌 누구냐?"
소리에
"그러는 넌?"
하고 되묻자
"......?"
눈이 돌아간 지옥사자가 지팡이를 핵 내려치자 사나운 내경(內勁)을 쏟아졌다.
사자의 지팡이가 머리로 희끗 떨어졌으나, 여홍이 십검수일(十劍守一)로 막으며 허리를 베어갔고, 사자가 십장타묘(十杖打猫: 열 개의 지팡이가 고양이를 때림)를 펼치자, 열 가닥의 바람이 어지럽게 날았다.
가히, 고양이를 때려잡을 현란한 장법(杖法: 지팡이 술법)이었으나, 여홍은 무형(無形)의 바람 같은 보법을 밟으며 닿을 듯 말 듯 피해냈다.
이에 잉? 하고 눈이 찢어진 사자가 초식 제한이 없는 건곤장영(乾坤杖影: 천지가 온통 지팡이 그림자)의 술법(術法)을 우박처럼 퍼부었으나
지팡이의 바람을 타고 연기처럼 피하는 여홍을 타격할 수 없었다.

여홍이 신보(神步)를 펼친 것이다. 지옥사자는 사십여 초를 공격했어도,
옷깃조차 스칠 수 없자 무턱대고 끼어든 걸 후회했다. 사달과 귀면나찰에게 패했을 뿐 나머지 세 명의 사자 외에 적수를 만나보지 못했기에,
적발의 죽음과 백발의 몰골을 보고도, 적선하는 마음으로 참견을 한 것인데,
상황이 여의치 않자 수십 년 잊고 지내던 두려움이 슬금슬금 깨어나고 있었다. 상대는 가달성(城) 밖에서 처음으로 만난 극강의 고수였다.
'사달을 능가하는 자(者)?'
과거,
사달에게 패했던 사자는 불길한 육감(六感: 사태를 직관하는 정신)이 뇌리를 스쳤다.
수비만 하는 걸로 보아 이쯤해서 발을 뺄 수도 있을 것 같았으나, 자칫 각팔마룡의 추혼마수(追魂魔手)에 머리가 부서질까 심히 괴로웠다.
사실, 여홍은 적들의 발악으로 인한 아군의 피해를 막고, 사자를 통해 가달성의 실력을 가늠하고자, 반격하지 않고 사자를 살펴보고 있었다.
몇 호흡이 지났을까 문득, 광야의 끝에서 들리는 고동소리에 여홍이 비켜서자, 지옥사자가 백발을 낚아채며 몸을 날렸고 전비의 뒤를 이어 음곡과 2백 살수도 진즉 그럴 일이지 하는 얼굴로 우르르 도망쳤다.
전비의 무리가 사라지자 높새가 물었다

"감사합니다. 어찌 또 아시고 이렇게..?"
여홍이 철연방의 습격을 물리친 후 달려왔다고 말하자
"대협이 없었다면, 우리는 싹 다 독제비에 물려 저 세상으로 갔을 겁니다."
하며 모두가 감격할 때 여홍이 말했다.
"우리 편 철기들이 달려오고 있습니다."
살란극치가
"아니 어떻게?"
하며 의아한 얼굴로 여홍을 쳐다보다, 한참 후 크게 놀라며 소리쳤다.
"앗! 수유후(侯)가 오시는 모양입니다!"
"둥-둥 둥둥-둥둥--둥-"
소리에 살란극치가 언덕으로 달려가자, 호걸들과 병사들도 뒤를 따랐다.
기비의 깃발을 든 5천여 철기(鐵騎)가 초원을 가르며 달려오고 있었다.

기비

기비는 죽을 고비를 넘기며 수억 만 냥을 희사한 높새와 창해신검, 넉쇠, 뇌바우, 두약 일행과 다물장의 무사들을 모신 후 극진히 대접했다.
그리고 포권의 예를 취하며 인사를 했다.
"선협님들, 정말 감사합니다. 영웅들의 태산 같은 의기에 깊이 감동했습니다. 해모수님이 천하(天下)를 구하는 일에 큰 힘이 될 것입니다."
높새가 일어났다. 그가 기립하자 천장이 낮아 보였다. 기비에게 예를 표한 후 입을 열자, 낮은 목소리였으나 전 객사에 종소리처럼 울려 퍼졌다.
"모두가, 철연방이 연나라를 등에 업고 우리 조선 열국의 백성들로부터 강탈한 재물로, 연나라 희왕에게 넘어가는 것을 빼앗아 온 것입니다.
우리는 조정에 돈을 바쳐 벼슬을 구하거나 영화를 누리려는 의도는 없으며 오직, 오가(五加)를 타도해 만백성(萬百姓)을 구하고자 하시는 해모수 가한님의 대업(大業)을 돕기 위하여 이 돈을 가져왔습니다.
부디, 도를 바로 세워 그 옛날 부루, 가륵 단군 시절의 태평성대를 열어주셨으면 합니다. 이것이 바로 저희들이 염원하는 다물의 뜻입니다."
이어, 여홍 등 몇 사람의 인사말이 끝나자 기비는 특별히 수유성의 무희(舞姬)들을 불러 가면극과 가무를 공연하게 하여 호걸들을 위로했다.

수유성 북쪽으로 인접한 동호 시라무렌 초원은 상고시대부터 유목 집결지였다. 유목민들은 여름에는 하영지, 겨울에는 동영지로 오가며 살았다.
초원은 시라무렌강의 크고 작은 지류가 수없이 흐르고 있어 비옥했다.
봄이 오면 강변으로 물이 오른 버드나무들이 사람들을 유혹했다. 어디에서 왔는지 모를 유목민들이 가축을 몰고 와 고유 문양을 새긴 천막들을 여기저기 치고 지내다 계절이 바뀌면 또 어디론가 떠나갔다.
천막의 불빛과 어울리며 쏟아지는 하얀 별빛은 더 없이 정겹고 아름다웠다
수유는 서(西)는 흉노 북(北)은 동호이며. 서남(西南) 쪽은 얼마 전까지 조(趙)였으나, 지금은 진나라와 연나라가 국경을 맞대고 있는 조선의 서변(西邊)이면서 중원으로 들어가는 중요한 교통의 요지였고,
특히 조선으로 가는 비단길 이동로상(移動路上)에 있어 여러 나라와

교류가 많고 상업이 발달했다.

그런 이유로 조와 연은 이 비단길을 빼앗기 위해 호시탐탐 넘보았다.

그들의 약탈 대상은 주로 군마(軍馬)로 쓸 말과 군량을 운반하기 위한 소, 낙타 등이었으나, 오가는 대상(隊商)들도 그 공격 목표가 되었기에

수유성주 기비는 갑옷을 벗지 않은 채, 검을 머리맡에 두고 자는 날도 많았다. 수유성은 과거, 연(燕)의 진개에게 점령당한 적이 있어 여전히 연(燕)이 노리고 있으며, 진(秦) 또한 호시탐탐 넘보는 곳이었다.

기비는 왕검성(城)에 장수와 병력을 늘려 달라고 여러 차례 요청했으나,

수유성에서 기비가 빨리 죽기를 바라는 간신들에 의해 번번이 거절당했다.

기비는 번조선 가한 기윤의 장남으로 원래 태자의 자리에 올라야 했으나, 우현왕 도바바의 간계로 왕검성에서 밀려나 변방의 수유성으로 밀려나 지내고 있었다.

도바바는 연(燕)에서 귀화한 자로, 세치 혀가 하늘을 속일 정도로 반질거려, 가한 기윤의 비위를 기가 막히도록 잘 맞추는 모략가였다.

아침에 일어나면 그는 제일 먼저 거울을 보고, 혀가 잘 있는지 살폈다.

'혀를 잘 관리해야 해'

도바바는 연나라 도성의 기루에서 두미라는 어린 기녀를 데려다 자기의 이질(- 아내 자매의 자녀)이라고 속여 입궁시킨 후, 가한을 모시게 했다.

그녀는 타고난 요부로 단박에 가한의 총애를 받았다. 가한은 두미에게 푹 빠져 왕비의 처소는 아예 찾지도 않았다.

"흐흐, 죽어서 가는 천국이 어디 있겠느냐. 네 옥문이 바로 천당 아니겠느냐?"

"호호호, 그렇사옵니다. 제 고향 연(燕)에서는 죽어서 간다는 천당이나 지옥 모두 지어낸 거짓이라 하여, 삼척동자도 믿지 아니하옵니다. 소녀 역시 현재의 쾌락과 사랑만이 제일 중요하다 생각하옵니다.

가한, 영원히 건강하시어 미천한 저를 버리지 마옵소서. 네에..? 가한!"

얼마 후 두미는 왕자를 낳았고 기두라고 이름을 지었다. 이로써 가한의 총애를 독차지한 두미는 왕비와 미비(眉妃)의 왕자 기비, 기영에게 눈을 돌렸다. 그들은 두고두고 눈의 가시였다. 두미가 도바바를 불렀다.

"우현왕, 기두를 태자로 책봉해 주세요."

"마마,

그건 쉬운 일이 아니옵니다. 조정에는 저를 연나라 사람이라고 싫어하는 대신들이 여전히 많이 있사옵니다. 시간이 좀 필요합니다. 주도면밀하게 제가 추진할 터이니 가한의 주변을 잘 살피도록 하십시오."

얼마 후 진(秦)에 대한 수유성의 보고를 본 도바바가

"가한, 수유성에 대한 연과 진의 침략이 부쩍 늘었습니다. 수유성을 잃지 않을까 걱정이 되옵니다. 유능한 장수를 보내야만 할 것 같사 온데…"
하며 눈치를 보자, 기윤이
"음, 누굴 보내면 좋겠소?"
하고 물었고
"네.. 기비 왕자님이 적당하옵니다. 왕자님은 지혜롭고 무공이 높으며 또 수유성에서 기씨 문하에서 수학한 적이 있어 수유성을 잘 알고 계십니다. 기비 왕자님이 공(功)을 세우도록 기회를 주십시오."
라 답하여 기비를 왕검성에서 축출하는 데 성공했다. 두미는 매우 기뻤다.
"호호.. 우현왕, 잘하셨어요. 기비를 태아궁(宮)에서 쫓아내 후련합니다. 눈에 박힌 가시가 빠진 것 같아요. 그리고 내친 김에 진나라 상산성(城) 이총 장군에게 금은을 보내, 기비를 없애 달라 해주시오."
도바바가 음흉한 표정을 지었다.
"흐흐흐흐, 차도살인(借刀殺人)의 묘책이옵니다. 당장 그리하겠습니다."
도바바는 즉시 재물을 실은 수레와 함께 언변이 뛰어난 수하를 이총에게 보냈다.
그 후, 이총은 수시로 수유성을 두들겼고, 또 돈이 궁해지면 수유성을 치겠다고 먼저 자청(自請)하기도 했다.

둘째 기영은 미비의 소생으로 학문을 좋아했다. 미비는 기비가 수유로 방출되자 박수를 쳤다.

'어머! 상상만 했던 일이 이루어지다니. 한울님이 도우시는군. 드디어, 기영이가 태자에? 흥, 두미의 핏덩이는 우리 기영이의 상대가 안 되지.'
하고 꿈에 부풀었으나 얼마 후, 흉노 두만의 생일 축하 사신으로 가던 기영은 음산산맥(陰山山脈) 인근에서 도적 떼의 칼에 죽고 말았다.
그리고 1년 뒤, 두미의 아들 기두(箕兜)가 태자의 자리에 올랐다. 기두가 태자가 된 후에도 두미와 도바바는 기비를 없애기 위해 갖은 음모를 꾀했으나, 이를 눈치 챈 기비는 늘 아슬아슬하게 빠져나갔다.
도바바와 두미를 제거하고 싶었지만 가한이 감싸고 도바바가 병권을 장악하고 있어 한탄하던 기비는, 조선 열국의 사정을 알게 되면서
번조선 뿐 아니라 부패한 오가(五加)를 없애고 조선을 부흥시키는 길 외에는 이 땅에 정의(正義)를 실현할 방도가 없다는 것을 깨달았다.
그 후 기비는 구리국 해모수를 만나, 그가 바로 조선을 바로잡을 영웅임을 알아보고 나이를 떠나 이도여치(以道興治)의 깃발을 따르기로 했다.

오색나무, 부상수(扶桑樹)

사흘 뒤 높새가 상하운장으로 돌아가자, 토왕귀도 2천 기병의 호위를 받으며 마차를 몰고 부여국으로 돌아갔다. 수유성에 머무는 동안 여홍과 두약, 청련, 넉쇠와 옥랑, 뇌바우와 소별, 에제니는 주변을 구경하거나 초원으로 나가 일망무제의 초원을 마음껏 달리며 지냈다.
어느 날, 기비가 여홍에게 말했다.
"대협, 기왕 이곳에 오셨으니 꼭 가보셔야 할 곳이 있습니다."
여홍이 묻자
"성 동북쪽으로, 새들이 날아와 깃털을 가는 청구호(湖) 가운데에 작은 섬이 있고 그 섬에 오색 나무가 있습니다. 한 뿌리에서 두 개의 나무가 나와 서로 기대고 있기 때문에 부상수(扶桑樹)라 부르기도 하는데,
스무 아름에 하늘에 닿을 듯 높은 이 나무의 잎은 뽕나무 잎과 매우 비슷하답니다.
그래서 모두 뽕나무인 줄 알았으나, 사실은 훈화(薰花: 무궁화)입니다.
뽕나무는 오색이 없으며, 천궁(天宮)의 무궁화만 다섯 가지 빛이 난

다고 합니다.
바람, 비, 눈, 서리, 벌레, 짐승, 인간의 침해를 받지 않는 무궁화는 수, 화, 목, 금, 토의 정기를 타고나, 오색이 영롱한 모습이 변치 않으며, 하늘의 해도 머물고 달도 나뭇가지 사이에서 놀다 간다 합니다.
전해오는 말에 의하면, 상고시대(上古時代) 환웅천황께서 하늘에서 가져와 심은 것으로, 배달국(- 밝국)을 표상하는 나무이기도 하답니다."

이튿날, 여홍 등은 말을 달려 청구호에 도착했다. 과연, 호수의 섬에 오색나무가 찬란하게 빛나고 있었다.
그들은 배를 타고 섬으로 갔다. 그들이 오색나무를 넋을 잃은 채 감상하고, 섬을 둘러본 후 돌아가려 할 때, 뇌바우가 여홍에게 말을 걸었다.
"대협, 드릴 말씀이 있습니다."
"무엇이오?"
여홍이 돌아보자, 뇌바우가 긴장한 얼굴로 고개를 숙이며 머뭇거렸다.
"소협"
"저..."
여홍이 조금 경직된 그를 보며 빙그레 웃자, 뇌바우가 이윽고 말했다.
"불초, 지금까지 의(義)가 무언지 모르고 살아왔으나, 대협을 뵈온 후 사나이가 어떤 뜻을 품고 어떻게 살아가야 하는지를 크게 깨달

앉습니다.
비록 강호초출이오나, 대협이 가시는 길에 저의 힘을 보태고 싶습니다.
저는 이 길로 뇌호산으로 돌아가지 않고, 초병(哨兵: 보초)의 역할을 수행하며 대협을 옆에서 모시고 싶은데, 대협께서 내치실까 두렵습니다."
뜻밖이었으나, 꽉 다문 입술이 뇌바우의 의지를 강하게 표현하고 있었다.
이를 본 넉쇠의 눈에 반가움이 흘렀다. 가달성의 횡포가 심해지고 있는 터에, 대형이 천하무적의 무예를 지니셨고 자기가 합류했다 하나, 앞으로 대형을 해하고자 암약할 적을 대비해 믿을 만한 고수가 필요했다.
"대형, 뇌소협은 무엇보다 마음이 순수하고 무예 또한 높아서 좋습니다."
잠깐 침묵이 흐르자, 뇌바우의 머리카락이 초조한 마음을 대변이나 하듯 이마에 붙은 채 흩날렸다. 이어, 여홍이 고개를 끄덕이며 말했다.
"좋소. 그러나 기왕이면 초병이 아니라 나의 아우로 있어주면 좋겠네만?"
여홍의 말이 떨어지자, 뇌바우가 감동하며 무릎을 꿇고 절을 올렸다.
"감사합니다!
대형의 청천백일 같은 영명(令名: 이름의 높임말)에 누가 되지 않는 아우가 되겠습니다!"
여홍이 뇌바우를 일으키며 말했다.

"사매, 오색나무가 지켜보는 자리에서 동생과 형제의 의를 맺고 싶소. 마침 음식이 있으니, 하늘에 올리는 제단(祭壇)을 만들어 주시오."
두약과 옥이, 청련이 술과 음식을 나무 아래에 차리고, 에제니와 소별이 의식을 집례 했다.
세 사람은 술을 대지에 뿌려 신명께 고하고 오색나무 앞에 맹세했다.
"한울님께 고합니다. 여홍, 넉쇠, 뇌바우는 같은 날에 태어나지 않았으나, 의를 지키며 형제로 살다 살다 한 날 한 시에 죽기를 원하옵니다."
세 사람은 천지인(天地人) 삼배를 올리고, 술을 들이킨 후 서로를 안았다.
"대형!"
"아우!"
"넉쇠 형님!"
"동생!"
이어 세 남자가
"으하하하!"
"하하하하!"
"하하하하!"
하고 시원하게 웃자, 소별은 샘이 났다.
"두약 언니, 우리도 자매 연을 맺으면 안 될까요? 남자들만 의(義)가 있나요?"
두약이 머리를 저었다.
"그럴 리가요"

두약이 옥이, 에제니, 소별, 청련을 보니 모두 고개를 끄덕였다. 그리고 누가 먼저랄 것 없이 술과 음식을 새로 바꾸어놓고 자매의 결의를 했다.
넉쇠와 뇌바우가 도리깨와 창을 들고 좌우에서 위엄을 갖추자, 여홍이 의식 진행을 도왔다. 다섯 명의 소녀가 무릎을 꿇고 하늘에 빌었다.
"북두칠성님, 웅녀님, 단(檀) 조모 비서갑 신모님께 고합니다. 저희들 모두 자매의 연을 맺기를 원하옵니다. 죽을 때까지 정을 나누며 의롭게 살겠습니다."
의식을 치르고 난 소녀들은 서로 손을 잡고 뛰며, 기쁨의 눈물을 흘렸다.
나이는 에제니가 제일 많고 다음이 두약, 옥랑, 에제니, 소별, 청련 순이었다.
"칫, 여기서도 막내네"
청련의 말에
"호호호호호"
웃음이 터졌고 술을 들며 서로의 미래를 축원했다. 돌아오는 길에 넉쇠가 물었다.
"대형, 이제 어디로 가실 생각이십니까?"
"마혼원이 어디 있는지 몰라 답답했었는데, 이번에 적발을 제거했네.
철연방주 전비와 지옥사자가 백발마군을 구해갔으니, 내친 김에 악의 본산(本山) 철연방에 가 볼 생각이네만, 아우들의 생각은 어떠한가?"
뇌바우는 기뻤다.

"대형을 만나기 전, 저는 에제니님과 웅녀상을 되찾으러 철연방에 갈 계획이었습니다."
에제니는 창해신검이 철연방(幇)을 치러 간다는 말에 사기가 치솟았다.
"대협께서 가신다니, 두려움이 없어집니다."
청구호(湖)에서 즐거운 시간을 보낸 여홍 일행은, 수유후(侯) 기비에게 내일 아침 철연방으로 간다고 말했다. 기비는 놀란 표정을 지었다.
"대협, 이번에 철연방을 물리쳤다 하나, 철연방은 고수들이 여전히 많습니다. 더구나 그들은 도바바와 내통하며 조정의 도움까지 받고 있어 쉽게 볼 상대들이 아닙니다. 후일, 해모수 가한과 천하를 안정시키고, 우리가 직접 군대를 출병시켜 소탕할 것이니 좀 기다리시면 안 되겠소이까?"
여홍이 말했다.
"지금 가야만 하는 두 가지 이유가 있습니다. 첫째, 저들은 구이원의 보물 황금웅녀상을 약탈해 갔습니다.
둘째, 철연방은 웅녀상을 녹여 만든 군자금으로 조선을 침략해 백성들을 괴롭힐 것입니다. 그 사실을 알면서 어찌 기다리고만 있겠습니까?"
라고 하자, 기비는 어쩔 도리가 없었다.
"대협(大俠)의 안위가 곧 무림의 평화와 직결되기에 드린 마씀이외다."
"감사합니다."
하고 여홍이 떠나려 하자 기후가 문득, 뇌바우의 팔을 붙잡고 말했다.

기비는 같은 번조선 출신이며 뇌공의 후예이고 무공이 절륜한 뇌바우가 욕심이 났다.

"소협은 나와 같은 번조선 출신으로 4대 신장 뇌공의 후예이며, 치우천황의 팔십일 형제 가운데 육제(六弟) 뇌호 장군의 자손입니다. 이번 철연방 일이 끝나면, 나와 함께 일했으면 하는데, 어찌 생각하오?"

뇌바우를 보는 기비의 눈에 인재를 아끼는 마음이 가득했다. 뇌바우도 기비가 도량이 넓고 용맹한 제후임을 알아보았으나, 얼른 뭐라 답해야 할지 몰라 대형을 돌아봤다. 여홍이 고개를 끄덕이며 말했다.

"내 걱정은 말고 철연방(幇)을 없앤 후 기비님을 도와드리게. 부모님도 번조선에 계시지 않는가. 구름처럼 정처 없이 사는 우리와 함께 다닐 필요는 없네. 그러나 천천히 잘 생각해보고 후회 없는 결정을 하게."

여홍의 말에, 뇌바우가 포권을 하며 웅녀상을 찾은 후 말씀드리겠다고 답했다.

철연방으로

사흘 뒤, 여홍 일행은 국관과 온평이 알려준 추마산(山)에 도착했다. 산채는 수십 개 계곡 중 흑풍곡에 있었다. 흑풍곡은 수천 년 원시림과 음침한 기운으로 하늘에는 날아다니는 새 한 마리, 보이지 않았다.
그들은 온평이 알려준 길을 더듬으며 나아갔다. 청련이 혀를 날름거리며 종알거렸다.
"백두산만큼 원시림이네요. 그러나 같은 산인데도 다른 것이 계곡과 골짜기마다 귀기가 서려 있어요. 당장이라도 뭔가 튀쳐나올 것만 같아요."
그때, 나란히 가던 소별이
"호호호, 청련아, 무섭지?"
하고 물었다.
소별은 열세 살 청련보다 한 살 많았다. 둘 다 활달하고 밝아 자매결의 후 금방 친해졌다. 청련이 손을 번쩍 들어 올리며 주먹을 꼭 쥐고
"언니, 백두선문 아리운 선사님의 호법인 내가 어찌 한낱 철연방을

두려워하겠어요?"
라 하자
"호호호, 호법? 애기 신녀님은 대선사님 심부름이나 방청소를 했겠지."
"언니, 정말이에요. 대선사님이 수행하실 때면 늘 나에게 호법을 서라 하셨고, 난 왼손을 허리에 딱 짚고 서서 봉(棒)을 비껴들고 호법을 섰어요.
또 나의 북두권은 유명해요. 혹, 말을 안 듣는 자가 있어 권법을 펼치려 하면
"아이, 무서워. 알았어, 돌아갈게 하며 줄행랑을 쳤어요. 그래서 사람들은 모두 나를 청(靑)호법이라고 불렀어요."
청련의 표정이 너무 진지해 소별은 속으로 깜짝 놀라며 몰래 이리저리 훔쳐보았지만, 암만 봐도 청련의 두 주먹은 곱고 예쁘기만 했다.
"호호호, 동생. 아니 청호법님, 알아 모시겠습니다."
다들 못 들은 척, 소녀들의 종알종알 끝없이 이어지는 이야기를 들으며 나아갔다. 이윽고 산채 부근에 도착했다. 앞서 갔던 뇌바우가 돌아왔다.
"고개만 넘으면 철연방(幇) 산채입니다. 여기서부터 걸어가야 합니다."
모두 말을 두고 걸어서 이동했다. 정상에 올라 내려다보니 멀리 산채가 보였다.
지형이 험준해 관군이 진입하기 어렵고, 혼자 수십 명을 상대할 수 있는 천연의 요새였다. 산채는, 해자(垓字)까지 있는 이중 목책의 성으로 크고 넓었다.

안으로 아름드리 통나무로 지은 건물 수십 동이 보였다. 정문과 동서(東西) 망루 그리고 목책 벽 안으로 칼을 든 무사들의 경계가 삼엄했다.
에제니가 말했다.
"대협, 산채가 넓어 전비와 흑무, 백발이 어디에 있는지를 먼저 알아내야 할 것 같습니다. 무작정 밀고 가면 그들이 도망칠 수도 있어요.
먼저 졸개들을 잡아 정보를 얻은 후, 움직이는 것이 좋을 것 같아요."
이어, 그들은 산(山)을 내려가 산채에서 멀리 떨어진 숲에 몸을 숨겼다.
반 시진 후, 산채 문이 열리며 말 한 필이 빠르게 달려 나왔다. 에제니가 등에 매고 있던 애기 활을 꺼내 들었다. 애기 활은 여인국의 신녀들이 사용하는 작은 활로 맥궁(貊弓)이나 단궁(檀弓)처럼 사거리가 멀고 강력하지는 않지만 산악과 밀림 등 접근전에서 유용했다. 에제니가 화살을 재고 기다리다 달려오는 말을 향해 가만히 화살을 놓았다.
"푸앗!"
화살을 맞은 말이 앞으로 넘어지면서 도적도 함께 앞으로 처박혔다.
"어쿠!"
뇌바우가 나가 팔이 부러진 도적을 끌고 돌아왔다. 넉쇠가 눈을 부라렸다.
"묻는 말에 사실대로 고하면 팔을 붙여주고, 그렇지 않으면 고통 속에 죽을 것이다."
철탑(鐵塔) 같은 사나이가 거품을 물며 으름장을 놓자, 겁에 질린 도적이 대답했다.
"예, 알겠습니다."
"너는 누구며, 어딜 가느냐?"
"예, 저는 장이라 하며 주방의 식재료를 구입하러 가는 중이었습니다."
넉쇠가 놈의 복장과 손을 보니 주방에서 일할 놈 같지 않아, 코웃음 쳤다.
"이놈이? 식자재 따위에 그리도 급하게?"
하고
몸을 뒤지자, 철제비 문양의 봉인이 찍힌 서한이 나왔다. 넉쇠는 서한을 여홍에게 건넸다. 서한은 전비가 우현왕에게 보내는 것이었다. 여홍이 읽은 후, 청련에게 소리 내어 읽으라고 했다. 청련이 낭랑한 목소리로 읽었다.

우현왕님께.

급히 부탁드릴 일이 있습니다. 제가 본국으로 보낸 공물이 원통하게도 모두 기비의 수중에 들어가고 말았습니다. 그동안 우리 철연방(幇)이 많이 도와드렸으니, 이번에 우현왕님이 한 번 도와주시기 바랍니다.
기비는 장차, 수억 만 냥으로 강병을 양성하여 철연방과 우현왕님을 위협 할 것입니다.
놈들의 세력이 더 커지기 전에, 군사를 내시어 기비를 없애고 공물을 되찾아 주시기 바랍니다.

- 철연자 전비(田卑) -

여홍 등은 우현왕이 도바바라는 걸 알고 있기에 모두 기가 막혔다. 철연방이 조정의 지원을 받는다는 소문을 들었지만 이렇게 증거를 확인하자 개탄했다.
"연(燕)과 내통한 역적들이 조정을 장악하고 있으니 백성들이 살기 힘들 수밖에!"

조선은 단군왕검 이래로 삼한관경제(三韓管境制: 진한, 번한, 마한)를 시행해 왔는데,
그 중 번조선(- 번한)의 가한을 보좌하는 우현왕이 철연방과 내통하고 있는 것 아닌가.
연(燕)의 지원을 받는 철연방이 조선에 깊이 뿌리를 내린 것은 연나라 진개의 간교한 계획에서였다. 진개는 헤아릴 수 없는 간지(奸智)를 지닌 자(者)로,
동호의 모백에게 죽기 전 조선을 망하게 할 원대한 계획을 세워놓았다.
즉, 진개는 번조선과 동호 일대 - 상곡, 어양, 우북평, 요서, 요동(당시의 요하는 난하) -를 점령하고 있었는데, 동호의 모백에게 쫓겨 온

부하들을 다시 싸우라고 전선으로 내몰았다. 그의 병사들 가운데에는 죄(罪)를 면하는 조건으로 군대에 끌려온 노예와 죄수들이 많았다.

"깍! 도망치면 네 놈들뿐 아니라 부모형제를 모두 죽여 버릴 것이다.

내가 돈을 나누어 줄 테니, 노노아산맥이나 주둔지 부근 녹림으로 가 살다가, 우리 연(燕)이 전열을 재정비하여 조선을 칠 때 일제히 호응하라.

그리하면 죄를 면제받고 고향으로 돌아올 수 있다. 오래지 않아 그 날이 반드시 올 것이니라."

진개의 명령에 따라, 연나라 패잔병들은 조선의 녹림에 철연방을 만들고 암약하며 강도, 살인, 인신매매, 청부살인 등을 저질러온 것이다.

잘 훈련된 군사들이 자금을 지니고 녹림 도당(徒黨)이 되었으니, 철연방은 여타 흑도의 세력에 비하여 그 조직이 막강할 수밖에 없었다.

더욱이 중원(中原)은 7백 년에 걸친 오랜 전쟁을 피해 연(燕), 조, 제, 한(韓)의 유랑민들이, 평화로운 조선으로 끝없이 밀려오고 있었다.

철연방(幇)은 이들 중 힘쓰는 난폭한 놈들을 받아들여 조직을 키워 나갔고, 얼마 지나지 않아 조선 서변(西邊)의 제일 큰 세력으로 성장했다.

넉쇠가 장이의 팔다리를 쥐고 서서히 비틀기 시작했다. 분골법(分骨

法: 뼈를 분리하는 고문 수법)으로, 온 몸의 뼈를 하나하나 뽑는 고문이었다.

"감히, 거짓말을!"

"윽! 으아아아악!"

장이가 비명을 지르다 기절했으나 넉쇠가 백회혈을 살짝 문지르자, 다시 깨어났다.

"이제부턴, 가랑이가 찢어지는 것보다 더한 고통을 맛보게 될 것이다"

넉쇠의 공갈에 놀란 장이가

"빨리 죽여라! 당신들은 선협이라면서 어찌 이리 잔인한 고문을 하는가?"

라고 하자 넉쇠가 픽 웃었다.

"네가 그런 말을 할 자격이 있느냐? 방주와 지옥사자, 백발은 어디 있나?"

하고

넉쇠가 장이의 손을 움켜잡자 겁에 질린 장이가 털어놓기 시작했다.

"예!

지옥사자는 백발을 데리고 떠나셨고 방주와 음곡, 파성 당주.. 육(六)향주, 팔도(八刀)만 계십니다."

사자와 백발마군이 없다는 말에 넉쇠는 장이의 멱살을 쥐고 흔들었다.

"놈들은 어디로 갔느냐?"

"그분들이 어딜 가든 졸개들은 물어 볼 수 없고, 알려주지도 않습니다."

"사실이냐?"

"이 상황에 뭐 하러 거짓을 고하겠습니까?"
넉쇠가 다그쳤다.
"전비는 어디에 있느냐?"
"뒤편 언덕에 건물이 있는데, 연웅각(燕雄閣)이라 하며 방주님 거처입니다."
넉쇠는 연웅각이라는 말에 기가 찼다.
"도적 따위가 영웅을 흉내 내다니. 너희들이 훔쳐간 황금웅녀상은 어디 있느냐?"
"아마, 연장고(燕藏庫: 제비집)에 있을 겁니다."
"연장고?"
"예, 우리는 밖에서 빼앗아온 물건은 모두 연장고(庫)에 보관합니다. 명도전(明刀錢) 마차를 탈취당한 후, 연으로 보낼 방법과 시기를 고민하고 있었으니, 황금웅녀상은 아직 제비 창고에 보관되어 있을 겁니다."
웅녀상이 산채에 있다는 말에, 에제니와 소별은 마주보며 가슴을 쓸었다.
"휴, 다행이다."
"그래요. 언니"
"산채엔 모두 몇 놈이나 있느냐?"
장이가 넋이 나간 놈처럼 웃었다.
"클클, 당신들이 날고 긴다 해도 한 번 들어가면 살아나오기 힘들게요."
"아니."
넉쇠가 장이의 팔뚝을 움켜쥐자, 장이가 기겁을 하며 후다닥 대답했다.

"천 칠백은 될 겁니다! 방주님이 파이가산(山)에서 패하고 돌아온 후, 인근 지부의 요원까지 모두 불러들여 경계를 대폭 강화했습니다."
"음"
장이에게 모두 알아낸 넉쇠가 단검을 꺼내 들자, 장이의 얼굴이 흙빛으로 변했다.
"이실직고(以實直告: 사실대로 말함)하면, 살려준다고 하지 않았소?"
소리에
"음...!"
하며 단검(短劍)을 품에 넣은 넉쇠가 덜덜 떠는 장이의 아랫배를 가격했다.
"크웩!"
장이가 피를 토하며 주저앉았다.
"네 단전을 파괴했으니, 다시는 무인(武人) 행세를 못할 것이다. 산채로 가봐야 쓸 모 없는 널 받아줄 리 없고, 편지를 빼앗기고 내부 사정까지 실토했으니 목이 달아날 터. 이 길로 멀리 가서 숨어 살아라."
넉쇠가
"대형, 백발은 지옥사자와 사라졌습니다. 전비를 없애고 웅녀상(像)을.."
이라고 하다, 생각에 빠져있는 여홍을 보고 말을 멈추었다.
여홍은
'저들은 전비 등과 잘 조련된 연나라 병사들로 구성된 강한 조직이며 우리에게 잇달아 패한 후 절치부심, 치밀한 대비를 하고 있을 것이다.

정찰을 위해 나 혼자 출입하는 건 문제가 없으나, 황금웅녀상이 문제다. 에제니, 소별 등과 진입하는 건 늑대 아가리에 머리를 집어넣는 것과 같다.'
라고 생각했다.
"백발마군이 없다니 아쉬우나, 그것은 어디까지나 나의 개인적인 일이고, 천하를 위하여 황금웅녀님 신상(神像)을 되찾아야 하지 않겠나?
보다시피 산채는 5장 높이의 이중(二重) 목책 사이로 함정(陷穽)과 해자(垓字)가 있으며 정문 외에는 접근이 어려운 난공불락의 성이네.
저들은 연나라 패잔병의 후예로 녹림의 무리와 다르게 군(軍)의 병법을 아는 방파이네. 따라서 우리만으로 상대하기엔 힘이 다소 부족하네."
하며, 뇌바우에게
"아우가 에제니님과 함께 가서 산현선사님께 도움을 청하게. 우린 아우가 올 때까지 저 산속에 머물며 기다리겠네. 이틀 내로 돌아오게."
뇌바우가 여홍이 가리키는 쪽을 보니 숨어있기 좋은 산(山)이 보였다.
"예, 대형!"
이어, 여홍이 장이로부터 빼앗은 서한을 넉쇠에게 주며
"넉쇠 아우는 수유후(侯) 기비님께 이 서한을 드리고 도움을 청해주게."
넉쇠와 옥랑, 뇌바우, 에제니가 떠나고 여홍은 두약, 소별, 청련과 산으로 들어갔다

숲은 의외로, 사냥꾼조차 다닌 적이 없어 보이는 전인미답의 밀림이었다.

대낮이었으나, 나무들 때문에 해를 보기 힘들었다. 여홍과 나란히 걷던 두약이 말했다.

"오라버니, 저기 동굴이 있어요."

산 중턱 그늘진 곳에 큰 동굴이 있었다. 동굴은 매우 시원하고 아늑했다.

굴은 안쪽으로 계속 이어져 있었다. 여홍이 두약, 소별, 청련에게 말했다.

"오늘은 여기서 지냅시다."

청련은 짐승들의 습성에 대해 잘 알았다. 땅에 떨어진 털을 보며 말했다.

"오소리 동굴이에요."

소별이 웃었다.

"이 정도면 곰이나 호랑이 굴이지, 작은 오소리가 이렇게 큰 굴에 살아? 호호, 너 오소리가 무섭구나. 오소리가 오면 언니가 쫓아 버릴게."

청련은 고개를 갸웃거렸다.

"아무래도 좀 이상합니다."

두약이 말했다.

"동생들, 우리 밖에서 나뭇가지와 잎들을 가져다 쉴 자리를 깔아요."

"네-"

두약이

"사형은 굴 안쪽을 좀 살펴봐 주셔요. 혹시 모르니까요."

"알았소."
두약이 소별, 청련과 나가자, 여홍은 횃불을 만들어 살펴보기 시작했다.
십장을 들어가니 길이 두 개로 갈라졌고 왼쪽으로 7장을 가니 바위가 굴을 막고 있었다.
돌아 나와 다른 길로 가보니 굴은 점차 좁아져 기어서 통과할 정도였다가, 10장을 더 가자 꽤 넓은 곳이 나타났으나 역시 막혀 있었다.
'음, 막힌 굴이군'
하고 돌아서는데 어디선가 희미한 소리가 들려왔다. 보통의 인물은 들을 수 없는 극히 작은 물소리였다. 소리는 바닥 깊은 곳으로부터 들려오고 있었다.
이곳저곳 두들겨보던 여홍이 무릎을 꿇고 양 손바닥을 지면에 붙였다.
이어, 백두선문의 칠성공(七星功)을 시전하기 시작하자 홀연, 쌍장(雙掌)에 밤하늘의 별빛 같은 구름이 일렁이다 땅속으로 사라졌다.
순간
"꽝!"
하며, 바닥이 무너지는 동시에 여홍이 둥실 몸을 띄우며 물러섰다. 단면으로 보아, 4척(尺) 두께에 종횡 5장의 땅이 여홍의 진기에 붕괴 되었으니 가히, 세상에 다시 없을 절세(絶世)의 공력(功力)이었다.

무계동(無脅洞)

동굴 아래로 또 다른 굴(窟)이 있었고 굴을 따라서 흐르는 물길이 보였다. 지하수로였다. 어디로 흐르는 물인지는 알 수 없으나 깨끗한 물이 콸콸 흐르고 있었고 거기에서 나오는 공기는 매우 차가웠다.
'물길을 따라가면, 동굴에서 밖으로 이어지는 통로(通路)가 나오겠군.'
여홍은 밖으로 나와 관솔불을 만들어 들고, 다시 내려가 벽에 표시를 하며 물길을 따라 나아갔으나, 한참이 지나도 외부로 연결된 통로나 끝이 보이지 않았다.
'너무 멀리 온 것 같다. 이제 그만 돌아갈까?'
생각하다가
'이왕 왔으니 조금만 더 들어가 보자'
하며 1각(一刻: 15분)을 나아가니 물길이 다시 두 갈래로 나뉘어졌다.
어느 쪽으로 가야하나 고민하고 있을 때, 왼쪽 동굴의 멀리에서 기척이 있었다. 눈으로 볼 수는 없었으나 여홍은 그 소리를 놓치지 않앉다.
네다섯 장을 들어가다 소리가 문득 사라지며 아무것도 들리지 않자, 여홍은 걸음을 멈추고 이이활신(以耳活神)의 술(術)을 극한으로 펼쳤다.
아스라이, 바람에 낙엽이 구르듯 멀어지는 발소리에 여홍이 연기처럼 몸을 날렸으나, 소리는 곧 화로(火爐)의 눈이 녹듯 사라지고 말았다.
'음, 어디로?'
여홍이 신광(神光)을 쏟아내며 소리가 사라진 곳을 살펴보기 시작했다.
바위들로 이루어진 천정의 구석으로, 박쥐 동굴 같은 구멍이 뚫려있었다.
순간, 새처럼 날아오른 여홍이 천정에서 내려온 석주(石柱)에 매달렸다. 박쥐굴은 아니었으나 뜻밖에도 향긋한 바람이 불어오고 있었다.
'여기로 달아났군.'
순간,
여홍이 물살에 빨려들 듯 구멍으로 이동했다. 구멍은, 조금만 더 살이 쪘어도 틈에 끼여 오도가도 못 할 정도로 좁았다. 여홍이 지렁이처럼 기어가니 구멍은 점차 넓어졌고, 좀 더 나아가자 일어서서 갈 정도가 되었다.
여홍이 십장을 전진하자 문득, 동굴이 커지며 눈앞에 별유천지(別有天地)가 나타났다.
천장은 얼마나 높은지 보이지 않았고, 동굴은 더 없이 시원하고 밝았다. 수십 채의 집과 함께, 듣도 보도 못 한 기화요초(琪花瑤草)들이 자라고 있었다.
'지하에 이런 곳이? 여기가 혹, 무릉도원?'
하고 생각하다
"거기 누구요?"
하고 물으며 돌아서자
"우리를 느끼다니. 당신이야말로 누구요?"
소리와 함께 두 개의 그림자가 안개처럼 나타났다. 놀라운 신법이었다.
그들은 사십 정도의 사내와 십대 소년으로 무기를 지니지 않았고 선해보였다. 사슴 같은 눈의 소년은 신발과 바지가 흠뻑 젖어있었다.
'이 아이가 나를 보고 도망쳤군.'
여홍이
"저는 동예의 여홍이라 합니다."
사내가 여홍을 뜯어보며 말했다.
"여긴 무계동(洞)이오. 땅 위의 인간이 무계동에 온 건 귀하가 처음이오. 나를 따라오시오"
하며
성큼 걸음을 옮겼고, 여홍이 따라가니 여기저기에서 수십 명이 나와 지켜보았다. 어디서 빛이 드는지 지상과 똑같이 밝은 길을 따라 모옥(茅屋) 앞으로 안내되었고, 정원에서 칠십 남짓의 노인이 걸어 나왔다.
"어서 오시오. 나는 동주(洞主) 와크스치라 하오."
"동예의 여홍입니다."
여홍이 동주를 따라 모옥에 들어가 자리에 앉자 한 소년이 차를 내왔다.

동주가 차를 들며 권했다.

"감사합니다"

여홍이 차(茶)를 입에 대자 향긋한 냄새가 마음을 차분하게 해주었다.

어디선가 맛본 적이 있는 차 같기도 했다.

"차 맛이 아주 좋습니다. 혹 무슨 차인지."

"입에 맞습니까?"

"네"

"천지화차(茶)요."

"천지화..?"

"그렇소, 천지화차. 혹 들어보신 적이 있소?"

여홍은 깜짝 놀랐다.

"네, 들은 적이 있습니다만, 고대 선인들이 즐겨 드시는 차라고 들었습니다. 그렇지만 지금은 사라져 맛볼 수 없는 차라고 들었습니다."

와크스치가 고개를 끄덕이며 화제를 돌렸다.

"선협께선 어찌 이곳에 들어오게 되었나요?"

여홍이 자초지종을 설명하며, 웅녀상을 찾고 철연방을 없애려 한다고 하자

와크스치가 매우 기쁜 표정으로 물었다.

"선협은 우리가 누구인지 궁금하십니까?"

여홍이

"네.."

하고 답하는 순간, 와크스치의 눈에서 쏟아지는 기이한 안광(眼光)

에 여홍은 정신이 몽롱해졌으나, 동시에 몸 안의 규(竅)에서 푸른 불길이 타오르며 영혼을 휘어잡는 와크스치의 기운으로부터 벗어났다.
이어, 여홍의 우수(右手)에 하얀 칼날 같은 구름이 일자, 와크스치가 급히 사과했다.
"실례를 용서하시오. 저의 광안(光眼: 빛나는 눈)을 물리치시다니. 놀랍습니다!
믿기 어려우시겠으나, 선협은 천계에서 내려오신 분입니다. 우리는 한 차례에 한해, 사람들의 눈을 통해 그의 과거를 보는 능력이 있습니다.
허공은 빛으로 생기고 또 빛으로 변해 갑니다. 사람의 눈엔 살아오며 본 것들이 각인되어 있습니다. 우리는 선협을 기다리고 있었습니다."
"나를..?"
허튼 소리를 하면 용서하지 않을 눈을 피해 와크스치가 빠르게 말을 이었다.
"우리는 무계인으로 신체 구조가 남녀 구분이 없으며, 수명을 다해도 천선토에 묻으면, 심장이 썩지 않아 백 년 후에 다시 살아납니다.
우린 천선토(天仙土)가 식량이기에, 천선토가 있는 이곳에서 살고 있는 겁니다."
여홍은 와크스치의 말을 듣고 의아해 하며, 경계심을 풀지 않았다. 사실,
와크스치는 믿을 수 없는 얘기를 구구절절 설명하기 어려워, 섭혼술로 외인(外人)이 나쁜 사람인지 들여다 본 후 깨우려 했으나, 여홍

이 찰나지간 광풍제월(光風霽月: 비가 갠 뒤의 바람과 달)과 같은 정신으로 광안을 깨고, 비수 같은 내경을 쏟아낼 줄은 상상하지 못했다.
삽시간에 전 방위를 차단하며 한기를 내뿜는 여홍의 신위(神威)에, 와크스치는 극도의 놀라움으로 몸을 떨었으나, 거기엔 알 수 없는 격동이 숨어 있었다.
"백 년 뒤 살아나?"
와크스키가 권했다.
"자리에 좀.."
여홍이 앉자
"믿기 어려우시겠지만, 우리는 수천 년 전부터 땅 위의 백화곡에 살았습니다.
지금 철연방이 자리한 흑풍곡은 우리의 백화곡이었습니다. 그런데 수십 년 전, 진개의 군대가 들어와 불을 지르고 사람들을 죽이며 빼앗았습니다.
거기다 수천 년 된 나무들을 잘라 목책을 만든 후, 사람이 접근 못하도록 독사, 독제비, 독물을 길렀으며, 독초를 심어 환경을 바꾸어 버렸습니다.
때문에 천선토(土)가 오염되어 우리 부족은 굶어죽게 되었고, 그래서 저는 부족민을 이끌고 천선토가 있는 이 지하세계로 내려와 살았습니다.
그러나 흑풍곡의 천선토 보다 질이 좋지 못해 사람들이 많이 죽어갔고,
땅에 묻어도 변하지 않던 심장이 이제는 썩어 없어지고 있습니다.
백 명이 안 되는 우리는 하늘의 신장(神將)을 기다리며 백화곡 수복

을 고대하며 살아왔는데, 이렇게 대협이 왕림해 주셨으니 반가울 뿐입니다."
여흥은 기가 막혀 말이 안 나왔다. 와크스치의 이야기는 어처구니없었다.
"나를 기다리다니요?"
와크스치가 대답대신 벽에 걸린 배달금(琴)을 무릎에 올려놓으며 말했다.
"저희에겐 고대부터 내려온 노래가 있습니다. 한 번만 들어주십시오."
하며 칠십 노인 같지 않은 청아하고 낭랑한 목소리로 노래를 부르기 시작했다.

둥-둥-땅-띵--둥
삼족오(三足烏)를 따라왔는데
이
별의 지력이 흐려지니,
삼족오를 따라
다시
저 하늘 별로 돌아가고 싶어

뚜웅, 뚜-땅땅-땅
삼족오는
우주를 관통하며
시방(十方)을 나는 불멸의 새

삼족오가 사는
귀허는
어디에 있을까
천년을 헤매도 알 수 없으니

하늘의 우물에서
오신
대인만이
우리를 귀허로 안내해주리라

대인은 누굴까,
천년을 찾아도
여전히
안개 속
오, 한울님
불쌍한 우리를 구원해주소서

선계와 마계의 음(音)에 정통한 여홍이, 급조한 곡이나 노랫말인지를 알아보는 것은 어렵지 않았다.
곡조의 간절함이 천 년 세월을 기다려온 그리움을 여실히 보여주고 있었다.
여홍이

"동주님, 그 노래 속의 대인(大人)이 진정, 저를 가리킨다는 말씀입니까?"
와크스치가 금(琴)을 내려놓으며
"조금 전 대협께 결례를 범하는 순간, 찬연히 빛나는 우물 옆에 아기를 안고 있는 여인을 봤습니다."
고 하자
여홍의 눈에 이채가 흘렀다. 이어, 와크스치가 가만히 방문을 밀자, 수십 명의 무계동인이 무릎 꿇고 두 사람의 대화를 경청하고 있었다.
돌연, 와크스치가 무릎을 꿇었다.
"대인, 저희를 살려 주십시오"
동인들도 동주 와크스치를 따라 머리를 조아렸다.
"대인, 저희를 살려주십시오."
"아…"
여홍은 기가 막혔다. 우물 옆의 여인과 아기 이야기는 무엇이며, 어딘지도 모를 동굴에서 이리 매달리는 무계동인들은 또 어찌된 일인가.
여홍이 동주를 일으켜 세웠다.
"저는 전설의 대인도, 하늘의 우물을 통해 이 땅에 온 사람도 아닙니다. 그러나 힘이 닿는 한 무계동을 도울 것이니, 모두 일어나 주십시오."
여홍이 와크스치의 무례를 용서하고 무계동을 돕겠다고 하자, 동민들은 모두 자리에서 일어나 서로를 끌어안고 눈물을 흘리며 기뻐했다.
여홍이 사람들을 돌아가게 하고, 자기를 안내한 투르치, 굴로치만

남게 하며

"동주님, 추마산 일대를 잘 아십니까?"
고 물었다.
"네, 누구보다 잘 안다고 자신합니다."
여홍은 반색했다.
"혹, 이 동굴에 철연방 산채로 잠입할 길이 있습니까?"
"있다마다요. 우리가 그리 도망쳐오면서 놈들이 쫓아올까 두려워 막아버린 걸요."
여홍이 산채가 도무지 틈이 없어 침투할 방법을 찾고 있었다고 하자
"걱정 마십시오. 이 물길을 따라가면 흑풍 제4 곡(谷)의 폭포 뒤로 통합니다. 중간을 바위로 막아놓아 철연방(幇)은 이쪽을 알지 못합니다."
여홍은 여러 가지를 파악한 후
"일행이 있는 동굴로 돌아가겠습니다. 지원 병력이 오면 다시 오겠습니다"
라고 하자, 와크스치가 벽장을 열고 몹시 허름한 나무상자를 꺼냈다. 안에 들어있는 것은 보검이었다. 와크스치가 검을 여홍에게 건네며
"저희 부족의 보검입니다. 팔백 년 전 천선토를 찾아다니던 선조들이 얻은 검인데,
장차, 저희를 구해 줄 분께 보답할 선물로 애지중지 보관해 왔습니다. 저희보다는, 의(義)를 위해 종횡천하 하시는 대협께 어울릴 것입니다."
하고 극진하게 예를 갖추자, 지금까지 그 어떤 것에도 초연했던 여

홍의 마음이 움직였다. 근래 들어 심상치 않은 가달성의 움직임에, 언제 만날지 모르는 각팔마룡과의 결투에 조금씩 신경이 쓰이고 있던 터였다.

단 한 번의 비무(比武)로 무예계의 안위가 결정된다고 가정할 때, 적이 나보다 고수라면, 지금 지니고 있는 것은 약간 아쉬운 검이었다.

검에는 풍백(風伯)이라는 글자가, 범이 달리는 기세로 새겨져 있었다.

여홍은 깜짝 놀랐다.

"앗! 풍백님의 검?"

와크스치가

"네. 4대신장 풍백님의 검(劍)입니다."

고 하자, 여홍이 천천히 검을 뽑았다.

"스르릉"

소리와 함께 검 날이 드러나자, 서리 같은 기운이 공중으로 흩어졌고,

수평으로 그으니 칠규(七竅: 귀, 눈, 코, 입)가 얼어붙을 바람이 연기처럼 맴돌았다.

과연, 다시 못 볼 보검이었다. 예리한 검기에 고개를 끄덕인 여홍이 말했다.

"감사합니다, 동주님. 사양하지 않겠습니다. 그러나 철연방(幇)의 전비와 그의 주인 각팔마룡을 제거한 후, 동주님께 돌려드리겠습니다."

와크스치는 기뻤다. 여홍은, 속으로는 욕심을 내면서 아닌 척 하는 인물들과 달랐다.

대의(大義)를 위해 흔쾌히 보검을 받으며 감사를 표하고, 천하를 구한 후에 되돌려주겠다는 일대(一代) 영웅의 기품을 보여주고 있었다.

와크스치는 오늘의 행운을 하늘에 감사하며 더욱 깊이 고개를 숙였다.

"대협의 마음에 드신다니 다행입니다. 부디, 이 검(劍)으로 정의를 수호하시기 바랍니다."

오소리산

두약과 소별, 청련은 한동안 살펴보았지만, 동굴 가까이엔 아름드리 나무들만 있고 바닥에 깔아 쓸 만한 나뭇가지들은 눈에 뜨이지 않았다.
"저쪽에서 물소리가 들리니 거기 가면 나뭇가지를 구할 수 있을 거야."
그런데, 앞서 가던 두약이 자세를 낮추고 돌아보며 검지를 입술에 댔다.
"쉿"
한창 조잘거리던 청련이 주춤거리며
"언니, 왜요?"
하고 다가왔다. 청련이 계곡을 보니 오소리 수 십여 마리가 배를 훌라당 드러내놓고 햇볕을 쪼이고 있었다. 낮잠을 즐기고 있었던 것이다.
넓은 바위에 누운 황소만한 너구리를 중심으로, 멧돼지 크기의 오소리들이 입을 벌린 채, 여기저기에 널브러져 늘어지게 자고 있었다. 청련이

"어머!"
하고 놀라자, 소별이 당황하며 제지했다.
"쉿"
그때, 거대한 오소리가 눈을 번쩍 떴다. 그런데 놀랍게도 놈은 외눈박이였다.
홱 일어선 오소리가 물기를 부르르 털고 두약이 숨은 방향을 노려보자, 나머지 오소리들도 뒤를 따르듯 꾸물꾸물 자리에서 일어났다. 먼저 깨어난 오소리가 왕으로 보였는데, 오소리들은 하나같이 외눈박이였다. 두약은 모르고 있었으나,
이 산의 이름은 오소리산(山)이었고 사람을 사냥하는 오소리들이었다.
왕오소리가 외눈을 희번덕거리다 콧구멍으로 숨을 푹푹 내뿜으며
"꿰액!"
하고 두약이 숨은 곳을 향해 달리기 시작했다.
"꾸액! 꾸액!"
나머지 오소리들도 괴성을 지르며 달려오자, 두약이 다급하게 외쳤다.
"빨리 도망쳐!"
세 사람은 힘을 다해 동굴로 달렸다. 오소리들이 쫓아오는 소리가 땅을 흔들었다.
"두두두두두..."
"저 산 위로!"
두약이 외치자 소별과 청련이
"에고, 신모님!"
하며 정신없이 산으로 달렸다.

그러나 어느새 따라붙은 오소리가 소별의 발뒤꿈치를 노리고 달려들자
소별이 옆의 나무 뒤로 숨으며 오소리의 이마를 검으로 푹 찔렀다.
"끄액!"
오소리가 비명을 지르며 데굴데굴 굴렀고. 이를 본 오소리 두 마리가 소별에게 달려들자, 소별이 다시 나무 뒤로 피한 후 도망치기 시작했다. 두약이 보니 소별이 자기들과 다른 방향으로 도망치고 있었다.
"우리도 저쪽으로 가자"
하고 소별 쪽으로 방향을 틀 때, 붉은 오소리 두 마리가 앞을 가로막았다.
으르릉 거리며 드러낸 이빨이 창끝처럼 날카로웠다. 두약과 청련이 검을 뽑자, 두 놈은 맛있는 먹이를 찾은 듯 침을 흘리며 달려들었다.
두약이 피하며 벼락같이 검을 휘두르자 등이 쩍- 갈라진 오소리가
"컥!"
하고 비명을 토하며 앞의 나무에 머리를 들이박았다. 백두산에서 자란 청련은 제 집 마당을 달리듯 오소리를 놀리며 이리저리 피해 다녔다.
마치 숨바꼭질하는 다람쥐 같았는데 도망치던 청련이 문득 비틀거리자
오소리가 웬 떡이냐 하며 쇄도하는 순간 횡(橫)으로 피했고, 속도를 줄이지 못한 오소리는 그대로 돌진하며 주둥이를 나무에 들이박았다.
"퍽!"

하고 골이 깨지며 오소리가 기절하자, 청련이 내려다보며 주먹을 흔들었다.

"히히, 네 놈이 감히!"

외눈 오소리라, 거리감이 떨어질 거로 짐작한 청련이 꾀를 부린 것이다.

그때, 머물기로 한 동굴이 오소리굴(窟)이라고 판단한 두약이 청련을 이끌고, 덜 위험한 소별 쪽의 절벽을 향해 달렸다. 이어 소별과 함께 오소리들을 해치우면서 각기, 절벽의 돌출 부위를 찾아 몸을 날렸다.

도피하는 데에 성공한 셋은 절벽 아래 몰려든 오소리 떼를 보며 안심했다.

"휴우"

간발의 차로 들이닥친 오소리 두목과 수십 마리가 뛰어오르려 했으나, 두약 소별 등의 검(劍)에 위협을 받아 바닥으로 떨어지기를 반복했다.

왕오소리는 포기하지 않고 씩씩 거리며 절벽 아래를 사납게 맴돌았다.

잠시 후, 오소리들이 맥이 빠져 공격이 줄어들자 청련이 뽐내듯 말했다.

"별 언니, 내 말이 맞잖아요. 아까 발견한 동굴이 저놈들 집이에요."

소별이 웃으며

"맞아, 우리 백두산 다람쥐 청련이 뭘 모르겠어. 그런데 언니, 대협은 지금 어디 계실까요? 혹시 동굴에서 우리를 기다리는 것 아닐까요?"

두약이
"그래서 동굴(洞窟)로 도망치지 않고 오소리를 유인해 여기 온 거야. 우리가 없으면 오라버니가 우리를 찾으러 올 것이니, 조금만 기다려"
그러나 한 시진(- 2시간)이 지나 저녁이 되어도 오소리들은 떠날 줄 모르고 여기저기 자빠져 뒹굴 거렸다.
어둠이 내리자 오소리들의 외눈이 귀기(鬼氣)가 감도는 인광을 흘리며 번들거렸다.
시간이 흘러도 여홍이 오지 않자, 무슨 탈이 있을까 걱정이 되기 시작했다. 밤이 되자, 절벽의 기온이 급격히 떨어졌다. 두약이 나무를 꺾어 불을 피웠다. 불을 본 오소리들이 불빛과 먼 뒤쪽으로 물러나 다시 자리를 잡고 앉았다. 그 자리에서, 밤을 보낼 생각으로 보였다.
해시(亥時: 오후 9시 반)쯤 되었을까, 눈을 감고 있는 두약의 귀로
"사매!"
하고 부르는 소리가 들렸다, 두약이 두리번거렸으나 아무것도 보이지 않았다.
"기척을 내지 마오. 나는 가까이 있소. 동굴로 달려가 입구에 불을 피우시오. 큰 오소리가 우두머리 같은데, 놈을 해치우고 내 따라가리다.
그 굴은 또 다른 굴과 연결되어 있으며, 철연방 공략에 매우 중요한 곳이오. 오소리들에게 빼앗기면 안 되오. 자세한 건, 잠시 후에 이야기하리다."
두약이 즉시 소별과 청련에게 여홍이 왔음을 알렸다. 여홍은 십장 떨어진 나무 위에 숨어 있었다. 잠시 후, 두약 등의 안전거리가 확

보이자,

여홍이 왕오소리를 향해 돌을 던졌다. 여홍의 내력이 실린 돌이 무서운 속도로 이마를 때리는 순간, 오소리가 본능적으로 머리를 틀었다.

"빠그, 칵!"

이마 정중앙을 노린 돌이 머리 측면을 때리며 지나갔고, 오소리는 머리가 터지며 고통과 함께 피를 콸콸 흘렸으나 죽을 정도는 아니었다.

화가 난 왕오소리가 부르짖자, 졸개들이 떨며 모두 주둥이를 땅에 박았고, 오소리가 여홍이 숨은 쪽으로 돌진하자, 부하들이 뒤를 따랐다.

이를 본 여홍이 주렁주렁 걸린 등나무 줄기를 잡고 다른 나무로 이동하기 시작했다. 얼핏, 원숭이처럼 빠르게 밀림 속을 휙-휙 날아갔다.

머리가 터진 왕오소리는 화가 극에 달한 듯, 괴성(怪聲)을 지르며 쫓았고, 여홍은 잠시 후, 나무들이 빽빽한 곳이 보이자 땅에 내려섰다.

이어, 왕오소리가 거칠게 숨을 쉬며 도착했다.

"꽤액!"

오소리는 눈에 불을 뿜고 있었다. 여홍은 과거에 제거한 마호(魔虎)가 떠올랐다.

'이것들도 가달성과? 놈을 이대로 두었다간 해가 클 것이니, 오늘 꼭 제거해야..'

여홍은 품에서 주머니를 꺼내 흑색 가루를 옷에 뿌린 후 주변 땅바닥에 뿌렸다.

잠시 후 도착한 졸개들이 여홍을 에워싸다 이상한 냄새에 물러서며 몸을 떨었으나, 왕오소리는 거리낌이 없이 다가서며 이빨을 드러냈다.
여홍이 녹광을 폭사하는 놈의 눈을 보며 풍백검(劍)을 서서히 뽑아들었다.
서리 같은 검기가 놈을 견제하는 순간 왕오소리가 달려들었으나, 어느새 비켜선 여홍이 탈명장으로 옆구리를 가격했고, 왕오소리가 컥 하고 비틀거릴 때 풍백검이 놈의 머리를 향해 번개처럼 호를 그렸다.
여홍이 뼈와 근육이 갈라지는 모습을 떠올리는 찰나, 놈이 요강이 뒤집히듯 자빠지며 간발의 차로 검 날을 어깨로 흘렸다. 놀라운 반응 속도였다.
육봉산의 청사(靑蛇), 개마국의 괴조(怪鳥), 대천성(城) 마호, 백두산 흑거미, 구도포자 미꾸라지, 거인족의 천년 사룡(蛇龍) 등을 제거한 여홍의 검(劍)을 추마산(山)의 외눈 오소리가 몸을 틀어 피한 것이다.
위기를 가까스로 벗어난 놈의 외눈에서 분노의 녹색 광망이 타올랐다.
'내 몸에 상처를 내는 인간이 있다니.'
왕오소리가 이를 갈며 몸을 날렸다.
오소리가 흘린 여홍의 검은, 다른 짐승이었다면 어깨가 날아가고 연이은 공격에 숨이 끊어질 판이었으나, 오소리 몸은 가죽과 살이 붙어있지 않고 겉도는 특이한 구조여서, 가죽만 베어졌을 뿐 근육을 다치지 않은 것이다.
여홍과 야수의 공수는 섬광이 교차하듯 빨랐다. 좌장우검으로 끝을 내지 못한 여홍이 비수(匕首) 같은 안광을 흘리며 연기처럼 도약했다.
여홍을 쫓아 본능적으로 고개를 쳐든 놈이 일순 크게 당황했다. 여홍이 보이지 않았다. 어떻게 이런 일이.. 불의의 일격을 떠올린 놈이 좌우로 눈을 굴리며 으르렁거렸으나 천지 어디에도 여홍은 없었다.
긴장이 극도에 이른 오소리가 휙- 돌며 좌우로 미친 듯이 포효했다.
여홍이 유령처럼 서 있었던 것이다. 그러나 왼편으로 2장 떨어진 곳에 또 하나의 여홍이 있고, 오른 쪽에도 여홍이 있어 자세히 보니,
신법이 빨라 사라지지 않은 그림자가 실재하는 것처럼 보이는 현상이었다.
왕오소리가 어느 놈을 물어뜯어야 할지 몰라 으르렁거리자, 세 방향의 여홍이 일진광풍(一陣狂風)처럼 쇄도했고, 왕오소리가 악을 쓰며 물러설 때 하나도 둘도 아닌 강물 같은 바람이 오소리의 뺨을 강타했다.
"컥!"
하고 얼굴이 틀어진 오소리가 몸을 바로잡으려 할 때, 검로(劍路)를 열두 번 바꾼 일으킨 파공음이 공격 지점을 포착할 수 없게 만들었고,
크게 놀란 오소리가 무작정 땅바닥을 구르며 탈출하려는 찰나, 일곱 개의 푸른 광망(光芒)이 폭우가 쏟아지듯 오소리의 몸뚱이에 떨어졌다.
눈 깜빡할 사이에 일어난 변화였다. 여홍이 극한의 신보(神步: 신의

걸음)로 시야를 어지럽히고, 앞발로 정신없이 막으며 물러서는 야수를
무형의 불연기연(不然其然)으로 혼을 빼고, 추혼십이검(追魂十二劍)으로 바닥을 구르게 한 후 백두선문의 칠성폭우로 숨을 끊은 것이다.
아무리 괴물이라 하나, 절장(絶掌) 불연기연과 신검합일의 십이쾌검(十二快劍)에 당하지 않는 것은 불가능한 일이었다.
여홍이 우두머리를 밟고 돌아서자, 오소리들이 꼬리를 말고 도망쳤다.
여홍이 동굴로 왔을 때, 두약은 동굴 앞 두 곳에 불을 피워놓고 있었다.
두약이 반갑게 맞이했다.
"사형, 괜찮으셔요?"
"두목만 해치웠소."
"와, 다른 놈들은..?"
"모두 다 도망쳤소."
"어디로 갔을까요? 아, 그런데 사형 몸에서 나는 이 냄새는 뭐예요?"
"오!"
하며 여홍이 주머니 한 개를 꺼내 건네주었다.
"이걸, 동굴 주위에 뿌리시오. 냄새가 역겨워 오소리들이 두려워하더이다."
두약이 냄새를 맡아보니 골이 빠개지는 것 같았다. 즉시 소별에게 주며
"오소리가 접근 못하게 동굴 입구에 뿌려다오."

소별이 받아들고
"가자, 청련아."
잠시 후, 소별과 청련이 가루를 샅샅이 뿌리고 돌아왔다. 그동안 여홍은 바닥에 구덩이를 파고 화톳불을 피워 동굴을 아늑하게 만들었다.
두약이 웃으며 물었다.
"오소리 퇴치 가루는 어디서 났어요? 오소리의 습격을 예견하셨나요?"
여홍이 말했다.
"그렇소, 이 동굴의 안쪽 깊은 곳에 사는 무계동주(無脛洞主)가 준 것이오."
두약과 소별, 청련은 모두 놀라 합창하듯 물었다.
"동굴 안쪽에 사람이 살아요?"
"그렇소."
여홍은 세 사람이 나뭇가지를 주우러 간 사이에 생긴 일들을 들려주었다.
"무계동을 떠나올 때, 동주가 오소리를 만나면 사용하라며 가루주머니 두 개를 주었소. 호랑이 배설물과 오소리가 싫어하는 약초를 섞었다 했소.
그들은 이 산이 오소리산(山)이라 동굴을 나설 때는 항상 지니고 다닌다 했소.
한 개는 왕오소리와 싸우면서 사용했고, 나머진 조금 전 동굴 앞에 뿌린 것이오."

철연방의 멸망

이튿날, 오소리 산에서 나온 여홍이 아우들과의 약속 장소로 갔다. 오후가 되자 뇌바우, 에제니가 일토산 산현선사와 산호, 극해, 극열 장로 그리고 도인 오십 명과 함께 도착했다. 모두가 신전소도의 정예 고수들이었다.
산현선사는 에제니로부터 창해신검의 이야기를 듣고 깜짝 놀라며 몸을 떨었다.
"오! 천하영웅이 와 계시다니.. 웅녀상을 찾는 일은 바로 우리 일이오. 철연방에 웅녀상을 도둑맞은 후 하루도 편안하게 지낸 적이 없소.
이 일을 해결하지 못하면 내 죽더라도, 사부님을 어찌 뵐 수 있겠소.
소도가 생긴 이래 처음 있는 재난이오. 하늘의 보살핌으로 신협(神俠)이 도와주시니,
당장 신전소도의 도인들을 모두 소집하고, 내일 새벽 출발하겠소이다!"
하며, 시립하고 있는 도동(道童) 미제, 기제에게 급히 명(命)을 내렸

다.
"환웅각으로 달려가 항마고(降魔鼓)와 대각종(大覺鐘)을 울리도록 하라."
항마고와 대각종은 긴급 사태가 생겼을 때 울리는 북과 종으로, 일토산 2백 리에 그 소리가 울려 퍼지면 토굴이나 깊은 숲속에서 연공 수행하던 도인들은 모두 지체 없이 소도(蘇塗)로 달려오게 되어 있었다.
잠시 후
"두두두두두두…"
"궁-궁-궁-궁…"
항마고와 대각종의 힘차고 장엄한 소리가 일토산 전역으로 퍼져나갔다.
정예를 추린 산현선사는 무려선문 인월선사에게 전서구를 날린 후, 인시(寅時: 새벽 3시 반)에 출발해 질풍처럼 흑풍곡으로 달려온 것이다.
여홍이 산현선사에게 다가가 정중하게 인사했다.
"선사님, 인사드리겠습니다. 동예의 여홍입니다."
"오!
반갑습니다. 팔황(八荒)이 추앙하는 대협을 뵙게 되어 더 없이 영광스러우나, 저의 무능과 불찰로 신협을 번거롭게 해드려 죄송합니다."
여홍은 모두를 적당한 곳으로 안내하고 쉬게 했다. 그리고 산현선사에게 수유후(侯)께 도움을 청했다는 것과 그동안의 진행 상황을 설명했다.
산현은 인월에게 전서구를 보냈으니 무려선문도 달려올 것이라고 말했다.
여홍은 오소리산으로 가지 않고 노숙하며 넉쇠와 지원군을 기다리기로 했다.
다음날 사시(巳時: 오전 9시 반), 넉쇠가 살란극치의 1백 기(騎)와 함께 도착했다.
"대형, 다녀왔습니다."
"수고 많았네.. 아우"
여홍이
"국경을 지키는 분께, 산 도적까지 잡아달라고 부탁해서 미안하오이다."
고 하자, 살란극치가
"무슨 말씀을요. 철연방은 반드시 제거해야할 악의 무리가 아닙니까.
대협, 병사를 많이 데려올 수는 없었습니다. 연과 진이 또 싸우고 있습니다. 둘이 싸우는 척 하다 여차하면 우리 영토를 침략할 수 있거든요. 그러나 기비께서 모두 용맹한 병사들로 선발, 지원하라 하셨습니다."
고 답했다.
여홍이 보니 허리엔 검이나 창을, 등에는 모두 맥궁(貊弓)을 매고 있었는데, 하나같이 태양혈(穴)이 솟은 수유성(城)의 정예 기병들이었다.
여홍은 읍차 살란극치를 산현선사와 장로 및 도인들에게 소개하였다.
얼마 지나지 않아, 무려선문의 인상이 이끄는 이십 인이 도착했다. 모두 선무예의 달인들이었다. 그들 중엔 신녀 자미도 포함되어 있었다.
그녀는 철연방의 탄비장에 잡혀 고생을 하다 국관, 온평의 도움으로 탈출한 적이 있었기에, 철연방을 토벌한다는 말에 이를 갈며 따라왔다.
국관과 온평에게 자미에 대한 이야기를 들었던 여홍 등은 쉽게 가까워졌다.
여홍이 설명했다.
"철연방의 병력은 천 칠백이나, 우리는 일백일 기병(騎兵)에 일토산 오십 사, 무려선문 이십일, 저희 여덟으로 총(總) 일백 팔십 사 명입니다.
철연방의 목책이 튼튼하다 하나, 다행히 산채로 잠입할 비밀통로를 알고 있습니다. 나와 산현선사님과 예하 도인 부대가 그리 들어가 불을 지를 것이니,
무려선문의 인상 장로님은 산채 입구 근처에 잠복해 계시다 안에서 불길이 치솟거든 목책을 오가며 불화살로 도적들을 교란해 주십시오.
만약, 적이 밖으로 나오면 힘에 부친 듯 기병이 매복한 곳으로 유인하거나
저희가 문을 연 후 기병들이 진입할 때 뒤따라 진격하십시오. 살란 극치님은 기병을 이끌고 숲에 계시다가, 말씀 드린 대로 움직여주십시오."
여홍은 작전을 설명한 후, 지하에 살고 있는 신비한 무계동인들에 대해 들려주자 모두들 감동했다. 산현선사가 길게 탄식하며 말했다.
"우리도 모르는 사이, 고통 받는 사람들이 있었군요. 천우신조입니다"

여홍이 뇌바우에게 말했다.
"아우는 무려선인들과 함께 움직이게."
"예, 대형"
여홍은 두약, 넉쇠, 옥랑 그리고 산현, 산호, 극해, 극열, 오십 도인과 오소리굴로 올라갔다.
여홍이 일행을 안내해 지하 수로를 따라 갈라진 곳까지 들어가니 무계동주 와크스치와 투르치, 굴로치 등 십여 명이 기다리고 있었다.
여홍이 소개를 했다.
"동주님과 무계 동민(洞民)들입니다."
산현선사가 예를 갖추었다.
"반갑습니다. 일토산 신전소도의 산현이라 합니다. 동주님, 감사합니다."
와크스치가 산현선사의 손을 잡았다.
"악을 토벌하게 되다니, 감사합니다."
여홍이 말했다.
"시간이 없습니다. 동주님, 앞장서 주십시오."
와크스치와 동민들이 앞장섰다. 미로와 같은 수로를 달린 지 반 시진 후, 정중앙을 기준으로 가로 세로 공히 3장 반의 바위 앞에 멈추어 섰다.
모두, 와크스치의 안내가 없었다면 찾을 수 없을 길이었다고 생각했다.
와크스치가
"여기서 나가면 제4 동굴 폭포가 나오고, 폭포를 관통하면 산채의 서쪽으로 들어갈 수 있습니다."

하며 눈짓을 하자, 투르치와 연장을 꺼내든 십여 명이 바위에 달려들어 여기저기 틈새에 박힌 쐐기용(用) 돌과 나무토막들을 뽑아냈다.

투르치가 다 뽑았다고 보고하자, 와크스치가 여홍을 돌아보며 말했다.

"이제, 영웅들께서 힘을 모아 바위를 치우시기 바랍니다."

동주의 말에 산현선사와 살란극치 등이 나서다 멈추어 섰다. 두 발을 땅에 박은 여홍이 어느새 쌍장(雙掌)을 바위에 얹고 있었던 것이다.

두약과 넉쇠를 제외한 모두가 숨을 죽이며 기대 반, 회의 반으로 서로를 돌아봤다.

말로만 듣던 전설 같은 신공(神功)을 보게 되어 가슴이 두근거렸으나

'저 육중한 바위를? 하며 저절로 이는 의문(疑問)을 누를 수는 없었다.

용가의 혼하삼웅을 시작으로 가달오귀, 흑살귀, 중원의 참수도(斬手刀),

붉은 거미방 미인거미와 만독존자, 황사산의 독각귀, 음풍마, 등에 마군

그리고 파곡산의 마각에 이어 철연방의 만사기, 마화, 하간오노 중 삼노와 북연귀 전삭,

흑립방의 이녹(二鹿)과 견무, 사합(四蛤)과 그 스승 황와(黃蛙), 적발마군 등 기라성 같은 고수들의 고개를 떨구게 한 창해역사(滄海力士)의 무예는 이미 귀가 아프도록 들어 잘 알고 있으나, 과연 이 바위를..?

하고 숨을 죽이는 순간, 여홍의 양 손에 별빛 같은 기운이 구름처럼 일었다.
"칠성공(七星功)!"
이를 본 군웅들의 눈이 찢어지고, 청련이 작은 손을 꼭 쥘 때, 여홍이 용(龍)의 신음(呻吟)을 토하자, 거대한 바위가 구르며 길이 열렸다.
산현선사와 도인들이 크게 놀라며 빠져나와 폭포 뒤의 동굴에 모였다. 영웅들의 경외(敬畏)의 시선을 모르는 듯, 여홍이 전방을 주시하며
"안전한지 살펴볼 테니, 제가 부르면 나오십시오."
하고 폭포를 뚫고 나갔다.
잠시 후 여홍의 신호가 개미가 속삭이듯 폭포를 뚫고 또렷하게 들려왔다.
"선사님"
적을 경동시키지 않으려는 신호였으나, 전음이 아닌 작은 소리가 굉음(轟音)을 투과하며 선명하게 들리자 산현선사는 또 다시 경악했다.
모두 밖으로 나온 후, 빼앗긴 땅을 밟은 동인들은 서로 부둥켜안고 기뻐했다.
"아! 폭포, 푸른 하늘!"
주변은 숲이 울창했고, 조금 걸어 계곡을 벗어나니 2백 장 떨어진 곳에 건물들이 보였으나, 부근에는 다행히도 지키는 자가 아무도 없었다.
여홍이
"먼저 사방에 불을 지르십시오. 산호 장로님은 넉쇠 아우와 옥랑님,

도인 열 분과 함께 산채 입구로 가서 출입문을 열어주십시오. 그리고
극해 장로님은 에제니님, 소별님, 청련, 도인 열 분과 웅녀상이 있는 연장고(庫)를 찾으십시오.
다른 분들은 극열 장로님이 여섯 분씩 5개조로 나누어 공격하십시오.
저는 사매와 함께 선사님을 모시고 철연방주의 겹화당(堂)으로 가겠습니다."
곁에서 눈을 부릅뜨고 산채를 응시하며 듣고 있던 무계동주가 말했다.
"대협, 불은 저희가 지르겠습니다. 흑풍곡에서 불에 잘 타는 나무와 바람의 방향을 익히 아는 저희가 불을 질러야 불길이 확 번질 겁니다."
얼마나 기다렸던 일인가. 주먹을 쥔 동인들의 얼굴이 벌겋게 달아올랐다.
여홍이 눈을 반짝였다.
"아, 그렇군요. 동주님, 그럼, 불을 지르는 것만 부탁드리겠습니다. 흑림의 지옥사자와 백발마군은 없으나 음곡, 파성과 여섯 명의 향주, 팔도(八刀) 그리고 소(小)두령들이 있습니다. 모두 집중하시기 바랍니다!"
하고 건투를 기원하자 산현선사가 부탁했다.
"여대협! 전비는 내가 상대하도록 해주시오."
"네"
그때 철연방주 전비는 겹화당에서 회의를 하고 있었다. 전비는 그동안 명도전(錢)을 되찾으려 백방으로 노력했으나, 마연대(隊)와 정예

고수들이 궤멸한 울분을 가슴에 묻고 향후의 대책을 상의하고 있었다.
한편 불을 만들어 든 무계인들이 여기저기 불을 지르기 시작했다. 목을 빼고 기다린 날이 오자, 목마른 자가 물에 뛰어들 듯 섶을 지고 달리며 여기저기에 화섭자를 대고 그어댔다. 무계인들은 신이 났다.
순식간에 목조 건물들이 활활 타오르기 시작했다. 때마침 부는 바람에 불은 미친 듯이 타올랐다. 선협들은 각기 정해진 곳으로 내달렸다.
"불이야!"
"적이다!"
여기저기서 철연방(幇)의 도적들이 무기를 들고 뛰쳐나오기 시작했다.
파견을 나갔던 부하들까지 돌아와 참석하고 있는 회의에 소두령 하나가 뛰어 들어왔다.
"방주님! 도사들이 산채에 침입했습니다."
전비가 크게 놀라며
"뭐? 어떻게 삼엄(森嚴)한 보초를 뚫고 목책을 넘어왔다는 말이냐? 하고 몸을 날리자, 소두령 등이 뒤를 바짝 따르며 대답했다.
"목책으로 넘어 온 게 아니라, 산채 뒤 계곡에서 나타난 것 같습니다."
"계곡 안에? 그럼, 우리가 모르는 비밀통로가 있었다는 것 아니냐?"
"네, 그런 것 같습니다."
계곡은 연중(年中: 1년 내내), 검은 바람이 불어 다람쥐 한 마리 다니지 않는 곳이었다.

음곡은 크게 놀랐다.

"불을 지르는 놈들이, 어리숙한 게 꼭 무계동인(人)으로 보였습니다."

소두령의 말에 전비와 음곡, 파성은 더욱 놀랐다.

"무계인! 그들은 진개 장군님이 모두 쓸어버린 미개한 종족 아니더냐?"

파성이

"제가 알기로, 그들 일부가 꽁꽁 숨어 다 죽이지는 못한 것으로 알고 있습니다. 한동안 잔당을 찾았으나 실패했고, 무계인들은 흙이나 파먹는 썩은 옥수수 같이 무능한 족속이라, 무시하고 잊어 버렸습니다."

라고 하자, 전비가 영을 내렸다.

"각자의 위치로 빨리 달려가라."

음곡, 파성과 육향주, 팔검, 소두령들이 들개 때처럼 사방으로 흩어졌다.

산채는 말이 아니었다. 산채의 주요 건물 거의가 활활 타오르고 있었다.

부하들은 불을 끄면서 싸우느라 정신이 없었다. 침입자들이 동에 번쩍, 서에 번쩍 쑤시고 다였으나 그 수는 일백(一百)을 넘지 않는 듯했다.

전비가 소리쳤다.

"파성!"

"옙"

"너는 성문(城門)을 지켜라."

"옙"
그때, 부하들을 도륙하며 몰려오는 무리들을 발견하고 마주 달려갔다.
앞장 선 자는 수염과 눈썹이 하얀 도인이었다. 음곡이 그를 알아보았다.
"산현!"
"후후후, 제 발로 찾아오다니. 흑풍곡이 네놈들의 무덤이 될 것이다."
고 하던 전비가 제일 뒤의 일남일녀(一男一女)를 보고 괴로운 신음을 토했다.
"창해신검!
음곡, 육향주, 팔검, 소두령! 모두 흩어지지 말고 창해신검을 대비하라!"
철연방은 대부분 진개 군(軍)의 후예들로 구성되어 있어, 무공만 믿고 껄떡대고 들어왔다가는 허망한 죽음을 맞이하기 딱 좋은 곳이었다.
음곡이 백여 명의 마연대(隊)를 지휘하여 산현선사 일행을 반원으로 막아섰다.
산현선사가 물었다.
"철연방주 전비..?"
전비가 사각형 머리를 숙이며 좌로 꺾었다 펴자, 목에서 우두둑 소리가 났다.
"으하하하하하하. 내가 방주니라. 도인이라는 것들이 예의를 모르고 개구멍으로 숨어 들어오다니. 그것이 너희들이 자랑하는 조선의 도(道)이더냐?"

산현선사가 답했다.

"도적 따위가 예를? 너희들을 제거하는 게 도를 바로잡는 일이니라."

"흐흐흐흐, 늙은 놈이 주둥이가 닳았구나! 내 그 입을 뭉개버리겠다!"

전비가 발도(拔刀)와 동시에 산현선사의 허리를 양분할 듯 갈라갔고 산현선사가 희끗 움직이는 순간, 하얀 검호(劍弧: 검이 그린 곡선)가 일며

"깡!"

소리가 울려 퍼졌다. 이어 검기도광(劍氣刀光) 속에 두 개의 그림자가

격돌하고 교차하며 무궁(無窮)한 살기를 뿜어내자, 혹시 모를 불상사를 피하고자, 철연방도와 협객들이 둘러선 원(圓)을 점차 넓혀갔다.

산현선사는 철연방에 웅녀상을 빼앗긴 걸 평생의 치욕으로 생각하며

복수를 벼르고 있던 터라, 평소에 사용하지 않던 무공의 정수(精髓)만을 사용했다.

그의 칼날 같은 소매가 전비의 운신을 교란하고, 번득이는 우검이 일호(一毫: 한 가닥의 털)의 틈을 노리며 차가운 허공에 검기를 흘리자,

전비는 무방괴도(無方怪刀: 방향이 없는 괴도)의 도법으로 팔방을 점하며

진퇴상하(往來上下: 위아래로 진퇴), 우향좌비(右向左飛 : 우로 틀다 좌로 남), 좌시우격(左視右擊: 좌를 보며 우를 공격)으로 난폭한 공격

을 퍼부었다.
뿌연 먼지 속에, 검과 칼이 부딪치는 소리뿐 싸움의 정황(情況)을 알 수 없어 모두 답답해 할 때, 음곡이 마연대(隊)를 이끌며, 꾸역꾸역 모여드는 수백 명의 졸개들과 함께 여홍과 두약, 극열 등을 몰아갔다.
음곡은 여홍과의 일대일 승부를 피하고, 무리가 함께 움직이며 공격했고
극열은 도인 삼십 명과 항마 절진(絶陣)으로 마연진의 예봉을 흔들며 여홍, 두약과 협력했다. 항마진은 일토산 불패(不敗)의 검진이었으나, 여홍은 인해전술의 차륜전이 계속되면 자기는 문제없다 하더라도, 사매와 도인들이 지쳐버릴 것을 걱정하며 신광(神光)을 번득였다.
음곡은 창해신검이 일행을 보호하며 방어에만 치중하자, 사기가 치솟았다.
'흐흐, 네 놈이 절세 고수라 하나, 마연진에 갇힌 이상 별 도리는 없을게다.'
그러나 음곡은 오판을 하고 있었다. 여홍은 과거, 백두선문의 칠성대진을 보고 연구한 후, 백원랑의 은랑진을 파괴하고 흑립방의 삿갓진(陣)을 와해시킨 경험이 있었기에,
진(陣)을 대할 때 진의 핵심이 누군지 그리고 그 자의 일거수일투족에 감응하는 변화를 파악하는 것이 최우선 과제임을 누구보다 잘 알고 있었다. 여홍은 진을 이끄는 자가 음곡이라는 걸 단번에 간파했다.
중앙에 선 6향주의 하나가 악을 쓰며 이끄는 듯 했으나, 살수들이 전후좌우로 허깨비처럼 교차하며 살초를 퍼붓는 복잡 미묘한 변화

는 음곡이 무, 적, 철, 연! 이라는 신호로 조정한다는 걸 알아챈 것이다.

사람들의 거친 숨과 기합 그리고 병기 격돌 음(音)에 묻힌 저음이었으나, 여홍의 천이통(天耳通)을 벗어날 수는 없었다.

'내공이 심후하고 임기응변 또한 뛰어난 놈이다. 놈부터 제거해야겠군.'

생각이 여기에 이르자, 문득 실 끊어진 연(鳶)처럼 날아오른 여홍이 음곡의 머리 위 4장에 체공(滯空)하다 괴조(怪鳥)처럼 몸을 뒤집었고

순간, 송골매가 내리꽂듯 하강하며 오지(五指)를 벼락같이 펼쳤다.

음곡은 사라진 적(敵)을 쫓아 고개를 들다 여홍의 손짓만으로, 두개골에 떨어질 탈명장(奪命掌)을 감지하고 본능적으로 바닥을 뒹굴었다.

음곡을 스친 다섯 가닥의 장력(掌力)이 땅을 타격하자, 꽝! 소리와 함께

이십여 명의 살수가 깊게 파인 구덩이 속으로 빨려 들어갔고, 음곡이 자세를 바로잡기 전, 눈부신 백광(白光)이 가공할 속도로 회전했다.

이어, 음곡 주위의 살수들이 고꾸라지는 동시에 유령(幽靈)처럼 다가선 여홍의 검이 넋을 잃은 음곡의 목을 치고 지나갔다.

금비수(金匕首)로 길을 열고 일검수혼(一劍收魂)으로 마무리한 것이다.

손을 짚은 채 왼 무릎을 세운 음곡의 머리가 툭- 굴러 떨어졌다.

창졸간(倉卒間)에 음곡이 죽자, 졸개들이 비명을 지르며 기겁을 했고,

이를 본 극열과 삼십 인의 도인들이 마연진(陣)의 빈틈을 파고들기 시작했다.
여홍이 산현선사와 겁화당으로 몸을 날릴 때, 장로 극해와 에네니, 소별, 청련 등은 황금 웅녀상(像)이 있는 보물창고를 찾아 암약했고, 산호 장로와 넉쇠, 옥랑, 십 인의 도인은 산채 입구를 향해 질주했다.
무계동인들이 불을 지르기 시작하자 산채가 소란스러워졌다. 동인들은 적들의 혼을 빼놓기 위해, 건물만이 아니라 태우기 쉬운 곳이면 무조건 불을 놓았다.
도중에 가로막는 졸개들이 있었으나, 모두 넉쇠의 도리깨에 머리가 터지거나 뼈가 부서졌다.
산채 정문을 지키고 있는 자는 구견(九犬)이라는 장사였는데, 맹견 아홉 마리를 문신한 자로, 몸이 크고 힘이 좋아 언월도(刀)를 사용했다.
제(齊)의 어촌 태생으로, 전비가 임치에 갔을 때 광산의 광부로 일하는 그를, 거금을 주고 사들여 제자로 삼았다. 전비는 문신을 보며
"흐흐흐.. 녀석, 몸뚱이가 개집이냐!"
하며 구견이라는 이름을 지어주고 무공을 전수한 후 수문장을 시켰다.
산채에 불이 치솟는 걸 발견한 구견(九犬)이 언월도(偃月刀)를 챙기다
"목책에 불을 지르는 놈들이 있습니다."
라는 말에 달려 가보니 웬 도복을 입은 자(者)들이 불을 지르고 있었다.
구견은 불을 끄면서 성벽을 지키느라 자리를 뜨지 못했으나 다행인

것은 도인들 수가 이십 명 밖에 되지 않는다는 것이었다. 그들은 무려선문의 인상과 뇌바우 등으로 목책을 무너뜨릴 듯 변죽을 올리고 있었다.

넉쇠, 옥랑, 산호 일행이 정문에 도착했을 때, 구견은 이미 보고를 받고 기다리고 있었다. 구견은 철탑 같은 넉쇠를 보자, 호승심이 생긴 듯

"나는 수문장 구견이라고 한다. 너는 어디로 들어왔으며 또 누구냐?"

언월도와 탄탄한 체격 그리고 각진 얼굴이, 쉽게 찾아보기 어려운 역사(力士)였다.

넉쇠가 끄덕였다.

"나는 동옥저의 넉쇠라고 하며, 이 분은 일토산 소도의 산호 장로님이시다."

구견이

"흥, 머슴과 돌 머리 도사! 그런데 여긴 왜?"

하고 묻자, 산호가 앞으로 나서며 대답했다.

"너희들이 훔쳐간 웅녀상을 찾고 철연방(幇)을 없애기 위해 왔느니라."

"뭐! 크하하하하!"

하고 구견이 웃자, 쇠 종(鐘) 같은 목소리가 도인들의 골을 흔들었다.

그때, 옥랑의 신호에 넉쇠가 구견을 향해 육박해 들어갔고 산호, 옥랑과 도인들도 살수들을 공격했다. 훅- 소리와 함께 도리깨가 날자 언월도가 호를 그렸고

"캉, 땅! 우당땅 딱땅…!"

하며 서열(序列)을 다투는 불곰처럼 언월도(偃月刀)와 쇠도리깨가 무자비하게 격돌하며 시퍼런 불꽃을 천지사방(天地四方)으로 튀었다.

산호는 산현선사의 사형이었다. 그는 구도의 길을 가며, 장문인 자리를 산현에게 양보한 사람이었다. 오랜 수련을 한 만큼 내력이 웅혼했다.
그는 검이 있었으나, 권장(拳掌)과 수박(手搏), 씨름 기술을 전개했다.
그의 손발에 걸리면 팔, 다리, 허리, 목 구분 없이 부러지거나 부서졌다.
"악!"
"아이고! 꽥! 억..!"
도인들도 독제비의 습격 이후 복수를 벼르던 터라 결사의 정신으로 공격했고
옥랑은 넉쇠가 마음 놓고 싸우도록 뒤를 지키며 철연방 무리를 상대했다.
봉우리를 도는 구름처럼 감고 비틀고 휘어지는 검(劍)이 도적들을 가르며, 근접하는 칼들을 낙조(落照)를 미는 바람처럼 사방으로 날렸다.
있는 듯 없는 듯, 고요한 옥랑이 옥보(玉步: 여인의 걸음)를 내딛으며 검을 휘두르기 시작하자, 도적들이 추풍낙엽과도 같이 나가떨어졌다.
고운추일(孤雲追日)의 경신술과 뼈를 분쇄하는 마한 철권(鐵拳) 그

리고 느린 듯 빠르고, 정지한 듯 쇄도하는 검(劍)에 산적들 모두 칼을 처음 잡은 사람인양 균형을 잃고 헝클어진 정신으로 바닥을 뒹굴었다.
이미, 모산신녀의 진수(眞髓)를 완벽히 체득한 듯, 옥랑의 무예는 빈틈이 없었다.
얼마 지나지 않아, 도적들은 분기탱천(憤氣撑天)한 산호와 독기(毒氣)를 품은 도인들에게 이리저리 쫓기다가 결국 정문을 빼앗기고 말았다.
"끼--익!"
하고 문이 열리자 인상과 뇌바우, 자미, 십구 인의 도인이 난입하며 적들을 해치웠고,
멀리 눈알이 빠지도록 대기하고 있던 살란극치가 1백 기병을 이끌고 노도와 같이 밀고 들어갔다. 연(燕)과 진(秦)의 사선을 넘나들던 기병들이 창과 편곤(鞭棍: 도리깨와 비슷한 무기)을 휘두르며 내달리자,
머리가 터지고 가슴이 뚫린 도적들이 말발굽에 차이고 밟히며 너도나도 저승길로 들어섰다.

구견은 넉쇠와 막상막하였으나, 기병대(隊)에 빗자루 자빠지듯 쓰러지는 부하들을 보자, 정신이 흐트러지며 넉쇠의 도리깨에 밀리기 시작했다.
"깡깡깡땅땅.....!"
구견의 도법이 흔들리자, 상대의 무술을 높이 평가한 넉쇠가 돌연, 외쳤다.

"선사님! 이 자는 제게 맡기시고, 모두들 진군(進軍)하시기 바랍니다!"

넉쇠의 신호가 울려 퍼지자, 넉쇠의 뜻을 알아차린 살란극치가 적들을 추격했고 인상, 산호, 자미, 옥랑과 도인들이 도적들을 베어 넘기며 빠르게 전진했다.

잠시 후, 넉쇠와 구견은 비무(比武)를 위해 만난 듯 단 둘이 대치했다.

구견(九犬)이

"이 정도는 되어야 사나이라 할 수 있지. 너를 적(敵)로 만난 게 아쉽구나."

라고 하자

"저승길에 눈곱만큼의 미련도 없어야겠지. 자, 이제 마음껏 싸워라!"

하며 넉쇠가 도리깨를 수평으로 들었다. 순간, 언월도(偃月刀)가 날고 도리깨가 춤을 추며 용호상박(龍虎相搏)의 격투가 재개되었다. 두 사람만의 대결이었으나, 싸움에 속도가 붙자 두 거한의 그림자가 교각이 부러지듯 격돌하는 가운데 거친 파공음이 반공에 소용돌이쳤다.

바람을 끊는 언월도와 동남을 찍고 서북을 나는 도리깨가 몸을 섞으며 칠십오 합을 넘기는 순간, 넉쇠가 바위를 굴리듯 좌수를 끊어쳤다.

이어 훅훅 도는 바람이 언월도(刀)를 강타하며 철각(鐵脚)이 들이닥쳤고, 구견이 헉- 하고 물러서며 이마를 찍어오는 도리깨를 막는 찰나

"퍽!"

하고 백회혈이 부서지며 수수깡처럼 고꾸라졌다. 더 이상 시간을 끌 수 없는 넉쇠가 돌개바람으로 언월도의 방향을 틀고, 마한퇴(馬韓腿: 마한의 발차기)로 혼을 뺀 후, 비장의 격공추로 머리를 부순 것이다.

다시 옥랑과 합류한 넉쇠가 육(六)향주가 이끄는 도적들과 격돌할 때 극해와 에제니, 소별, 청련, 도인들은 연장고(燕藏庫)를 찾아가다 백여 명의 적이 가로막아 도인 일곱을 잃고서야 연장고(庫)에 도착했다.
연장고는 산채 동북쪽 절벽에 굴을 파서 만들었다고 했고, 제비집처럼 둥글게 목조로 만들어진 동굴을 통해서만 들어 갈 수 있다고 했다.
연장고(庫)는 삼십여 명이 지키고 있었는데, 산채와 떨어진 계곡 깊숙이 있어서, 그들은 산채에서 일어난 변고(變故)를 아직 모르고 있었다.
전비는 무공이 뛰어난 자들을 창고에 배치했다. 연장고의 두령은 노기였다. 창고의 재물이 얼마인지는 노기와 전비만이 정확하게 알고 있었다.
노기는 낭아곤(狼牙棍: 이리 이빨 모양 가시가 있는 몽둥이)을 능숙하게 다루는 자로,
노름을 하던 중 끗발이 한창 오르고 있는데 극해와 도사들이 나타나 방해하자 낭아곤을 들고 나오다 에제니, 소별, 청련을 발견하고 입이 헤 벌어졌다.
'이게 웬 떡이냐? 나긋나긋한 계집들이 제 발로 셋이나? 흐흐흐흐

흐'
노기는 화가 씻은 듯이 사라졌다.
"나는 노기다. 너희들은 누구냐?"
극해가 대답했다.
"나는 일토산 소도의 극해이니라. 웅녀상(像)을 찾으러 왔다. 군말 없이 내놓으면 살려줄 것이고 그렇지 않으면 죽음을 면치 못하리라."
노기가 기가 막힌 듯 고개를 옆으로 돌리고
"캑캑"
웃었다. 노기는 너구리 상(相)을 하고 있었는데, 웃으면서도 에제니, 소별, 청련을 훑어보다 소별에게서 눈을 떼지 못했다. 소별이 앙칼지게 소리쳤다.
"야! 너구리 사팔뜨기! 뭘 보고 있냐?"
노기는 욕을 하는 소별이 너무도 깜찍하고 귀여워, 보기만 해도 몸이 짜릿했다.
"눈은 뭐든지 보라고 있는 것.. 세금이라도 내야 한다는 말이냐. 흐흐흐, 난 보들보들한 네가 제일 마음에 든다. 꿀꺽 삼켜버리고 싶다."
하고 부하들을 돌아보며 말했다.
"저 계집은 내 거다. 나머진 너희들이 가져라!"
해가 서쪽에서 뜰 일이었다. 평소에는, 다 내 거라고 이빨을 드러내는 인간이었다.
하늘에서 뚝 떨어진 미녀들을 본 졸개들이 희희낙락할 때, 일토산 무예 사범 극해가
노기를 향해 몸을 날렸고, 에제니 등과 도인 세 명도 돌격해 들어갔

다.
노기가 극해를 비웃으며
"어딜!"
하고 낭아봉으로 막았다.
"창창창창창……"
둘 다 내력이 심후해, 무기 부딪히는 소리가 귀청이 떨어질 정도였다.
노기는 본래 이름이 양기로 조(趙)의 흑도 고수였다. 강간, 살인, 강도질을 하다 관아(官衙)에 잡혀 죽게 되자, 탈옥 후 연으로 도망쳤다.
그는 역수 부근의 무몽산(山) 도적 떼를 장악하고 행인을 털며 지냈는데, 눈이 멀었는지 철연방 행렬을 덮치다 죽게 된 걸 양기의 무공과 배포를 아깝게 여긴 방주 전비가 살려주자, 전비의 아량과 덕(德)에 감복하여 그 길로 전비의 노예가 될 것을 맹세한 후, 스스로 성을 노(奴)로 바꾼 자였다.

노기는
조나라에서 제일 못된 놈
영성(城) 뒷골목에서
태어나
세상의 빛을 본 그날부터
악인

악을 따로 배우지 않아도

날마다
눈, 코, 입, 손, 발, 가슴
이
경쟁하듯 못된 짓을 골라
했고

악을 즐기는 전비 눈
에 들어
악마의 종자가 된 후
조선으로
기어드니
아..
조선의 백성들 땅을 치고
통곡하네

노기에게 창고를 맡긴 것으로, 방주 전비가 그를 얼마나 신임하는지는 명백했다. 노기는 극해의 신법을 보고 단번에 절정고수임을 알았다.
그러나 저 못생긴 도사들만 죽이면 계집들을 모두 차지할 수 있다는 생각에 온 몸이 발가락 끝까지 짜르르 떨리며 호승심이 끓어올랐다.
노기와 극해는 맹수처럼 이리저리 뛰고 날았으나, 팔십여 합이 지나도록 승부가 나지 않자, 뒷골목 양아치처럼 뒤엉켜 바닥을 뒹굴기도 했다.

싸움이 무도(武道)와 다른 막장 가도를 달릴 때, 홀연 개구리처럼 회전한 낭아곤이 땅을 때리자, 이리 이빨 세 개가 곤(棍)에서 떨어지며 상중하로 날았다.

예측하기 어려운 암기였으나, 극해는 거의 모든 무예를 통한 인물이었기에 일검휘지(一劍揮之: 일검으로 단숨에 그어 내림)의 수법으로 막아냈다.

"비열한 놈!"

하고 소리친 극해의 검이, 검기를 뿌리며 노기의 목을 향해 회전했다.

노기의 졸개들은 에제니 등을 여자라고 얕보고 덤비다가 두어 차례 겨루어 본 후, 모두 표범처럼 무서운 고수들이라는 걸 뒤늦게 알았으나

여인들이 의를 위해서라면 목숨까지 바치는 신녀들이라는 건 모르고 있었다.

소녀들과 도인들이 죽음을 불사(不辭)하고 달려들자, 노름으로 몸을 망친 졸개들이 몇 초(招) 싸워보지도 못하고 짚단 쓰러지듯 바닥을 뒹굴었다.

노기는 부하들이 기와 무너지듯 와르르 자빠지자 사태의 심각성을 느꼈고, 그제야 아스라이 산채 쪽에서 나는 호통과 비명소리에 집중하며

천 칠백이나 되는 동료들 중 아무도 자기의 창고에 와보지 않는 이유를 짐작했다. 외부의 침입이 있거나, 큰 일이 터진 것이 분명했다.

그러나 노기는 과연 고수였다. 극해와 저년들을 잡고 빨리 산채를 도와야만 했기에, 마음을 가라앉히고 낭아곤(棍)을 흉폭하게 휘둘렀다.
극해는 풍백검법을 전개하고 있었다. 풍백검법은 풍운(風雲: 바람과 구름)의 변화를 보고 창안한 풍백의 검술이었다. 새털구름처럼 가볍게 움직이다 폭풍을 실어 나르는 구름처럼 변화무쌍한 궤적을 그리며,
백오십 여 합을 넘어 승부를 짐작하기 어려운, 끝없는 격투를 이어 갔다.

한편, 산현선사와 철연방주는 건곤일척(乾坤一擲)의 결전을 벌이고 있었다. 베고 막고 가르고 피하며 야수와도 같이 삼백여 합을 대적했다.
둘은 여러 곳에 부상을 입은 듯, 옷의 이곳저곳이 피에 젖어 있었다.
전비는 음곡이 죽고 긴 시간이 흘렀음에도 더 이상 부하들이 나타나지 않자, 상황이 심상치 않음을 직감했다. 침입한 자(者)들의 무예는 하나같이 높았고, 산현선사의 실력이 자기와 비슷하다고는 하나 창해신검이 협공을 하지 않고 부하들만 도륙하는 점도 몹시 불안했다.
초조와 분노가 끓어오른 전비는 더욱 괴이하고 난폭한 초식으로 공격했고
'놈은 우리 조선에 심어진 악의 씨앗이다. 오늘 반드시 제거하고야 말리라'

다짐하며 산현이 맹공을 퍼붓는 가운데, 음곡을 해치운 여홍이 마연진을 유린하기 시작했다. 좌를 보면 우에 있었고, 우를 보면 어느새 유령처럼 돌파하며 항거 불능의 검운(劍雲: 구름처럼 이는 검기)을 일으켰다.
질풍 같은 쾌검이 눈부신 검화(劍花)을 뿌리며 예측불허의 궤적을 그렸고
부질이속(不疾而速: 빠르지 않은 듯 빠름) 불행이지(不行而至: 움직이지 않은 듯 다다름)의 신보(神步: 신의 걸음 같은 경신술)와 신검합일의 검에
육(六)향주와 소(小)두령으로 보이는 칠팔 명과 육십여 명의 도적들이 쓰러지며 마연진(陳)이 기둥 꺾인 지붕처럼 속절없이 뭉그러져 갔다.
1각이 지난 후, 여홍은 도적들을 극열과 두약, 도인들에게 맡기고 산현선사가 대결하는 곳으로 돌아왔다. 여홍을 본 전비는 바짝 긴장했다.
'아! 빨리 이 늙은이를 해치워야겠다.'
하며 갑자기 주문을 외우기 시작했다.
"악이 세상을 연 후에야 선이 생기고, 그 선이 악을 낳았으니, 악이야말로 만물을 낳고 키우는 도이니라."
하고
칼을 휘두르자 검은 도기(刀氣)가 산현을 덮어갔다. 여홍이 눈살을 찌푸렸다.
'형천도!'
바로 가달성의 도법으로 환웅천황과 풍백, 운사, 우사, 뇌공을 상대하기 위해 마황이 창안한 무공이었다. 여홍이 급히 전음(傳音)으로

"형천도법입니다!"
라고 알리자 산현이 일운돌비(一雲突飛: 구름 한 개가 돌연 날아오름)의 검을 펼치며
백운회산(白雲懷山: 흰 구름이 산을 품고), 풍운회회(風雲回回: 바람과 구름이 빙빙 돎)를 전개했다.
검풍(劍風)과 하얀 검광(劍光)이 전비의 도기(刀氣)를 안고 빙빙 돌았다.
산현은 왕검삼초(王儉三招)를 펼치면서 형천도를 제압할 자신이 없었으나,
천만다행으로 산현의 검을 떨쳐내지 못한 전비의 칼이 힘을 잃어갔다.
평생 내공 수련을 게을리 하지 않은 산현과, 악행으로 세월을 낭비한 자의 희비가 엇갈리는 순간이었다. 당황한 전비가 힘을 다해 칼을 **빼려할** 때,
산현의 검이 기이한 궤적으로 사라지며 아연실색한 전비의 목을 쳤다.
형천도를 배웠으나 완전히 습득하지 못한 상태였고, 적에 비해 내공이 약했기에 산현의 마지막 살초 천리운(千里雲: 천리를 가는 구름)에 목이 날아간 것이다.
꽤나 억울한 듯, 2장이나 구른 전비의 두 눈이 산현을 흘겨보고 있었다.
그런데 선협들이 환호하고 이를 본 도적들이 달아날 때, 목 없는 전비가 벌떡 일어나 산현에게 몸을 날렸다. 상상할 수 없었던 일에
"악!"
하고 선협들이 경악했다.

전비의 눈을 보던 산현이 느닷없는 비명에 돌아볼 때, 어디선가 강물 같은 바람이 천 길 단애(斷崖: 낭떠러지)를 때리듯 전비를 강타했다.
이통극의(- 귀가 만유의 뜻에 감응)에 이른 여홍이 반사적으로 움직이며 불연기연을 펼친 것이다. 북연귀 전삭조차 어찌해 볼 수 없었던 장력에
자기조차 알아볼 수 없는 몸뚱이로 부서지며 천지사방으로 흩어졌다.

이어, 여홍과 두약이 청련을 찾아 몸을 날렸다. 여홍이 도착했을 때, 극해와 노기는 일진일퇴를 거듭하고 있었다. 둘은 서로의 무술에 놀라고 있었다.
'창고지기가 이리 사나운 무공을..?'
'끙! 조선에서 처음 보는 고수.. 그나저나 계집들 손에 애들이 너무 많이 죽는구나. 이럴 줄 알았으면 장물삼귀(贓物三鬼)를 끌고 나올 걸.'
에제니 등은 여기저기 부상을 입었으나, 두약이 뛰어들자 비등했던 도적들이 밀리기 시작했다.
여홍이 창고로 향하자, 노기가 막으려 했으나 극해가 놓아주지 않았다.
여홍이 문을 열고 들어가자 좌우 벽에 침대가 3층으로 만들어져 있었다.
통로 끝 문에 걸린 염소 머리만한 자물쇠를 풍백검으로 긋자, 종이처럼 잘려 나가며 1.5 장(丈) 높이의 동굴이 나왔으나 칠흑처럼 어

두웠다.

우측에 등(燈) 세 개가 걸려있었는데, 족등(足燈)이었다. 여홍은 한 개에 불을 붙이다 깊숙한 곳으로부터 흘러나오는 은밀한 살기를 포착했다.

열 걸음을 넘지 않았을 때 동굴 양편에 장방형의 방(房)이 나타났고,

입구마다 봉두난발을 한 자들이 긴 쇠사슬에 발을 묶인 채 앉아있었다.

사슬은 쇠기둥에 연결되어 있었다. 이들을 제거하지 않고는 들어갈 수 없었다. 이들은 전비가 만약을 위해 숨겨둔 장물삼귀(贓物三鬼)였다.

침입자를 보자 왼쪽 방의 괴인이 다짜고짜 주먹을 휘둘렀으나 연기처럼 돌아선 여홍이 좌권(左拳)으로 괴인의 옆구리를 타격(打擊)했고,

"우지끈! 컥!"

소리와 동시에 우측의 괴인이 앉은 채로 도약했다. 종잇장처럼 떠오른 칼이 족등에 춤추는 어둠을 타고 여홍의 정수리를 향해 훅- 하고 떨어졌다.

순간, 일도(一刀)를 막아낸 여홍이 이어지는 무차별 공격을 모두 막아내자 괴인의 눈이 흔들렸다. 정확히 말하자면 상대의 검은 늦지도 빠르지도 않게 자신이 퍼부은 십육도(刀)의 궤적을 매번 선점하고 있었다.

이들은 이십 년 전, 호타하(河) 부근에서 북연귀 전삭에게 패한 이후,

쇠사슬 외에는 나름의 대접을 받아왔기에, 장물 정도는 지켜줘야 할

의무로 받아들이던 터였고, 과거의 영광은 잊었으나 무인으로서의 자존심이 남아있던 괴인은 침입자의 경천동지할 검술에, 횡보(橫步)를 취하며 칼을 뒤집었다.

파릉! 소리가 이목을 교란하는 동시에, 진동음(音) 사이로 검은 그림자가 고양이처럼 떨어져 내렸다. 먼지 한 톨 일지 않는 경신술이었다.

살기어린 안광이 번득이는 가운데 칼 두 개가 번개 치듯 쇄도하자, 여홍이 좌수(左袖: 왼팔 소매)를 떨치며 유령이 미끄러지듯 물러섰다.

놀라운 협공에 기가 막힌 응수(應手)였다. 무서운 자라는 걸 깨달은 괴인들이 온 공력을 끌어올릴 때, 여홍이 달려들며 추혼십이검을 전개했다.

삭풍 같은 검기가 찰나의 빈틈을 파고들며 붉은 용(龍)이 몸을 뒤집듯 12각(角)으로 몰아치자, 괴인들이 나동그라지며 정신없이 뒤로 물러섰다.

잠깐 사이 머리카락과 옷이 여기저기 베어진 채, 검이 스친 자리에서 피가 뚝뚝 떨어졌다.

무술계에서 북연귀에게만 패했다는 것으로 자위하며 남의 장물이나 지키는 치욕을 참아왔으나, 눈앞의 상대는 너무도 젊었기에 여홍이 만악의 괴수 각팔마룡과 자웅을 겨룰 유일무이한 고수임을 모르는 괴인들은 참담한 현실에 부끄러움을 감출 수 없었다. 환영 같은 신법과 빈틈이 없는 수비 그리고 천변만화하는 십이 검(劍)을 앞에 두고,

괴인들이 종살이의 회한(悔恨)과 어찌해볼 수 없는 무력감에 빠져들 때,

푸른 검운(劍雲)이 소용돌이치며 그들의 몸과 쇠사슬을 쓸고 지나갔다.
"쨍그랑! 투툭! 서걱!"
소리와 함께 쇠사슬이 끊긴 괴인들이 쓰러지며 칼들이 바닥에 떨어졌다.
적멸의 창해벽운을 펼치다. 사슬에 묶여 돌아가신 스승의 존안이 떠오른 여홍이 검 끝으로 괴인들의 혈도만을 짚으며 쇠사슬을 끊어준 것이다.
반 시진(- 한 시간)이 지나면 저절로 풀릴 혈도였다. 이들을 살려준 것이 화(禍)가 될지 알 수 없으나, 마음이 어진 여홍은 개의치 않았다.
이어, 4장을 들어가니 정교하게 새긴 제비 문양의 문이 나왔다. 연장고였다. 자물쇠를 자르고 들어가 좌우 벽의 등잔에 불을 붙인 여홍은 입이 딱 벌어졌다.
안에는 없는 것이 없어보였다. 철연방이 조선 전역에서 강도질한 물건들로 가득했고, 명도전 꾸러미들이 항아리 마다 가득 담겨 있었다.
'도적들이 우리 백성들을 얼마나 약탈했는지 짐작도 못하고 살았어.'
여홍은 제일 먼저 웅녀상을 찾았으나 웅녀상은 아무리 찾아도 보이지 않았다.
'혹, 연으로 가져간 것 아닐까. 아니면 방주가 따로 보관하고 있을까?'
밖으로 나가려던 여홍은 얼핏, 벽(壁)에 조각된 제비 한 마리가 붉은 눈으로 자기를 노려보는 것만 같아서 발을 멈추었다. 아무리 봐도 밖으로 볼록 튀어나온 제비의 눈알이 다른 제비들과는 영 달라 보였다.
제비 눈은 매끄럽고 붉은 옥(玉)이었는데, 가만히 누르니 푹 들어갔다.
"철컥"
소리가 나며 벽이 열리자, 또 다른 비밀 벽장이 나왔다. 문을 열자 웅녀상이 나타났다.
'죄송합니다. 제대로 모시지 못한 저희들 모두 벌을 받아 마땅합니다.'
하며 여홍이 끌어안은 손끝에 뭔가 다른 감촉이 있었다. 여홍이 웅녀상(像)을 나무 상자 위에 놓고 불을 비추어보니, 뒷면의 우(右) 하단
옷섶에 이제는 거의 닳아 희미해져버린 글자들이 보였다. 가림토였다.

북극성은 우주의 혼
모든 사람의
마음에 존재하나니
굳센 힘은
그 마음에서 나온다

가슴에
대자연을 품고
일심으로

북극성과 삼라만상
의
호흡을 느껴보라

수 만개의
강과
혈맥이 합류할 때
홀연
무아경(無我境)에
이르리니

악을 보고 자라는
가달은
오직
한 마음으로
정진하는 자에게
무릎 꿇고 엎드릴
것이다

여홍은「웅녀님이 환웅천황님의 가르침을 받은 후, 동굴에서 21일 간의 수행 끝에 도를 깨우치고 적어놓으신 심법(心法)의 정수(精髓) 가 아닐까」
생각하며 웅녀상을 들고 나왔다. 노기와 극해는 여전히 죽기 살기로

싸우고 있었다. 두약과 에제니, 소별, 청련 등이 노기를 협공하려 하자
"내 손으로 이 자를 없애고 싶습니다."
하고 극해 장로가 호소하여 퇴로(退路)만 가로막고 지키는 중이었다.
여홍이 상자를 들고 나오자 웅녀상이라고 생각한 에제니, 소별, 청련 등이 모였다. 노기는 여홍이 협공하지 않고, 보물창고로 혼자 들어갈 때
'사지(死地)를 제 발로 찾아가다니.'
하고 쾌재를 불렀는데, 여홍이 웅녀상으로 보이는 상자를 들고 나오자 깜짝 놀랐다. 노기는 아직도 여홍이 창해신검인 것을 모르고 있었다.
'북연귀 어른도 조심하라 당부하신 삼귀가, 저 어린놈에게 당했다는 말?'
불길함을 느낀 노기가 왼손으로 뭔가를 꺼내 던진 후 일장을 날리자
"펑-!"
하며 누런 연기가 사방으로 퍼졌다. 독연이었다. 극해가 호흡을 멈추며 물러섰고, 연기가 걷히자 그 자리에는 아무도 보이지 않았다. 노기가 도망친 것이다.
철연방은 왕검성 도인들과 수유성의 1백 기병에 소탕되었고, 삼귀는 어디론가 사라졌으며 일부 살아난 도적들도 나 살려라 하고 도망쳤다.
여홍은 산현선사와 산채의 재물 정리를 상의했다. 산현선사가 말했다.

"모두 번조선에서 약탈한 것이니, 웅녀상만 가져가고 나머진 조정에 보내겠습니다."
라고 하자 여홍이 말했다.
"조정은 연(燕)과 내통한 도바바와 관리들이 우글거리고 있습니다. 그리 보냈다간 철연방과 내통했던 자들의 손에 다시 들어가고 맙니다.
장물의 절반을 소도로 갖고 가셔서 구휼(救恤) 사업을 해주시고, 나머지는 우리를 도와준 무계동인과 기비님께 나눠드렸으면 합니다. 기비님의 지원이 없었다면 철연방(幇) 공략은 어림도 없었을 것입니다."
구구절절 옳은 말이었다. 산현선사가 포권을 하며 흔쾌히 대답했다.
"천하에 신협(神俠)의 말씀에 따르지 않을 자(者)가 어디 있겠습니까?"
왕검성 소도가 조정과 긴밀한 관계인 것을 잘 아는 산현선사가 혹시 모를, 부패한 관리들의 비열한 모함(謀陷)을 대비하여 한 말이었다.

뒤바뀐 소도관장

당초(當初)에 사부가 정한 기한보다 6개월이 지났으나, 잃어버린 나랏돈 7억만 냥을 찾아 소도로 돌아가는 국관과 온평은 자랑스러웠다.
'우리가 겪은 일을 사부님이 들으시면, 아마 크게 칭찬하실 거야.' 하며 설레었는데 소도에 도착하니, 처음 보는 흑포도인 둘이 봉(棒)을 들고 막아섰다.
"당신들은 누구요?"
국관과 온평은 기가 찼다.
"그건 내가 물어볼 말이오. 나는 마혜선사님의 제자 국관이오. 사부님의 명으로 멀리 출타했다가 이제 돌아왔소. 도인들은 어디서 온 누구시오?"
두 도인은 서로 눈빛을 교환하다가
"기다리시오. 관장님께 물어보겠소."
하고 몸을 날렸다.
그런데 그 동작은 웅가의 신법이 아니었다. 얼마 후 안으로 들어갔던 도인이 돌아왔다.

"들어가시오"

국관이 안으로 들어갔다. 그러나 웬일인지, 분위기가 예전 같지 않았다. 아는 얼굴은 하나도 보이지 않았고, 모두 힐긋힐긋 보며 지나갔다.

'다들 어디로 갔을까? 수행이나 연공?'

하며

수레 다섯 대를 삼신전(殿) 앞에 세우고, 온평과 함께 관장실로 갔다.

온평이 문을 열며

"사부님!"

하고 불렀으나, 흑색 장삼의 낯선 도인이 있어 어리둥절한 표정으로 물었다.

"누구신지? 우리 사부님은?"

도인은 불쾌한 얼굴로

"누구냐고? 나는 이 소도의 관장 기기이니라. 너희가 마혜의 제자 국관, 온평이냐?"

하며 되물었다. 부리부리한 눈에서 야수 같은 빛이 쏟아졌다. 국관이 예를 갖추었다.

"제자 국관입니다. 명도전을 찾아왔습니다. 저희 사부님은 어디 계십니까?"

기기는 마혜선사가 어디로 갔는지에 대해서는 대답을 않고 또 물었다.

"그래? 명도전은 어디 있느냐?"

"삼신전 앞마당에 두었습니다."

순간 기기의 눈빛이 극히 탐욕스럽게 돌변했다.
"가자"
국관과 온평은 기기선사를 모시고 삼신전 앞마당으로 갔다. 기기는 수레 다섯 대에 실린 명도전(錢)을 모두 확인하고 고개를 끄덕였다.
"수고했다. 이 돈은 조정으로 보낼 것이다. 너희들은 이만 쉬도록 해라."
그리고 한편에 서있는 호월선자와 이정, 안교, 망치를 훑어보며 물었다.
"이들은 누구냐?"
국관이 대답했다.
"기기선사님, 이분들은 7억만 냥을 찾는 동안 저희들의 목숨을 구해주고 큰 도움을 주신 호월선자님과 이정님 그리고 안교 소저와 망치 소협입니다."
기기는 고맙다는 말이나 통성명도 하지 않고 호월선자라는 별호에 갸웃 하였으나 이내, 그녀의 고운 얼굴에서 눈을 거두며 옆에 서있는 도인을 불렀다.
"이들을 객사로 안내하라"
지시하며
"나는 급히 처리해야할 일이 있어 들어가니, 너희들은 쉬도록 해라."
말하고 휙 떠나가 버렸다.
이에 호월이 국관, 온평을 쳐다보다 하늘을 향해 한참을 웃어 제꼈다.
"오호호호호호호…!"
국관과 온평은 어쩔 줄 몰라 했다. 웃음을 멈춘 호월이 국관에게 말했다.
"내 일찍부터 도사들이라고 하면 좋게 안 봤지. 은혜도 예의도 모르고 잘난 척하며, 가부좌 틀다 발이 저리면 낮잠이나 자는 것들. 정아야, 가자!"
안교도 망치에게 말했다.
"소도는 훌륭한 분들이 계신 곳으로 알았는데, 구탈의 무뢰배들과 똑같아!"
호월이 온평에게
"나는 이왕 도성에 왔으니 정아와 한 며칠 구경을 하며 현조(玄鳥) 객잔에 머물고 있겠네. 혹시 연락할 일이 있으면 그곳으로 찾아오게."
하고 가버리자,
"오라버니, 저도 당분간 선자님과 지낼 겁니다."
하며, 안교와 망치도 호월선자의 뒤를 쫓아갔다.

국관과 온평이 안내된 곳은 뜻밖에도 소도 객사가 아닌 경당 숙소였다. 국관은 신전 소도 소속이어서 경당에는 아는 자들이 그리 많지 않았다.
그래서 그동안의 사정을 물어보고 싶어도 물어볼 사람이 없었다. 이튿날 식당에서 아침 식사를 마친 후 차(茶)를 들고 있을 때 온평이 작은 소리로
"저기 도마도인이 옵니다."
하고 들어오는 도인을 불렀다.
"도마님!"

과연, 몸이 뚱뚱한 도마도인이 들어오고 있었다. 그는 오랜 세월 취사를 담당한 사람으로 나이가 국관보다 훨씬 많았다. 여하튼 처음으로 아는 도반을 만나니 반가웠다. 국관이 가만히 손을 들고 도마를 불렀다.

사실, 도마는 요리할 때 쓰는 부엌 도구였다. 도마도인은 자기를 부르는 소리에 두 사람을 알아보고 다가왔다.

"국관, 온평 아니냐? 이곳엔 어쩐 일이냐?"

국관은 사부의 명으로 도둑맞은 구휼 자금을 찾아왔는데, 사부님이 계시지 않아 기기에게 넘겨주었다는 걸 말하고, 그간 무슨 일이 있었는지 물었다.

도마는 길게 한 숨을 내쉬었다. 그리고 식당에 자기들 외에 아무도 없는 걸 확인하고

"한 마디로 다 자네들 때문일세."

라고 하자,

국관과 온평은 눈을 크게 뜨고 소리쳤다.

"네? 저희 때문이라니요!"

"혹, 선사님이 자네들에게 임무를 부여하며 언제까지 돌아오라고 하시지 않았나?"

국관이 답했다.

"찾든 못 찾든, 7개월 내에 돌아오라 하셨습니다."

"그럼, 왜 돌아오지 않았는가?"

국관의 언성이 조금 높아졌다.

"사정이 많았어요. 죽을 뻔한 적도 있었고, 식사도 거르고 밀림(密林)에서 잠을 자며, 명도전(明刀錢)을 찾기까지 수많은 곡절이 있었습니다."

아닌 게 아니라, 그들의 몸 여러 곳에 상처의 흔적이 보였다. 도마가 말했다.
"자네들이 기한이 지나도 돌아오지 않으니, 임무에 실패해 도망쳤다고 조정에서 선사님을 문책하고, 석 달 전 관장을 기기선사로 교체했네.
그리고 기기선사는 오자마자 수도하는 도인들을 모두 내쫓았네. 이는 백호국(國)이 생긴 이래 처음 있는 일이라 많은 도인들이 반발하자,
그들에게 뭔 트집이든 잡아서 죽이거나 쫓아버리고 어디서 도사 같지 않은 것들을 데려와 소도를 꽉 채웠네. 불목하니(- 밥 짓고, 나무하고 물 긷는 이)나 허드렛일 하는 나 같은 사람이나 몇 명 남아있을 뿐이네."
"기기선사가 어느 선문에서 왔는지 아시나요?"
소도 관장은 칠대선문의 선사들이 맡는 게 법도였고, 더구나 여긴 웅가 도성의 소도가 아닌가.
"기기가 어느 선문 출신인지는 아무도 모르네."
"몰라요?"
기가 막힌 일이었다. 온평이 물었다.
"우리 사부님은 어디로 가셨습니까?"
"단단령(嶺)으로 가셨을 거라고 하지만, 사실 여부는 알 수 없네."
"단단령(嶺)이요?"
"음, 난 할 일이 있어서 이만 가겠네. 기기선사와 수하들을 조심하게."
국관은 뭐가 어떻게 돌아가는지 알 수 없었고, 일 없이 사흘이 지났을 때였다.

황색 도포의 도인 둘이 나타났다. 허리에 칼을 찬 대머리, 아수기와 창을 든 곤발의 다나시라는 자였다. 태양혈을 보니 외공이 상당해 보였다.

"나는 총관 아수기다. 선사님의 말씀을 전하러왔다. 선사님은 나라에서 정한 기일을 어겨 국사에 차질을 빚은 당신들을 죽여야 마땅하나, 명도전을 찾아온 공(功)을 감안하여 죽음만은 면해줄 터이니 지금 즉시 소도를 떠나라 하셨다. 여기를 떠나거든 다시는 돌아오지 말라."

소도는 어릴 때부터 지낸 집과 같은 곳이고 사부님은 아버지였으며 도반들은 형제와 같았는데, 하루아침에 모두 버리고 어디로 가라는 말인가.

그러나 일단 소도를 떠나기로 했다. 사부님도 없는 곳에 머무르고 싶지 않았다.

"그리 하리다. 마지막으로 삼신전(殿)에 참배하고 떠나겠소. 그리해도 되겠소?"

아수기가 귀찮은 듯 말했다.

"대충하고 빨리 가시오."

아수기와 다나시가 가고 국관, 온평은 삼신전으로 갔다. 참배를 하고 정든 소도를 돌아보며, 송별해 주는 사람 하나 없는 소도를 나와 호월선자가 머무는 현조객잔으로 갔다. 이정, 안교, 망치가 반가워했다.

"선자님은 객잔에 들자마자 도성을 돌아보다 어딜 좀 다녀온다 하셨어요."

안교의 말이었다. 온평과 막연하게 헤어지는 건가 가슴 졸이던 이정은 더 없이 좋았다.

"오라버니, 사흘간 어떠셨어요?"
온평이 그동안의 일을 설명하자, 안교가 말했다.
"아.. 일이 잘못된 것 같아요"
국관이 물었다.
"뭐가 말이냐?"
"천신만고 끝에 찾아온 명도전을 소도에 넘겨주지 말았어야 했어요. 아무래도 전, 기기선사와 도인들이 그리 좋은 사람들 같지 않습니다."
국관이 말했다.
"그럴리가. 구휼사업은 그동안 소도에서 맡아왔고, 가한께서 소도의 관장으로 자기를 임명했는데 그도 그 정도의 임무는 잘 알지 않겠나?"
"제가 보기엔, 그들은 도포를 걸쳤지 구탈 무리와 다르지 않아 보였어요."
국관은 내심, 자기가 봐도 의심스러운 점이 많았기에 달리 할 말이 없었다.
뭔가를 골똘히 생각하던 국관이
"사제, 내 나가서 사부님의 행방을 좀 더 알아봐야겠네. 좀 기다리게."
하고 사부님과 교분이 있는 성(城) 동쪽의 경당박사 홍과(洪果) 댁으로 갔다. 마침 집에 있던 홍과는 국관을 사랑으로 급히 불러들였다.
"구휼 자금을 찾으러간 국관 아니냐. 언제 돌아왔느냐?"
"며칠 됐습니다."
"자금은 찾았느냐?"

"모두 찾았습니다."
홍과가 반색했다.
"장하다.. 돈은 어디 있나?"
"기기선사에게 넘겼습니다."
홍과의 얼굴이 굳어졌다.
"허, 돈이 도적의 손에 들어갔군!"
하고 탄식했다.
"박사님, 뭐가 잘못됐습니까?"
"명도전은 기기와 간신 재모 그리고 양아들 재율의 입으로 들어갈 것이다"
국관의 안색이 변했다. 자기와 온평이 목숨 걸고 찾아온 나랏돈 아닌가.
"설마요. 만일 그랬다간, 그들을 가만 두지 않을 것입니다."
홍과가 손을 저었다.
"아서라, 자네 혼자 어쩔 것이냐. 그들은 간악하고 주도면밀하며, 특히 재모는 남의 공을 가로채는 데에는 탁월한 재주를 지닌 자이니라.
명도전을 잃은 자는 광산 관리자 재모인데, 을소님과 마혜선사가 쫓겨나지 않았느냐"
"사부님은 왜 교체되신 겁니까? 저희가 기일 내에 돌아오지 않아 잘못되셨습니까?"
홍과가 국관을 물끄러미 보다 말했다.
"그건 재모 일당이 책임을 떠넘기기 위해, 너희에게 덮어씌운 것이다. 장차, 웅가국이 어찌될는지 모르겠다. 그동안의 사정을 이야기해주겠네.

가한 패복(佩福)은 패여의 아들로 3년 전 서른한 살에 가한이 되었다.
그러나 패복은 어릴 때부터 공부와 담을 쌓고, 중신들의 자제들과 음행(淫行)과 노름을 하고 다녔으니 그의 주변에는 늘 잡배들이 들끓었지.
한(韓)에서 귀화한 재모는 패여의 속을 읽고 귀에 거슬리는 말을 하지 않는 자로,
태자에게 왕도를 가르칠 생각은 하지 않고 노름 돈을 주거나 잘못을 감추어주고
또 태자가 종아리를 맞을라치면 자기의 불충 때문이라며 대신 맞아 환심을 사더니, 한술 더 떠 양아들 재율(災律)을 태자에게 소개해주었네.
건달 재율은 주사위와 귀뚜라미 싸움 등 각종 노름에 능통하고 아부를 잘해 가한과 형님, 동생 사이로까지 발전했으니 더 말해 무엇 하겠는가.
대사자 을소는 무장 출신으로 재모가 간신배임을 알아보고 그를 제거하려고 했으나, 패여 가한이 감싸고도니 더는 어찌할 수가 없었네.
그러나 가한이 죽고 패복이 즉위한 후 7억만 냥을 도둑맞는 사건이 발생했고, 명도전 제조 광산은 재모가 직접 관리하고 있는 곳이었네.
더구나 호송 대장(大將)을 무예가 변변치 않은 자기 심복으로 바꾸고, 술에 취해 호송 정보를 누출한 자가 재모의 수족 도전도감 포라였기에
을소가 이 부분에 책임을 물어 재모를 조정에서 쫓아내려 했으나,

가한이 재상 모르게 부하들이 저지른 일이고, 명도전을 되찾는 것이 무엇보다 중요하지 않겠냐며, 유야무야 덮어버렸네. 을소는, 패복 가한이 재모, 재율 부자의 손에 놀아나고 있다는 사실을 모르고 있었네.
그 후 공금 횡령 사건으로, 을소가 재모 부자를 기어이 쫓아내려 하자,
이 세상에 저희들 말고 그 누가, 진심으로 가한을 걱정할 것이며 저 말고 어떤 자가 왕귀뚜라미를 잡아 가한을 즐겁게 해드리겠냐고 울면서,
을소가 자기들을 불충으로 몰아 죽이려 한다고 가한에게 사정하였고, 이에 노한 패복이 똥을 흙으로 덮듯 사건을 또 다시 덮어버렸네.
재모의 충성심은 부왕 때부터 증명된 바이니, 재상을 너무 몰아세우지 말라며 을소를 고향으로 돌아가 쉬게 하고 재율을 대웅성 욕살에 임명하자, 재율이 간뇌도지의 충성을 맹세하면서 머리를 땅에 박았네.
재율의 이마에서 피가 철철 흐르는 걸 본 가한이 허, 동생. 뭘 그렇게까지 하며 일어나 만류했을 정도이니 나라가 망조가 들대로 든 게지.
그리고 이런 기가 막힌 일도 있었네."

어느 날, 가한과 재율이 쌍륙을 했는데 재율은 내내 져주다 끝날 때쯤 씩씩대며
"한판만 더하시지요. 이번엔 제 벼슬을 걸겠습니다."

고 하자,
패복이 대노하여 두 눈을 부릅뜨고 호통을 쳤다.
"벼슬? 네가 노름으로 가한이 되고 싶은 게냐?"
의자에 앉아있던 재율이 기겁을 하며 바닥에 털썩 무릎을 꿇었다.
"어찌 감히 불충한 생각을 갖겠습니까. 제 벼슬을 걸고 한 죄인을 벌하고 싶어서입니다."
뜻밖의 말에 패복의 인상이 풀어졌다.
"죄인? 누구 말이냐?"
"네, 소도의 마혜입니다. 그는 소도의 관장 자격이 없는 자입니다. 6개월 기한으로 잃어버린 명도전을 찾아오겠다고 식언을 했던 자이나, 기일이 지나도 가타부타 결과를 보고하지 않고 있으며, 백성들이 배를 굶주리며 고생하고 있는데 마혜는 아무 책임도 지지 않고 있습니다. 가한의 하늘같은 위엄으로, 책임을 다하지 못한 마혜를 교체하셔야 마땅합니다."
패복이 끄덕였다.
"그렇군. 허나, 그런 일이라면 조정에서 주청하면 될 것을 노름에 벼슬까지.."
재율이 답했다.
"노름을 하면서도 조정의 기강을 세우고 가한의 위엄을 보일 수 있다면 일거양득 아니겠습니까?"
"오.. 하하하! 도박을 하면서도 나라를 걱정한다! 너의 충성심이 가상하다.
좋다. 이번 판은 네 벼슬과 소도 관장 교체다. 네가 지면 벼슬을 회수할 것이니 후회 말라. 자! 네가 먼저 던져라!"
그러나 가한은 간발의 차로 재율에게 졌다. 술을 마시며 가한이 말했다.
"관장을 교체하도록 하지. 나의 시대에 새로운 선사가 와야지. 후임은 누가?"
"도인 가운데 기기라는 자가 있습니다. 도력이 높고 백성들이 존경하는 사람입니다."
"기기, 처음 들어보는군. 어느 선문 출신인가?"
"네, 기기선사는 계율이 해이해진 선문에서는 배울 것이 없다 하며, 홀로 태항산맥 절지(絶地)에서 이십 년간 면벽 수행을 했다고 합니다."
"독공(獨工)!"
가한은, 마혜에게 기한 내(內) 구휼 자금의 도적을 잡지 못한 책임을 물어 해임하고, 기기라는 신분이 불투명한 인물을 관장으로 임명했다.

홍과에게, 그간의 사정을 듣고 나온 국관은 기가 막혀 가슴을 치며 한탄했다.
'고생 끝에 돈을 찾아왔는데, 간신배의 아가리에 넣어준 결과라니! 어찌 이럴 수 있단 말이냐!
그리고 웅가의 혼(魂)을 지키는 소도 관장을 출신도 이력도 모르는 행각도인이 차지하고 있으니 웅가국의 장래가 걱정이구나. 패복이 노름과 계집질로 세월을 보내고 충신과 간신을 구분 못하는 혼군(昏君)이라니.'

국관이 객장으로 돌아오니 호월도 돌아와 소도의 일을 온평에게 듣고 있었다.
"국소협, 어딜 다녀오나?"
"네, 사부님과 가까운 홍과님을 방문해 조정의 사정을 듣고 오는 길입니다."
국관은 홍과의 이야기를 해주었다. 모두들 듣고 탄식하며 기겁을 했다
"가한이 재상의 양아들 재율과 노름에 져서 소도 관장을 교체했다니?"
안교가 말했다.
"그것 보셔요. 기기나 도인들 모두 구탈성의 날강도 무리와 똑같아 보이더라고요. 그럼, 명도전(錢)을 다시 찾아와야 되지 않겠어요?"
이정이 만류했다.
"늑대 입으로 들어간 걸 어떻게? 함부로 움직여선 안 됩니다. 어쩌면 독식하기 위해, 국관님과 오라버니를 암살하려 들지도 모릅니다."
온평이
"설마.."
라고 했으나, 모두 그럴지도 모른다고 생각하며, 이정의 분석에 혀를 내둘렀다. 호월선자는 이정이 지혜로운 걸 보고 흐뭇해하며 말했다.
"내가 나갔던 건, 기기에 대해 알아보기 위해서였네."
이정이 눈을 반짝이며 물었다.
"어머니, 기기가 좋은 사람이 아니라는 걸 어떻게 알아보셨어요?"
호월선자가 고개를 끄덕였다.

"못이 깊고 오래된 곳엔 잠룡(潛龍)이 산다고 하지 않더냐. 대웅성은 배달국 때 세워진 성이다.
저자거리나 도관, 토굴에 알고 지냈던 고인들이 은거하고 있어, 한번 찾아보았다. 나를 본 그들은 다시, 더 깊은 산으로 거처를 옮길 게다.
기기라는 자는 내가 젊은 시절 태항산맥에서 활동할 때 소문으로만 들었던, 사술로 유명한 도사 골구의 분위기와 흡사했다. 그래서 알아본즉,
기기의 본래 이름이 골구가 맞고 태항산에서 살인과 강도질을 하다 어느 날 미색이 뛰어난 여인을 겁탈하고 죽였는데, 그 여인의 아비가 조나라 맹장(猛將)이었기에 제나라로 도망쳤다고 들었다. 그 후의 과정은 알 수 없으나, 재모의 양아들 재율이 바로 골구의 제자라는구나."
이정이 말했다.
"재모, 재율, 기기가 한통속이군요. 그자들이 조정을 장악했으니, 이제 어쩌죠?"
호월선자는 차갑게 말했다.
"어쩌긴 뭘 어째. 골치 아픈 웅가를 떠나 조용한 곳으로 가면 되지. 우리는 최대한 도와주었으니, 널 도와준 보답은 할 만큼 했다고 본다."
어머니의 말에 이정이 두 눈에 눈물을 글썽이며 온평을 바라봤다. 어떻게 좀 어머니를 잡으라는 눈빛이었다. 온평이 국관에게 물었다.
"사형, 이제 어쩌죠?"
국관이 대답했다.
"일단, 청웅산으로 가자"

"청웅산이요?"
"그래, 청웅산은 단단령에 있는데, 홍과님이 헤어지기 직전 알려주시길, 사부님이 청웅산으로 가셨을 공산(公算: 확률)이 크다고 하시더구나."
안교가 물었다.
"청웅산은 어떤 곳인가요?"
"청웅산은 초대 부족장 청웅(靑熊)님의 묘가 있어 외부인은 출입을 못하며, 그 분이 사용하시던 쌍창 하냘라가 감춰져 있다는 전설이 있어. 하냘라를 지닌 자는 청웅님의 영령(英靈)이 보호하는 사람이기에, 역천자(逆天者: 하늘을 거스르는 자)는 족장이라 할지라도 벌할 자격이 있으며, 하냘라를 들고 소원을 빌면 역대 족장님들이 악을 물리쳐준다고 하니, 사부님은 그 창(槍)을 찾기 위해 청웅산에 가셨을 거야.
선자님을 비롯해 이소저, 안교, 망치에게 너무나 많은 신세를 졌습니다. 더 없이 감사하고 죄송할 뿐이며 이 은혜는 웅가국이 바로 서면 반드시 찾아뵙고 갚겠습니다."
국관의 비장한 말을 받아 안교가 말했다.
"오라버니, 우리는 오라버니를 보고 구탈에서 나왔어요. 웅가국이나 큰곰, 작은곰을 따라 온 게 아니에요. 저는 오라버니를 따르겠습니다."
안교의 말을 들은 망치도 주먹으로 이마를 치며 말했다.
"이 단단한 머리가 뭘 다른 생각이 있겠습니까? 형님들의 뒤만 따르겠습니다."

이정이 눈물을 주르륵 흘렸다.
"어머니, 온평 오라버니가 가여워요. 저라도 남아서 도와주고 싶어요."
호월선자는 길게 한숨을 내쉬었다.
"모두가 내 업이니 하는 수 없다. 우리, 청웅산으로 따라가 보자꾸나."
이정은 좋아서 어머니 손을 잡으며 언제 그랬냐는 듯 까르르 웃었다.

쫓기는 국관과 온평

국관 일행은 대웅성을 나와 반나절을 말을 달려 오로치산(山)에 도착했다.
산은 그리 험하지 않았고 동호, 백호, 웅가로 통하는 서쪽 삼거리에 오로치주막이 있었다. 행인들은 주막에서 점심을 먹고 갈 길을 갔다.
동호, 백호로 가는 길은 산 아래에서 나뉘지만, 청웅산을 가려면 오로치산(山)을 넘어야만 했다.
주막은 규모가 컸고 뒤편으로 맑은 개천이 흐르고 있었는데, 십장 떨어진 곳에 육십 명은 쉴 수 있는 천 년 묵은 은행나무가 서 있었다.
불모지 구탈에서 지내던 안교, 망치는 거대한 나무에서 눈을 뗄 수 없었다.
'와...!'
주막은 사람들이 북적거렸는데 아무도 그들이 들어선 것에 관심을 갖지 않았다.

국관이 자리에 앉자, 주인이 달려왔다.
"어서 오십시오. 식사를 하실 겁니까?"
국관이 차림표를 보며 대답했다.
"고기 여덟 근과 나물, 밥 그리고 술 두 단지 주시오."
"넵!"
잠시 후 음식이 나오자, 안교가 물었다.
"청웅산은 얼마나 더 가나요?"
국관이 검지를 입에 댔다. 웅가의 성소(聖所)로 입경 금지 구역이니 조심하라는 뜻이다. 안교는 슬그머니 주막을 돌아봤다. 국관이 말했다.
"내일 이 맘 때면 도착할 거야."
그때,
"형님, 우리를 힐끔힐끔 훔쳐보는 것들이 있습니다."
라는 망치의 말에 국관이
"모르는 척 해"
하며 밥을 먹었다. 국관은 주막에 들어서면서부터 망치 또래의 소년을 포함한 네 명의 도인이 주시하고 있다는 걸 알았다. 그리고 도포를 보고 대웅성 소도의 도인들이며, 기기선사가 데려온 자들로 짐작되었다.
허나, 국관은 그들보다 이 오로치주막이 매우 재미있는 곳이라고 생각했다. 왜냐하면 백호, 동호, 웅가 뿐 아니라 다양한 부족의 사람들이 한 장소에서 온갖 사투리로 떠들어대고 있으니 몹시 시끄러웠다.
국관은 그동안의 경험과 창해신검의 지도로 내공이 한층 깊어지고 있었기에. 호월선자와 마찬가지로 귀를 열고 주위의 모든 대화들을 듣고 있었다.
동호국의 한 상인이 술을 시원하게 들이키고 굵은 목소리로 말했다.
"가한이 바뀌어도 대사자 가두시마는 여전히 재상 자리에 앉아있네 그려."
마주앉은 자가
"가두시마가, 가한의 명에 따라 왕궁 내(內) 복색과 관복을 모두 파란색으로 바꾸면서, 자기 수하로 하여금 물품을 공급하게 해 엄청난 돈을 챙겼다는군. 몇 대(代)를 놀면서 먹고 살 돈이 생겼을 거라던데?"
굵은 목소리가 허- 하며 감탄했다.
"재주꾼이군!"
또 다른, 가는 목소리가 궁금한 듯 물었다.
"가두시마는 지난날 사무신조(四無信條)를 좌우명으로, 자기와 관계없는 일은 관여하지 않아 조정의 여러 암투에서 살아남았는데 지금은 대소사를 다 간섭한다 하니, 그가 왜 그리 변했는지 자넨 그 이유를 아나?"
탁한 목소리가 들렸다.
"풋.. 변하긴. 성질 감추고 살다가 이제 본색을 드러낸 거지"
가는 목소리가 맞장구쳤다.
"허긴, 한 가지 일화만 들어봐도 그 자를 단박에 알 수 있지."
"뭔데?"
"가두시마 집에 자두나무가 있는데 그 맛이 일품이라고 하네. 세상사 괴로움을 잊을 정도로."
"호, 세상에 그런 자두가?"
가는 목소리가 껄껄 웃으며 말했다.

"그 정도로 맛이 좋다는 말이지, 어디 진짜 그렇겠나. 사실이면 그건 자두가 아니라 천도복숭아지.
그런데 가두시마는 자기가 먹고 남은 자두 씨가 밖으로 새면 이웃들이 주워 심을까봐, 하나하나 모두 송곳으로 구멍을 뚫는다고 하네."
"아주 못된 심보로군"
굵은 목소리가 말했다.
"그건 그렇고, 호안성 소도의 호풍선사가 쫓겨났다며?"
국관은 깜짝 놀랐다.
'뭐라? 백호국(國)의 호풍 선사님이 쫓겨났다? 오가(五加) 소도의 도장들은 모두 다 수행이 높고 경당(扃堂)을 책임지는 원로들이 아닌가?'
국관은 더욱 귀가 쏠렸다. 탁한 목소리가 말했다.
"이유는 모르겠고, 웬 너새라는 여자가 도장으로 부임했다고 하더군."
굵은 목소리가 놀라 소리쳤다.
"뭐, 너새? 조선은 여인이 소도 도장을 맡을 수 없는데. 그 도사는 또 누군가?"
가는 목소리가 말을 이었다.
"나도 여(女)도사가 누군지 알아보았지만, 그 여자의 과거는 아는 사람이 없더군. 다만 호풍선사가 쫓겨난 얼마 후 나머지 도인들도 모두 쫓아내고 어디서 행각도인들을 불러와 소도를 꽉 채웠다고 하네."
"거기에는 호안사걸이 있지 않은가. 그렇게 순순히 당하고 말았겠는가?"

"가한의 칙서를 들고 나타났는데 명령을 어길 수 있었겠나. 사걸은 분투하였으나, 너새 패가 너무 많고 호풍이 만류하여 결국, 신전에서 물러났다더군."
국관은 정신이 번쩍 들었다. 웅가, 백호 모두 처지가 비슷하지 않은가. 국관은 비로소 이 모든 일이 단순한 사건이 아니라고 판단되었다.
호월선자 역시 그들의 대화를 들었을 것이라 생각하고 돌아보았으나, 호월은 관심 없는 듯 이정과 다정하게 이야기하며 식사하고 있었다.
상인들의 이어지는 대화는 별 내용이 없었다. 2각이 지나 국관 일행은 말에 올랐다.

오로치 산길로 가는 사람은 아무도 없었다. 국관은 자기들을 주시하던 도인들이 미행할 것이라고 생각했으나 도인들은 그림자도 보이지 않았다.
그들이 한 언덕을 돌아 산길이 거의 끝나갈 무렵, 이십여 명의 도인이 막아섰다. 앞에 선 자(者) 둘은 아수기와 다나시였다. 아수기가 말했다.
"국관! 너희에게 수배령이 내려졌다. 순순히 포박을 받으면 목숨만은 살려주겠다."
"우리가 무슨 죄를 저질렀다는 말이오?"
"명도전 수레를 확인해보니, 겉으로 보이는 곳만 명도전이고 나머진 모두 돌덩이였다.
네 놈들이 감히 7억만 냥을 빼돌리다니. 수행을 한다는 놈들이 어찌 그리 사악하냐?"
온평이 소리쳤다.
"무슨 소리요? 기기선사가 분명히 확인하지 않았소이까?"
아수기가 흥, 하고 코웃음을 쳤다.
"선사님은 겉만 보셨다고 했다. 돌덩어리를 넘겨주고 무슨 헛소리냐! 사기꾼에 천벌을 받은 놈들! 감히, 백성들을 구할 국고를 빼돌려? 아니라면 증거를 대보아라! 우리와 함께 가서 해명하면 되지 않겠느냐?"
아수기의 억지에 기가 막힌 온평이 돌아보자, 국관이 고개를 끄덕였다.
"이소저가 말해주지 않더냐. 딱, 그대로 되어 나는 이소저의 지혜에 감탄하고 있다. 기기는 명도전(錢)을 꿀꺽 삼키고 우리를 죽이려는 것이다."
그때, 다나시가 이정과 안교를 힐긋거리며 뜯어보았다. 그는 여색을 밝히는 자로 미인을 두 명이나 만난 걸 횡재했다고 생각하고 있었다.
'하나는 생기가 넘치고 다른 하난 그림 같이 얌전하군. 둘 가운데 얌전한 것을 몸종으로 삼아야겠다! 생각만 해도 몸이 근질거리는군. 흐흐흐'
다나시가 딸을 보고 침을 흘리자, 호월선자의 안색이 얼음처럼 바뀌며 안광이 번득였다.
"과거, 나는 인명(人命)을 무수히 빼앗았으나, 사실 그들 대부분은 선한 자(者)와 가난한 자를 괴롭히며 아녀자를 겁탈하는 것들이었다.

이십 년간 강호를 떠나 있었다고는 하나, 감히 내 앞에서 명을 재촉하는 놈을 보게..”
생각이 다 끝나기 전 호월이 다나시의 면전으로 번개처럼 들이닥쳤다.
다나시는 구화창법(九禍槍法)으로 십여 년간 적수를 만나지 못한 교만과 이정의 미모에 취해 호월선자가 절대 고수일지도 모른다는 짐작을 하지 못했다.
어떤 공격도 후발선지로 막아낸 다나시였으나 이번에는 그 차원이 달랐다.
그야말로 전광석화! 자신과의 4장(丈) 거리는 의미 없는 숫자에 불과했다.
호월의 어깨가 흔들리는 순간 코앞에 육박했고, 다나시의 창(槍)을 밀어내는 동시에 호곡장(狐哭掌)으로 쇄골을 쪼개며 가슴을 부수었다.
색욕에 정신을 놓은 다나시는 호월이 이십 년 전 무예계를 뒤흔든 여마라는 사실을 모르고 이정에게 향한 시선을 거두지 못한 채 운명했다.
다나시가 후회를 할 새도 없이 쓰러지자, 아수기가 다리를 떨며 경악했다. 자기도 인정하는 고수를 일장에 거꾸러뜨린 저 여인은 누군가?
조금 전, 가슴 시리도록 처절했던 호곡(狐哭)을 떠올린 아수기가 눈알을 굴리다 번뜻 뇌리(腦裏)를 스치는 뭔가를 떠올리며 다급하게 외쳤다.
"모두 덤벼라!"
즉시, 양측이 어우러지며 생사를 넘나드는 난전을 벌이는 가운데 아수기의 눈에 두려움이 흐르며 가슴이 떨려오기 시작했다. 이십여 년 전, 수많은 고수들의 목숨을 앗아간 전설적인 여고수가 떠오른 것이다.

그녀의 발길이 닿는 곳은 어김없이 혈풍(血風)이 일었고 저항하는 자 모두 목숨을 잃었다는 죽음의 천사, 호월이 이 자리에 나타난 것이다.

기기선사조차 나이가 있는 여인을 어느 정도 주의하라고 했을 뿐이었다.

상식적으로 공존할 수 없는 국관과 일행이며, 너무도 우아하고 젊은 미모에 이십 년 전의 여마(女魔) 호월선자를 떠올릴 수 없었던 것이다.

공포를 떨쳐내려는 듯 아수기가 약해보이는 이정을 향해 혈도만야(血刀滿野: 피를 부르는 칼이 들판을 덮다)를 전개하며 우악스럽게 달려들었다.

피 빛 그림자가 이정의 혼을 취할 듯 반공(半空)에 번득이자 얼마 전까지만 해도, 극도로 포악한 수법을 마주하면 물러서던 이정이었으나,

돌연, 왼발을 내딛으며 좌장으로 허공을 쓸고 우권으로 혈도(血刀)의 중심을 내질렀다. 이 장면을 본 호월은 안색이 백지장처럼 변했다.

아수기는 다나시와 거의 평수를 이룰 자인데, 병마에 시달리다 이제 가까스로 살아난 아이가 감히 상대가 누구라고 권장을 펼친다는 말인가.

지난 날 많은 인명(人命)을 해친 죄로, 딸이 병을 얻은 거라 생각해 온 호월에게 이정은 강보를 갓 나온 아기에 불과한데, 죽음을 불사

하는 모습을 보이다니.

광풍에 던져진 듯 머리카락이 올올이 곤두선 호월이 허공으로 날아올랐고, 호월의 눈에 아수기의 칼 그림자에 파묻힌 이정이 들어왔다.

이에 놀란 온평이 눈을 감고, 이정을 잡으려는 아수기가 쾌재(快哉)를 불렀으나, 일이 뜻대로만 돌아간다면 뜻밖의 일이라는 말은 없었을 것이다.

문득, 아수기의 도영(刀影) 한 구석이 찌그러지며, 보이지 않는 벽과 충돌한 듯 아수기가 거짓말처럼 기우뚱거리며 2장 여(餘)를 뒷걸음질 쳤다.

이어 칼이 사라지고, 숨을 몰아쉬며 상기된 얼굴로 권장(拳掌)을 거두어들이는 이정의 옥용(玉容: 옥 같이 고운 용모)이 호월의 시야에 잡혔다.

놀라운 일이었다. 꽃잎 같은 이정이 웅가의 권장으로 혈풍도를 물리친 것이다.

이정의 눈에 어린 투지와 무예에 온평은 입을 다물지 못했고, 지옥에 떨어졌다 살아 돌아온 것만 같은 호월은 벅찬 감동으로 눈물을 흘렸다.

딸의 모습에서 어린 시절 자신의 모습이 거울처럼 비치자, 종횡천하(縱橫天下) 하던 철혈(鐵血)의 호월선자가 눈물을 보이고 있는 것이다.

생사를 오가던 아이가, 불면 날아갈 것만 같던 내 딸이, 나도 모르는 사이

도산검림(刀山劍林)을 피하지 않는 여장부가 되어 있었다. 피는 정녕 속이지 못하는 것인가. 호월의 눈에 들어오는 것은 아무것도 없

었다.
지금 누구보다 놀란 자는 아수기였다. 잡았다는 생각이 드는 순간, 기이한 손바람이 칼을 후려치며, 돌이라도 쪼갤 주먹이 가슴을 타격한 것이다. 그녀의 내공이 조금만 더 강했다면 자신은 즉사했을 것이다.
고통스러웠으나, 시간이 없었다. 호월이 두려운 아수기가 쏜살같이 도망쳤다.
도인들이 사라지고 난 후, 국관이 살펴보니 모두 무사했다. 호월이 이정에게 달려갔다.
"다친 데는 없느냐?"

호월선자가 이정을 치료하고자 방방곡곡 돌아다닌 세월이 17년이었다.
명의라는 명의는 다 찾아다녔으나 백약이 무효였고, 이 밤을 넘기지 못할 것 같은 딸을 위해, 추궁과혈을 펼친 날들이 수도 없이 많았다.
호월은 내공의 오분지일을 딸의 삼백육십오혈(穴)에 쏟아 부으며 어떻게든 딸의 선천지기(先天之氣)를 자극하는 데에 심혈을 기울여 왔다.
태어날 때부터 누구나 지닌 선천지기는 생명을 유지하는 원초적인 힘으로,
선천지기가 살아있는 한 인간은 죽지 않으며, 한 발 더 나아가 그 기운이 약동하면 어떤 병이든 이겨낼 수 있는데, 호월은 심산유곡을 다니며 구한 선초(仙草)들을 십여 년 간 먹여왔기에, 밤낮 없이 이

십 년을 고행해야 얻을 수 있는 내공과, 토납(吐納)에 정진할 경우 선천지기와 내공을 융합해 더욱 심후한 공력을 갖게 할 힘이 내재해 있었으나, 죽어가는 딸에게 혼을 빼앗긴 호월은 느낄 틈이 없었다.

사실 이정은 온평으로부터 웅녀심법과 웅가의 권각을 배운 상태였다. 웅녀심법은 무서운 힘을 가진 곰의 외관과 그 이름에서 권각과 같은 외공을 익히는 자에게 어울릴 듯 보이나 사실은 그와 조금 달랐다.
눈보라 치는 겨울이 오면, 먹이를 찾으러 온 천지를 허덕이게 되었고,
등짝으로 붙은 허기진 배를 채우기 위해 나무껍질까지도 벗겨먹던 곰이 살기 위해서 본능적으로 취한 행동은 움직이지 않는 것이었다. 움직일수록 괴로웠던 곰은 어쩔 수 없이 먹이를 배가 터지게 먹고, 굴에 처박힌 채 기나긴 시간을 잠만 자며 혹한의 겨울을 넘긴 것이다.
아무리 배터지게 먹고 잔다 한들 긴 시간을 굶으며 목숨을 유지하기가 쉬운 일은 아니었으니,
배가 꺼진 후 몰려오는 허기를 침을 삼키며 버티던 곰이, 문득 삶을 잊고 죽음을 받아들이는 순간, 생사의 경계가 허물어지자 생명체 모두가 지니고 있는 선천지기가 사지백해를 따라 흐르기 시작한 것이다.
선천지기가 굳어가던 경락(經絡)들을 풀어주며 온 몸의 원기(元氣)를 끌어올리는 가운데, 길고 긴 숙면(熟眠)에 빠져들 수 있었던 것

이다.

이러한 곰의 생존 방식을 심법으로 바꾸어 체계화한 것이 바로 웅녀심법인데,

어릴 때부터, 호월의 눈물겨운 모정을 안타깝게 보아온 이정은 비록 어리다 하나 삶과 죽음을 초월하는 무욕(無慾)의 경지에 올라 있던 터,

여자에게 특화된 웅녀심법을 접한 이정은 모래밭이 물을 빨아들이듯,

오의(奧義)를 이해했을 뿐 아니라 선천지기와 온평을 다시 만나기 전까지 어머니의 지도로 얻은 내공을 융합(融合)하는 데에 성공함으로써,

반갑자(半甲子: 30년)에 가까운 무서운 내력을 지니게 된 것이다. 따라서

두터운 내공을 갖게 된 이정이 천웅장(天熊掌), 웅가권(拳) 등의 권각을 익히는 속도와 수준은 보통 사람의 상상을 뛰어넘는 정도였다. 더구나

온유하고 겸손한 이정이 자신의 성취를 조금도 드러내지 않아, 고수(高手)의 반열에 들어서 있는 이정을 아무도 눈치 챌 수 없었던 것이다.

"걱정 마셔요. 하나도 다치지 않았고, 오라버니가 가르쳐준 웅녀심법과 웅보(熊步), 천웅장, 웅가권을 사용해 볼 좋은 기회였어요. 저도 이제 다 컸으니, 내 몸은 내가 지킬 수 있어야하지 않겠어요?"

상기된 얼굴로 어머니를 보는 이정의 모습은 이미, 강호의 협녀(俠

女)였다.

그때, 호월의 안색이 변하며 이정의 손을 덥석 잡아당겨 맥을 짚었다.

맥박이 더 없이 힘차게 뛰는 것이 어머니, 왜 그리 걱정이 많으셔요?

하는 것만 같았다. 호월은 감격하며 흥분을 감추지 못했다. 웅녀심법을 수련하고 웅가의 권장으로 고수를 물리친 딸이 한없이 대견스러웠다.

"고마운 일이다. 네가 이 정도의 경지까지 올라서다니 꿈만 같구나."

이정이 부끄러워했다.

"어머니, 모두 우리만 쳐다보고 있잖아요."

호월선자가 더 없이 부드러운 미소를 지으며 온평에게 감사를 표했다.

"온소협, 웅가의 심법까지 가르쳐주다니 정말 고맙네. 우리 독문(毒門)은 독을 다루기에 그 심법 또한 괴이하여 이정의 부드러운 성품과 맞지 않고 또 진수(眞髓)를 전하는 데에 한계가 있었네. 그런데 이정이 웅가 무공을 배워 이를 극복하게 되었으니 여간 기쁘지 않네.

내, 그 은혜의 답례로 한가할 때 자네와 어울리는 독문의 무공을 한 가지 전해주겠네"

온평은 정색했다.

"은혜라니요, 선자님이 저희에게 베푸신 은혜에 비할 수는 없습니다.

제가 소도에서 신녀들의 웅녀심법을 읽은 적이 있었어요. 그때는 몰

랐으나,
이소저를 가까이 보면서 이소저처럼 온유한 여인이 연마할 경우 더욱 좋은 결과가 있지 않을까 해서 권유했는데, 소저가 한 걸음에 깨우쳤고, 눈부신 진보를 보이고 있습니다. 타의 추종을 불허하는 놀라운 성취입니다. 소저가 웅녀님과 인연이 닿아 기쁘기 한량없습니다."
호월은 이정이 온평을 사랑하는 이유를 이제야 정확하게 알았다. 온평은
약자를 아끼고 정의로우며 무학(武學)을 통찰하는 지혜까지 갖추고 있었다.

다음날 청웅산(靑熊山)이 보이는 초원에 도착했을 때, 국관 등은 깜짝 놀랐다.
청웅산 아래에 붉은색과 검은색, 회색 천막이 세워져 있었고, 2백여 무사들이 삼엄하게 입구를 지키고 있었다. 좋은 자들 같지 않았다. 입산하려면 저들을 통과하여야만 하는데 몹시 난감했다. 온평이 말했다.
"저들이 누군데 길을 가로막고 있을까요?"
국관이 말했다.
"중앙 깃발의 새 그림을 보니, 백호국 소도를 표시하는 삼청조(三靑鳥)가 분명한데, 모두 검은 빛깔의 새이니 그 이유를 알 수 없구나."
이정이 말했다.
"배달국을 세우신 후, 환웅천황은 사람들을 교화하기 위해 성(城)에

는 신전소도를 세우고, 그 밖의 고을에는 신당이나 선황당을 세우게 하셨어요.
그리고 신전 입구나 중심에 신조(神鳥)들이 앉을 솟대를 세웠는데, 이는 홍익인간 이화세계의 이념을 새들이 널리 알리라는 의미가 있었어요.
이 솟대를 귀히 여기는 사람들을 조이(鳥夷)라고 불렀는데, 조이는 우리 선족(鮮族)의 별칭입니다."
모두 이정의 설명에 귀를 기울였고, 호월선자는 딸의 식견에 또 한 번 놀랐다.
'그래, 정아가 아플 때 할 수 있는 거라곤 책 보는 것 밖에 없었어. 매번 책을 빌려 달라고 해서, 귀족이나 학동이 있는 집의 책을 훔쳐 왔고,
책을 다 읽으면 꼭 돌려주라고 해서 한 밤중에 주인 집에 던져 넣고 돌아오곤 했었지.'
온평은 이정의 해박한 지식에 기뻐하며 물었다.
"소저, 그럼 저들도 조이(鳥夷)라는 말씀이오?"
"아뇨, 검은 빛은 천황과 싸웠던 가달마황의 무리가 좋아하던 색이잖아요.
악은 어두우면 활개 치기 좋아서 어둠을 좋아해요. 자기의 모습을 숨길 수 있으니까요. 삼청조를 흑조로 바꾸었으니 다분히 의도적이에요.
웅가 소도가 기기에게 장악되었듯, 백호국 또한 누군가에 장악된 겁니다. 저들은 좋은 사람들이 아닙니다."
깃발을 보고 상황을 예리하게 판단하는 이정을 보고 모두 혀를 내둘렀다.

국관이 모두에게 물었다.
"정면 돌파는 무모하고, 어찌 해야 좋겠소?"
안교가
"오라버니, 청웅산은 일단 유보하고 저들이 누군지 부터 알아봐야겠어요. 밤중에, 밖으로 나오는 자를 잡아 문초해보는 것이 좋겠어요."
국관이 호월선자를 보자, 호월이 고개를 끄덕였다. 그들은 숲속에 숨어 흑조(黑鳥) 진영의 동정을 지켜보기로 하고, 안교와 망치도 조금 떨어진 언덕에 숨어서 일행의 뒤편을 감시했다. 반 시진쯤 지나, 소변이 마려운 망치가 숲으로 깊이 들어가 신나게 오줌을 싸고 있을 때였다.
"야, 임마, 신성한 산에, 함부로 오줌을 누냐!"
소리에 망치가 놀라 몸을 돌리니 자기 또래의 소년이 히죽거리고 있었다.
광대뼈가 튀어나오고 주먹이 유난히 큰, 그다지 좋은 인상은 아니었는데 어디서 본 듯하여 생각해보니 오로치주막에서 도인들과 밥을 먹던 소년이었다. 어려서부터 구탈에서 부랑아들과 굴러다닌 망치는 웬 놈이 갑자기 놀래키자 화가 났다. 얼른 바지를 추켜 입고 꼬나보며
"나는 망치다. 넌 누구냐?"
고 묻자, 소년이 웃었다.
"망치? 이름이 꼭 생긴 대로군. 킥킥킥! 재미있다. 나는 웅가 소도의 왕주먹이라고 한다."
그 말을 듣고 망치가 고개를 좌우로 한 번씩 꺾었다. 구탈에서 배운 걸 흉내 낸 것이다. 목에서 우두둑 하는 소리가 났다. 망치가 픽 웃

었다.
"왕주먹, 내 물건으로 내가 오줌을 싸는데 뭔 참견이냐! 이 산이 네 거냐!"
왕주먹이 커다란 주먹을 돌리며 말했다.
"망치, 당장에 죽여 버리고 싶지만 망치 같이 생긴 희한한 머리가 불쌍해서 마음을 바꿨다. 네가 그 자리에 무릎을 꿇고 나를 형님으로 모신다고 맹세하면 살려주겠으나, 그렇지 않으면 대가리를 깨버리겠다."
망치는 노했다. 나의 자랑스러운 머리를 모욕하다니, 참을 수 없었다.
지금까지, 나이 많고 덩치 큰 놈들만 상대해 왔는데, 오늘 쥐방울만한 놈이 나타나 감히, 형으로 모시라니 도저히 참을 수 없는 일이었다.
즉시, 달려들며 주먹을 날렸다.
"퍽퍽, 훅훅, 탁탁탁, 팍팍 훅..."
둘 다 지고는 못사는 성격인 듯 이십 합을 한 치도 물러서지 않았으나,
이내 전술을 바꾼 왕주먹이 요리조리 피하며 주먹을 풍차처럼 휘둘렀다. 쉽게 봤던 망치의 권각이 뜻밖에도 너무 단단함을 느낀 것이다.
"요괴보(妖怪步)!"
망치가 자기의 보법을 알아보자, 왕주먹이 픽 웃으며 건방을 떨었다.
"킥킥..! 겁이 나는 모양이군, 망치야. 그래도 나와 계속 싸우겠니?"
하며

두 주먹을 마구 사납게 휘두르자, 주먹에서 세찬 권풍(拳風)이 일었다.

잡힐 듯 말듯 하는 적을 쫓다 붕붕 돌며 날아오는 주먹에 몇 번 맞을 뻔한 망치는 문득, 불퇴전의 패기와 예리한 눈으로 꿰뚫어 보라시던 신협(神俠)의 가르침이 떠올랐다. 이렇게 마구잡이로 공격만 할 일이 아니었다.

이어 망치가, 구탈에서 수 없이 맞으며 체득한 몸싸움에 신협(神俠)의 지도가 가미된 보법을 밟으며 슬금슬금 싸움을 지구전으로 끌고 갔다.

물러서지 않으면서, 수비 지향의 타격을 노리는 망치의 변화에, 왕주먹이 조금씩 동요하기 시작했다. 둔해 보이던 놈이 돌연 영활하게 움직이며 가끔씩 반격하자, 조금 전과 양상이 반대로 변해버린 것이다.

사실, 요괴보로 농락하다 지친 상대를 때려잡는 게 자기의 정해진 수순인데, 입장이 바뀌자 왕주먹은 당혹스러우면서도 화가 치밀어 올랐다.

그간 자기 또래에서 이어온 무적의 행보가 자랑스러웠는데 이 무슨 망신인가?

생각이 여기에 이른 왕주먹이 어깨를 주고 머리를 부술 요량으로 힘을 끌어올렸다. 더 이상 시간을 끌 수 없다고 생각한 듯, 마침 자기의 십연타 왕권(王拳: 왕 주먹)에 빈틈을 보인 망치를 보며 달려들었다.

왕주먹이
"이놈!"
하고 주먹을 내려치는 순간, 망치가 희끗 비켜서며 벼락같이 들이박

앉다.
"쾅!"
"악!"
하고 왕주먹이 툭 나가떨어졌다. 망치가 공을 들여 연마한 들소박치기를 시전한 것이다. 이마 한 복판이 쪼개진 왕주먹은 바로 의식을 잃었고,
회심의 미소를 지으며 왕주먹의 옆구리를 차려던 망치가 갑자기 쓰러졌다.

안교는 망치가 한참이 지나도 오지 않자 걱정이 되었다. 그때 한 소년이 나타났다.
"망치 누나죠?"
"누구..?"
"전, 망치 친구 왕주먹이라고 합니다."
쪼개진 이마에 피 떡이 진 놈이었다. 순간, 안교가 바보 같은 눈을 하며 고개를 끄덕였다.
"망치는 친구 없는데.."
"조금 전에 만났는데, 친구 먹기로 했어요. 그런데, 망치가 지금 사냥꾼이 만들어놓은 함정에 빠졌어요. 저 보고 누님께 알려드리랍니다."
안교는 놈의 깨진 이마가 망치의 박치기 흔적이라는 걸 눈치 채고 있었으나, 깜짝 놀라했다.
"지금 망치는 어디 있지?"
"저 언덕 아래에 있어요."

"가보자"

안교는 놈의 잔꾀를 짐작했으나, 망치가 걱정돼 안 따라갈 수도 없었다.

잠시 후, 안교가 근심어린 표정으로 물었다.

"왜 이리 멀지?"

왕주먹이 턱짓으로 가리켰다.

"저기서 쿨쿨 자고 있잖아요."

"뭐?"

하고 보니, 망치가 드러누운 채 안교를 바라보며 울상을 지었다.

"머리가 돌덩이라 아무데나 눕던데요?"

소리에 안교가 발검과 동시에 왕주먹을 베어갔고, 왕주먹은 요괴보를 펼치며 난폭하게 응수했다. 그리 위협이 되지 않았으나, 안교는 몇 초 지나지 않아 힘이 부친 듯 등을 돌렸다. 왕주먹은 신나게 따라붙었다.

망치 누나라 은근히 긴장했는데, 얼굴만 예뻤지 모자라 보이기도 하고 무예도 신통찮아 보이자, 망치에게 당한 화풀이를 퍼부을 생각으로 기분이 좋아졌다.

그러나 안교는 복마전 같은 구탈에서 살아남은 여자일 뿐 아니라, 신협(神俠)이 주입해준 순양의 기운으로 내공의 약진이 있었고, 그간 많은 접전으로 나름, 무리(武理)를 정립해가는 단계에 있었으니 왕주먹 따위를 두려워할 리 없었다.

어리숙한 표정으로 이리저리 도망치던 안교가 홀연, 팽이가 긴 호(弧)를 그리듯 이동하며 좌수를 홱 뿌리자 역습을 대비하고는 있었으나,

핑핑 돌며 원을 그리는 신법에 당황한 왕주먹이 미간으로 닥친 암

기를 피하는 찰나 머리가 깨지는 고통과 함께 기절했다. 시간차를 두고 기습적으로 날린 공기 돌에 다시 정신을 잃고 만 것이다. 이어,

안교가 왕주먹의 옆구리를 차려 하자, 도인 셋이 숲에서 몸을 드러냈다.

"제법, 솜씨가 있구나."

모두 오로치 객잔에서 본 소도의 도인들이었다.

"당신들은?"

수염이 지저분하고 등에 대도를 짊어진 도인이 껄껄껄 웃으며 물었다.

"경륜으로 보나 밥그릇 수로 보나, 네가 먼저 소개해야 되지 않겠느냐?"

안교가 흥- 하고 대답했다.

"주제에 나이 대접은 받고 싶은 모양이군요. 나는 구탈의 안교라고 해요."

도인이 말했다.

"우리는 음지에서 웅가 소도를 지키는 마가삼흉(魔加三凶)이다. 나는 마흉(魔凶)이고 옆에 계신 분들은 요흉(妖凶)과 귀흉(鬼凶)이란다.

오늘 국고를 횡령한 국관을 잡으러 왔느니라. 세상에 재물이 탐나기로 이재민 구휼자금을 빼돌리다니, 어린 놈의 행동이 너무 못되었더구나.

우리에게 협조하면 상을 줄 것이고, 그렇지 않으면 살아남지 못할 것이다."

'하.. 눈에 스치는 살기가 예사 고수들이 아닌데, 국관 오라버니나

호월선자님이 오셔야 할 텐데. 어쩌지?'
안교는 이들이 기기의 가짜 도사들이라는 것을 알기에, 자세를 가다듬었다.
봉을 든 마흉이 말했다.
"네 동료들은 못 온다. 자기 목숨도 벅찰 게다. 너새님의 도인들에게 살려 달라 빌고 있겠지. 단, 너는 요흉이 곱게 봤기에 특별히 살려주겠다."
떡판처럼 넓은 얼굴의 요흉이 자기를 위아래로 샅샅이 훑어보고 있었다.
안교는 소름이 끼쳤다. 요흉은 안교와 눈이 마주치자 가슴을 가마니처럼 활짝 폈다.
"주막에서 처음보고 한 눈에 마음에 들었다. 널, 내 동생으로 삼고 싶다. 세상은 지금, 게으른 도사들의 시대는 가고 유능한 흑선 시대를 맞고 있다.
전설의 가달마황님을 받드는 가달마교가 세상을 지배할 것이라는 게다.
백호가와 웅가의 소도 모두 가달마황님을 따르기로 했고 마경(魔經)을 공부하느라 정신이 없느니라. 너도 입교하면, 부귀영화를 누릴 수 있다.
국관과 다니지 마라. 그를 따라 다니면 항상 배고프고 목숨도 위태롭단다."
안교가
"흥, 별소리를 다하는군!"
하였으나
'큰일 났다. 이것들은 가짜 도인들이 실패할 경우를 대비해 따라온

거야. 그리고 너새라는 것들에게 우리가 여기 있는 걸 알려 줬어. 아, 어쩌나.'
안교는 도망치고 싶었지만 마가삼흉은 이미 안교의 퇴로를 막고 있었다.
안교의 속을 짐작한 삼흉이 득의의 미소를 흘리자, 안교가 갑자기 까르르 웃으며 손바닥을 활짝 폈다.
"호호호, 오라버니들. 이 공기 돌 좀 보셔요. 참 예쁘죠?"
사실,
안교는 저만 모르고 있을 뿐, 국관을 처음 만날 때와 다르게 남다른 매력과 미색을 뿜어내고 있었다. 야생화 같은 안교가 웃으며 옥수(玉手)를 펴자 빨강, 노랑, 파랑, 보라, 녹색의 돌이 짠- 하고 보석처럼 나타났다.
마흉과 귀흉은 얼떨결에 공깃돌을 응시했고, 요흉은 안교의 초승달 같은 눈에 홀린 듯, 오라버니라는 말과 예쁜 손가락에 침을 꼴깍 삼키며 긴장이 풀어졌다.
순간, 뭐라 할 새도 없이 공깃돌이 손등에 가 있었는데, 이어 하나만 남긴 채 나머지 네 개가 손가락 사이를 통과하다, 하늘을 향해 폈다 엎은 손짓에 손등의 하나까지 다섯 개가 각기 다른 높이로 떠올랐고,
이미 포위한 상태라 마음을 놓은 삼흉이, 새삼 안교의 붉은 입술과 하얀 이에 취해
산뜻하고 고운 손을 마냥 바라볼 때, 안교가 빙글 빙글 손을 돌리자 공깃돌이 쏙쏙 사라지다 문득 공중으로 떠오르며 팍- 하고 쪼개졌다.
이어 피픽 소리와 함께 빨, 노, 파, 보, 녹색 가루가 터지며 삼흉을

덮쳤다.
"독연!"
마가삼흉이 경악하며 연기를 피할 때, 안교가 망치의 혈도를 풀고 부축하며 몸을 날렸다. 안교를 귀엽게 본 호월이 가르쳐준 수법이었다.
"아니!"
화가 치밀어 오른 삼흉이 뒤를 쫓았다.

흑조(黑鳥) 너새의 동편은 호월과 이정이, 서편은 국관 온평이 감시하고 있었다.
그런데 북소리가 울리며 진문(陣門)이 열렸고, 이백여 명의 무사가 나와 몇 개조로 넓게 산개(散開)하며 그들이 숨어있는 숲으로 쇄도했다.
'들켰다! 어떻게 알았을까?'
"한 명도 놓치지 않겠다는 뜻, 흑조 무사들의 두령은 전술을 아는 자(者)요. 나 혼자라면 몸을 뺄 수 있으나, 우리 정아가 걱정이군."
하는 호월과
"안소저와 망치도 함께 있는게 좋겠어요."
라는 이정의 말에, 국관의 안색이 변했다.
"아, 안교!"
하고 초원(草原)을 보니 아직은 안교와 망치를 불러올 여유가 있었다.
황급히 사방을 둘러보니, 삼십여 장 떨어진 언덕 위의 칙칙한 나무들 사이로 앞이 툭 트인 동굴이 보였다. 천만다행(千萬多幸)이었다.

"선자님, 안교와 망치를 데려올 테니 그동안 저곳에서 기다려주십시오."

하고 비호처럼 숲으로 몸을 날렸다. 정신없이 달리던 국관은 이내 안교와 망치를 쫓는 도사들을 발견했는데, 바로 오로치 주막에서 본 자들이었다.

국관이 창- 하고 검을 뽑아들자, 안교와 망치는 천신(天神)을 만난 듯 반가웠다.

"오라버니!"

하며 안교, 망치가 국관의 좌우로 포진했다. 곧 이어 도착한 마흉이 말했다.

"국관, 너를 잡으러 왔다. 우리는 웅가 소도를 수호하는 마가삼흉이다. 목숨을 부지하고 싶으면 무기를 버리고 그 자리에 무릎을 꿇어라."

국관이 물었다.

"한 가지만 묻자. 너희들은 백호가 소도의 가짜 도인들과 한 통속이냐?"

마흉이 우쭐대며 답했다.

"흐흐흐, 물론 같은 편이다. 소도끼리는 본래 서로 돕고 지내지 않더냐!"

그때, 국관이 앙천대소했다.

"푸하하하하!"

곰이 울부짖는 듯 심후한 내력이 실린 음파가 주위의 나무들을 흔들었다.

웅가의 천웅후(天熊吼: 곰의 포효)에 머리 골이 흔들린 마흉은 안색이 변했다.

"내공이 좀 있군. 그러나 오늘 마가삼흉을 만난 걸 후회해야 할 것이다."
하며 턱으로 지시하자, 요흉과 귀흉이 봉과 칼을 휘두르며 국관을 협공했다.
요흉의 봉은 도깨비 방망이 같았고, 국관의 검과 부딪친 귀흉의 칼은 힉힉 소리를 내는 것이, 말로만 듣던 곡도(哭刀: 통곡하는 칼)였다.
현란한 봉과 괴기스러운 음(音)이 국관의 눈과 귀를 건드리며 어지럽게 날았다.
강호 출도 전(前)의 국관이었다면 이미 삼십초 내에 쓰러졌을 것이다.
"땅땅땅땅땅"
"창창창창창"
순식간에 백십 여(餘) 합이 지났으나, 양측의 승부를 예측할 수 없었다.
'이대로 가면 오라버니가 지칠 것 같아. 호월선자님이 오시면 좋을 텐데.'
안교는 호월 쪽도 흑조 무사들에게 쫓겨 동굴로 피신했다는 사실을 모르고 있었다.
그때 숲이 소란스러워 돌아보니, 멀리 중년의 여도사가 이십여 명의 살수들과 달려오고 있었다. 안교와 망치가 안절부절 할 때 마흉이
"네가 도망치면 사제가 섭섭해 할 거다. 년 해치지 않을 테니 꿈쩍마라."
고 하자, 안교가 망치와 함께 마흉에게 달려들었고 여도사가 도착했다.

그녀는 안교에겐 관심이 없는 듯 삐딱하게 서서 국관의 싸움을 지켜보았다.

국관은, 여도사가 웅가 소도를 장악한 흑조(黑鳥)의 우두머리일거라 짐작했다.

'요흉, 귀흉도 이리 대단한데 지켜보기만 저 여자는 또 얼마나 강할까?'

하고 고민할 때, 귀흉과 요흉이 흐느끼는 곡도(哭刀)와 봉(棒)을 미친 듯이 휘두르며 백육십 합을 넘기자, 국관이 서서히 뒤로 밀리기 시작했다.

승리를 확신한 마흉이

"놈을 죽이지는 마라!"

고 외쳤고

다 잡은 짐승 취급을 받자 분노한 국관이 검을 꺾고 뒤집으며 반공을 후려쳤다. 순간, 아홉 개의 검화(劍花)가 능선을 흐르는 바람처럼 봉과 곡도(哭刀)를 파고들며, 공격일변도의 귀흉과 요흉의 목으로 날았다.

명색이 마혜의 수제자 국관이었다. 처음 겪는 곡도(哭刀)와 협공에 애를 먹었으나, 어느 정도 적응하던 차에 능멸을 당하자, 둘의 간극을 파고들며 참마(斬魔)의 쾌검을 날린 것이다. 훅 들어오는 검에 이흉이 물러섰고 이어, 혼(魂)을 가두어버릴 검광이 놈들을 덮어갔다.

일순, 도망만 치다가는 둘 중 하나는 어깨가 잘리고 패할 것이기에 조금 전의 방심을 후회할 새도 없이, 이흉이 양패구상의 각오로 봉(棒)과 칼을 휘둘렀다. 셋 가운데 두 명이 죽어야만 하는 위기의 순간,

"슉!"
소리와 함께
"컥!"
하며 요흉이 고꾸라졌다. 크게 놀란 귀흉이 국관의 검을 막으며 물러섰고, 여도사가 부하들과 화살이 날아온 방향을 향해 몸을 날렸다.
국관이 돌아보니 이십 여(餘) 도인과 나타난 선협들이 화살을 날린 것으로 보였다. 삼십대 후반의 늠름한 사나이가 여도사와 싸우며 소리쳤다
"호안사걸의 백호요!"
국관은 정신이 번쩍 들며 사기가 치솟았고 피가 역류하듯 끓어올랐다.
여도사를 맡은 백호 외에 적호, 흑호, 묘호로 보이는 사나이들이 마흉과 귀흉을 협공했고, 세 명의 흑의 도포가 백호 뒤로 접근하고 있었다.
국관은 즉시 세 명의 흑의 도포에게 달려들었고, 망치와 안교 또한 도인들을 도와 흑의 도포들과 싸우기 시작했다. 여도사를 돕는 자들은 팔구(八狗: 여덟 마리 개) 중 세 명이었다. 국관이 다가서자, 즉시 목표를 바꿔 으르렁 거리며 달려들었다. 그러나 국관은 거침이 없었다.
요흉은 죽었고 여도사는 백호 대형이 막아주니 뭘 걱정하겠는가. 훅- 하며 비룡검이 호를 그리자 일구(一狗)가 쓰러졌고, 이어진 탁탑일장(托塔一掌: 탑을 미는 일장)에 이구(二狗)가 무너지듯 나동그라졌다.
이어, 철창을 벗어난 곰처럼 몸을 틀자 비룡(飛龍: 나는 용) 같은 검

광이 측면으로 육박하던 삼구(三狗)의 머리와 어깨를 훑고 지나갔다.
"큭!"
잠깐 동안 셋을 베어버린 국관의 검술에 백호의 눈에 이채(異彩)가 흘렀다.
백호와 백중지세(伯仲之勢)를 보이던 너새는 상황이 좋지 않게 흐르자
"퇴각하라!"
며 내뺐고, 이흉도 물러났다. 국관이 백호와 삼걸에게 깊이 포권의 예를 취했다.
"대형, 감사합니다. 웅가의 국관이라 합니다. 천하에 협명(俠名)을 떨치신 호안사걸님을 뵙게 되어 무한한 영광이오나, 저의 사제와 일행이 언덕 너머에서 싸우고 있습니다. 한 번만 더 부탁드리겠습니다."
는 말에
"빨리 가십시다."
하며 백호가 국관, 안교를 따라 전장(戰場)으로 몸을 날렸다. 국관이 처음 보는 백호를 대형이라 부르자, 삼걸은 그의 활달함에 고개를 끄덕였다.
언덕을 돌아 숲을 보니 국관의 사제로 보이는 온평과 소녀가 동굴의 병목과 같은 곳을 지키고 있었고, 그 앞으로 한 중년 여인이 살수들을 찍고, 차고, 던지고, 타격하며 무주공산을 달리듯 휩쓸고 있었다.
백호는, 그녀의 권각이 날 때마다 살수들이 목을 내놓고 기다린 듯 풀썩풀썩 쓰러지자, 야수 같은 무형식의 살초에 놀라며 가물가물 뭔

가가 떠오를 듯 아른거렸다.
수많은 살수를 죽음의 절벽으로 떨어뜨리고 있었으나, 그녀의 빼어난 미모가 죽어가는 자들에게조차 공포를 느끼지 못하게 하는 것인지, 모두 믿을 수 없는 표정으로 동공이 확장되며 저승의 문턱을 넘어갔다.
백호와 삼걸이 자기도 모르게 아연한 표정으로 몇 걸음 더 달렸을 때 홀연, 귀곡성(鬼哭聲) 같은 여우의 울음이 삭풍(朔風)처럼 몰아쳤다.
"히히히---------힉!"
소리에 홀연, 누군가를 떠올린 백호가 걸음을 멈추며 탄성을 토(吐)했다.
"호월선자!"
"앗!"
"아…! 억?"
순간, 호월이 버들가지 휘어지듯 떠오르며 호곡향귀(狐哭向鬼: 여우가 귀신을 보고 통곡함), 호곡회향(狐哭回響: 여우의 곡소리가 메아리침), 읍혈호곡泣血狐哭: 피눈물을 흘리며 여우가 통곡을 함), 호곡천지(狐哭天地: 여우의 통곡이 천지를 메움)로 이어지는 생사의 절초(絶招)를 펼치자,
귀를 찢는 호곡(狐哭)과 함께 난폭한 내경(內勁)이 살수들의 머리를 쓸었다.
"으악"
"컥, 큭, 억, 윽.......헉!"
백호는, 여우가 달빛을 물고 춤을 추는 듯한 여마(女魔)의 호월무(狐月舞)에

'저 마두가 왜?'
하고 의문을 가졌으나 곧, 국관을 따라 흑의 도포들의 후미를 기습했다.
"와!"
호안사걸과 도인들이 기습하자, 흑의 도포들은 정신을 차릴 수 없었다.
팔구의 맏형 월구(月狗)와 광구(狂狗), 치구(齒狗), 맹구(猛狗), 호구(戶狗)는 사걸의 무공에 대해 마호당주 너새에게 들어 잘 알고 있었다.
'호안사걸과 우리에게 쫓겨난 돌 머리들까지 나타나다니. 이젠 다 틀렸다.'
"퇴각하라!"
하고 도망치자, 졸개들도 뒤질세라 머리가 젖혀지도록 달리기 시작했다.
숲은 이내 조용해졌다. 국관은 시신이 즐비한 싸움터를 나와, 서로를 인사시켰다.
"호월선자님, 백호국의 호안사걸이십니다."
"사해에 떨치신 대협의 존호, 익히 잘 알고 있습니다. 백호, 인사 여쭙니다!"
백호가 정중하게 예를 갖추자 적호, 흑호, 묘호 또한 절도 있게 포권을 취하며 후배의 예를 표하였다.
호월과 움직이는 국관을 보며, 과거의 악명과는 별개로 합당한 이유가 있을 것으로 믿어 의심치 않는 백호가 호쾌하게 후배의 예를 갖추자
국관, 온평, 이정은 깊이 안도했고 호월선자는 백호의 호탕함에 화

사한 미소를 지었다.
"백호국을 대표하는 네 분 영웅을 만나니, 나 또한 기쁘기 한량없소. 호월이라 하오."
소개가 또 이어졌다.
"호월선자님의 따님 이정 소저와 저의 사제 온평 그리고 안교 소저와 망치 소협입니다."
인사를 마치자, 국관이 백호에게 다시 감사를 표하며 물었다.
"여긴 어찌 알고 오셨습니까. 조금만 늦게 오셨어도, 저는 목이 날아났을 겁니다."
백호가 대답했다.
"소제, 이야기가 매우 기니, 우선 우리를 따라 가면서 들었으면 좋겠네만."
국관이 놀라며
"죄송합니다만, 저희는 청웅산에 올라 마혜 사부님을 만나야만 합니다."
라고 하자 백호가 말했다.
"소제, 선사님은 청웅산에 있지 않고, 호풍 사부님과 함께 백오곡에 계시네."
"백오곡!"
백호가 설명했다.
"그렇네. 지금까지 조사한 바에 의하면 너새와 기기는 한 패거리로 우리 백호국 소도와 웅가국 소도는 그들 가짜도사들에게 장악되었네.
그들은 도포를 입고 있으나, 가달마황을 신봉하는 마교의 인물들이네."

"가달마황!"

"가달마교!"

호월선자와 국관, 온평 등은 모두 놀랐다. 국관이 숨을 몰아쉬며 물었다.

"대형, 어찌 그럴 수 있습니까? 대신들은 그냥 보고만 있었다는 얘깁니까?"

"그들은 오랜 기간, 주도면밀하게 왕궁과 조정의 대신들을 매수했네. 조정은 이미 장악되었고 가한들은 하나같이 우매하여 저들 손에 놀아나고 있으니 도리가 없네. 하여, 호풍선사님과 마혜선사님이 백호, 동호의 도인들을 백오곡(谷)으로 모아 마교와 싸울 준비를 하고 계시네."

온평이 말했다.

"저희도 백오곡으로 가야겠군요."

"그렇네. 가달마교가 어디까지 잠식했는지는 모르나 주작가, 현무가, 용가와 칠대선문(七大仙門)에 이 사실을 빨리 알려야만 할 것이네."

모두 백오곡으로 간다는 말에, 호월은 다른 곳으로 가고 싶었지만 이정이 선협들과 친숙하게 어울리는 걸 보고, 조용히 온평에게 말했다.

"난, 도사들과 어울릴 수 없어 떠나겠네. 나 대신, 정아를 지켜주게. 정아에게 조금이라도 탈이 생기면 용서하지 않을 것이니 그리 알게."

이정은 함께 가길 원했으나, 어머니 성격을 아는지라 눈물을 글썽였다.

그렇게 백오곡은 웅가, 호가의 도인들과 선협들의 망명지가 되어가

갔다.

북선산(北鮮山)

초원이 석양에 붉게 물들어 갈 무렵, 멀리 열두 필의 말이 북선산을 향해 달리고 있었다. 그들은 강호(江湖)를 주유하는 선객의 모습을 하고 있었다.
무리 중, 한 사내가 큰소리로 말했다.
"형님, 드디어 북선산이 보입니다."
"드디어 우리 동호 영토에 도착했다. 저 산 너머의 객잔에서 쉬었다 가자."
남색 옷을 입은 사내의 말에 뒤따르는 자들이 힘을 얻은 듯 달리는 말에 박차를 가했다. 반 시진이 지나, 그들은 북선산 아래 북선객잔에 들어섰다.
북선객잔은 동호 최북단의 객잔으로, 유목 부족들이 다니는 길목에 있었다.
때문에 비록 변방에 위치하고 있었으나, 상인들이나 여행객으로 늘 붐볐다.
사십 대의 사내가 기다렸다는 듯, 점원을 데리고 달려 나와 이들을 맞이했다.
"어서 오십시오. 오늘 묵으실 거죠?"
남색 도포의 사내가 말했다.
"그렇소. 깨끗한 방(房)을 내주고 말에게도 여물과 소금을 먹여주시오. 그런데, 지난번에 있었던 사람은 보이지 않는구려. 어디 가셨소?"
사내가 대답했다.
"장인이 돌아가셔서 상을 치르러 갔습니다. 제가 대신 며칠 있는 겁니다."
"그래요?"
고엄은 고개를 끄덕였다.
점원이
"선객님들, 먼저 저쪽 마굿간에 말들을 매어놓으셔요."
하고 마굿간으로 안내했다. 모두 말뚝에 말을 매어놓고 객잔에 들었다.

그들은 동호국 남부군 벽금당(幢: 군의 한 단위) 도위(都尉: 무관) 고엄과 수하 여덟 명 그리고 자몽삼영으로 불리는 기도, 기검, 기창으로 바이칼선문의 대선사께
「내년에 자몽성(城)을 방문해 주십사」 초청하는 가한 모정의 서찰을 전하고 돌아오는 길이었다.
동호는 나라가 안정되어 국고가 차고 정병이 수십 만에 이르고 있었다.
고열가 단제의 퇴임 이후 오가(五加)의 암투로 새로운 단제가 정해

지지 않자, 모정은 그들이 싸우는 와중에 기회가 오면 권좌에 오르려는 야심을 품고 있었는데, 이를 아는 흑선 황길이 왕비 비비에게 점도 쳐주고 질병 치료도 해주며 동안궁(宮)을 들락거렸다. 흑선의 신분을 감추고 박학다식한 도인으로 행세하며 모정의 신임을 받았다.

황길이

"사오가 단제의 자리를 탐하고 있으나, 그에게는 천적 해모수가 있습니다.

오가와 부여가 싸워 모두 죽어갈 때, 가한께서 단제의 자리에 오르시면 됩니다.

조선은 삼한과 오가 중심으로 정치가 이루어졌습니다. 중원을 보십시오. 주(周)는 망했고 그들이 오랑캐라고 여기던 진(秦)이 천하를 통일해가고 있습니다.

조선도 더 이상 뜬구름 잡는 도를 찾지 말고, 힘과 덕이 있는 영웅이 다스려야 합니다."

라고 하자, 모정은 신이 났으나 표정을 감추고 겸손한 태도로 말했다.

"조선은 천손의 나라요. 선맥(仙脈)을 계승한 자가 아니면, 단제의 자리에 오를 수 없소."

황길이 웃으며 답했다.

"가한, 정통의 선맥을 계승한 자는 더 이상 찾아볼 수 없습니다. 이젠, 백성을 사랑하고 배불리 먹여주는 분이 구이원을 다스려야 합니다.

조선 조정은 국고가 부족해 천제(天祭)가 매우 빈약하다고 합니다. 내년 천제를, 가한께서 북해선문의 나을 대선사님을 모셔 성대하게 올리면 민심은 함빡 가한께 쏠릴 것입니다. 단제의 자리는 한울을 받들고 따르는 사람만이 앉을 수 있습니다"
이 같은 이유로, 모정은 나을 대선사를 모시기 위해 북해로 고엄을 보냈다.
'나을은 배분이 높고 속세에 나온 적이 없는 신비스러운 선사로 유명하기에
대선사가 동호의 천제를 집전(- 집행)해 준다면 이는 전무후무한 사건이 될 것이며, 자몽성은 구름 같은 인파로 인산인해를 이룰 것이고, 나 또한 구이원의 백성들로부터 지대한 찬사(讚辭)를 받을 것이다.'
생각할수록 황길의 계획이 마음에 든 모정은 황길을 예부(禮部) 사빈감(監)에 임명하여 제천(祭天) 행사의 모든 것을 주관하도록 했다.

고엄이 북해선문에 도착해 나을 대선사님을 직접 뵙고 가한의 서한을 전하겠다고 하자, 선문의 사무를 관리하는 장로 내도(奈圖)선사가
"대선사님은 바이칼호에 가셔서 수행 중이기에 만나 뵐 수 없습니다."
라고 답했다.
고엄은 선사께 직접 전하고 수락을 받아오라는 가한의 명이 있었기에 난감했다.
"언제쯤 돌아오십니까?"
"대선사님은 언제나, 돌아오실 날을 기약하지 않고 떠나십니다."
고엄이 고민 끝에 바이칼호로 직접 찾아가겠다고 하자 내도선사가

웃었다.
"하하하. 도위님, 저 북해가 끝이 보입니까? 말 그대로 바다입니다. 우리가 있는 이 섬 말고도, 북해에는 수 없이 많은 섬들이 있습니다.
저희들은 상고시대부터 북해의 여러 섬에 흩어져 수련을 해왔습니다. 계신 곳을 찾기 위해, 얼마나 많은 시간이 걸릴지 알 수 없습니다."

고엄은 하는 수 없이, 한동안 머물면서 기다리기로 했다. 바이칼 선문은 칠대선문의 하나로, 백두선문과 더불어 선계의 양대 산맥이었고,

바이칼의 알혼섬에 있으며, 훗날 징키스칸이 묻혔다는 소문이 난 곳이기도 하다.

이 선문엔 주보동(宙寶洞: 우주의 기밀과 보물을 보관한 동굴)이라는 특별한 곳이 있었다. 동굴은 고대부터 관찰한 일식과 월식, 자미궁좌, 이십팔수, 혜성, 오성 결집 등 천체의 온갖 현상이 기록된 견갑골과 목간이 산더미처럼 보관되어 있었고, 제례 도구와 약, 의술, 음악

등의 지식이 보관되어 있는 인류의 보고(寶庫)였다. 주보동을 견학한 고엄은 궁금했다.

'바이칼선문의 선인들은 어째서, 땅에서 발생한 일들을 기록하지 않고 별들의 움직임을 관찰 기록하는 것에 그토록 집착해 온 것일까?'

고엄은 떠나올 때까지 그 해답을 얻지 못했으나, 교무장로로부터 십간십이지(十干十二支)가 바이칼선문의 작품이라는 이야기를 들었다.

"시간 개념이 없이, 짐승과 다름없는 야만의 시대를 지내다 어느 날 시각을 헤아리게 되면서부터 인간은 새로운 눈으로 삶을 보게 되었습니다.
시작을 알 수 없는 과거에서 미래로 나아가는 우주와 지금 이 시각 우주와 함께 하고 있는 나를 돌아보는 능력을, 비로소 갖게 된 겁니다."
다행히도 고엄 일행이 머문 지 한 달이 되기 전, 나을 대선사가 돌아왔다.
고엄은 나을에게 황금 1천 냥과 서한을 전했다. 나을이 서한을 읽고 말했다.
"나 혼자 결정할 일이 아니외다. 선계에는 선문(仙門)의 법이 있소. 장로회의를 거친 후 답을 드리겠소이다."
그리고
닷새 후 고엄은 나을이 머무는 해안각(海眼閣)으로 갔다. 절벽 끝에 지어진 해안각은 바이칼호가 잘 보이는 곳이었다. 나을 대선사가 말했다.
"저는 자몽성 소도에 갈 수 없습니다. 세상 사람들은 잊어가고 있으나,
바이칼과 백두선문은 환웅천황에게 패하고 도망친 가달마황의 잔당들이 또 다시 세상을 어지럽히지 못하도록 막아야 할 임무를 가지고 있소.
동서(東西)로 결계를 친 두 선문이, 쇠뿔 같은 형세로 수천 년간 어둠의 무리를 막고 있다는 걸 기억하는 사람은 이제는 거의 없을 것이외다.
최근 북해 너머 흑림에 사기(邪氣)가 증폭하여, 고수들을 세 차례나

파견했으나 모두 무소식이오. 변을 당한 듯하오. 우리는 이를 비상 상황으로 판단하고 북해 전역에 항마령(令)을 내려 도인들을 소집할 작정이오."
나을 대선사가 잠시 말을 멈추고 차(茶)를 마시자, 고엄은 크게 실망했다.
"허나, 도(道)를 회복하고자 하는 가한의 마음을 외면할 수 없어, 장로(長老) 공반을 보내 도와드리도록 하리다. 가한께 잘 말씀드려주시오."
고엄이 얼굴을 펴며 안도의 숨을 내쉬었다.

객잔은 벌써 여러 사람들이 들어와 술을 들거나 식사를 하고 있었다.
일행이 들어서자, 모두 힐끗 보다 식사를 이어갔다. 고엄은 2층 거실로 안내되었다. 거실은 수수했고 탁자와 의자 십여 개가 있을 뿐이었다.
"편히 쉬십시오."
점원이 술과 음식을 갖고 올라왔다. 잘 익은 술과 푹삶은 양고기 냄새가 진동했다.
그동안 노숙을 하느라 식사다운 식사를 하지 못했기에. 모두 고기를 한 덩이씩 들고 게걸스럽게 뜯어먹으며 술을 들이켰다. 술은 일품이었다.
술기운이 온몸에 싸- 하고 퍼지자, 그들은 사발에 술을 부어 마셨다.
그렇게 연거푸 목구멍에 들이붓던 고엄 일행은 문득, 극심한 고통으로 가슴을 뜯다 탁자에 얼굴을 박으며 하나 둘 속절없이 죽어갔다.
"윽!"
"억"
"큭"
"…"

모정이 고엄의 죽음을 보고받은 것은 사고 후 닷새나 지나서였다.
"뭐? 고엄 일행이 죽었다고? 모두 무공이 뛰어난 자들인데, 그렇게 죽다니!"
"싸우다 죽은 게 아니고, 북선객잔에서 독살되었다고 합니다."
"독살! 누구 짓이냐?"
"모르겠습니다. 북선객잔의 주인과 노복들도 모두 피살 되었습니다."
그때 황길이 들어왔다.
"들었느냐?"
"네."
"감히 누가?"
황길은 난감했다. 모처럼 계획한 일이 잘 되어가다 꼬여 버린 것이다.
"누군가 방해를 하는 것 같습니다."
모정의 두 눈썹이 날카롭게 치켜져 올라갔다. 황길에게 영을 내렸다.
"오백 기(騎)를 줄 테니, 북선객잔으로 가 누구의 짓인지 철저히 조사하고, 바이칼 선문에도 사람을 보내 나을 대선사의 답신을 확인해

보라."
"네.."
며칠 후, 황길은 객잔 뒷산에 묻힌 열두 구의 시체를 파냈다. 모두 외상은 없었다. 그리고 고엄의 주머니를 뒤졌으나 서찰이 나오지 않았다.
'나을의 답장을 받으라 했으니 분명, 서찰이 있을 텐데.. 누가 훔쳐갔나?'
황길이 부하에게 사체들의 위장을 잘라보게 했다. 위는 아직 소화가 덜된 음식으로 가득했다. 나뭇가지로 이리저리 헤쳐 가며 살펴본 황길이 말했다.
"짐살(鴆殺)!"
"짐살이요..?"
"흐흐, 짐새는 독조(毒鳥)인데, 깃을 담근 술을 먹으면 죽게 되느니라."
"아, 네!"
황길이 생각에 빠졌다.
'우리 계획을 누가 알아챘나? 가한과 주고받은 이야기를 어떻게? 그러나 알 수 없지. 낮말은 새가 듣고 밤 말은 쥐가 듣는다 하지 않던가?'
하고 향리를 돌아보며 물었다.
"객잔주인은 어디에 묻었는가?"
황길의 눈빛에 왠지 소름이 돋은 향리가
"저쪽의 제일 큰 나무 아래 묻었습니다."
라고 하자,
사체들을 묻으라고 지시한 황길이 나무 아래의 시신을 파내게 했다.

주인과 점소이 둘, 주방장 모두 칼과 창에 죽어 있었다. 황길이 말했다.
"누군가, 이들을 시켜 고엄을 독살한 후 입막음을 했다."
그때 검시를 하던 병사가 말했다.
"대감, 주방장이 뭔가를 쥐고 있습니다."
황길이 사체를 보니, 과연 주방장 왼손에 꼭 쥐고 있는 것이 보였다.
얼마나 꽉 쥐고 있는지 손가락이 펴지지 않았다.
"펴봐라"
병사가 몇 번 해보다
"대감, 안 펴집니다."
말하자
"머리가 그리 안도나? 칼로 잘라!"
하고 황길이 소리쳤다.
병사가 단검으로 손가락을 자르자, 손에서 찢어진 천 조각이 나왔다.
실올 비슷한 게 붙어있는 것으로 보아, 짐새의 깃털을 싼 천이 분명했다.
사체의 손바닥은 검게 변해있었다. 황길이 천을 자세히 살펴보니, 수(繡) 놓아진 새의 꼬리가 남아 있었다. 황길이 백인장에게 보이며 물었다.
"무슨 새로 보이느냐?"
"흰꼬리수리 같습니다."
"흰꼬리..?"
향리가 눈을 빛내며 끼어들었다.

"부여국(國) 욕살 니마샨의 문양입니다. 니마샨의 별명이 흰꼬리수리입니다."
황길은 놀랐다.
"니마샨?"
백인장이 말했다.
"니마샨은 부여국 서쪽 변방 청안성(城)에 있는데, 가지창을 잘 씁니다."
예상치 못한 일이었다. 황길은 며칠 더 머물며 조사를 마치고 돌아갔다.

모정은, 황길의 보고에 크게 분노하며 탁자를 주먹으로 내려쳤다.
"뭐? 부여의 니마샨이 살겁을?"
"단지 추측일 뿐입니다. 그리고 바이칼선문에 확인해보니, 내년 제천 행사에 장로(長老) 공반이 갈 것이라는 답장을 고엄에게 줬다 합니다."
모정이 두 눈을 부라렸다.
"해모수를 어느 정도는 괜찮게 보았는데, 나의 대업을 망치려고 암수를 쓰다니!"
황길이 말했다.
"해모수가 오가에만 전념하는 걸로 알았는데, 우리를 지켜보고 있을 줄은 미처 몰랐습니다."
모정이 대신들을 편전으로 불러 지시했다.
"부여의 니마샨이 북해에 다녀온 고엄을 짐독으로 살해했소. 해모수와 니마샨을 가만 둘 수 없소. 당장 군사를 일으켜 공격하도록 하시오"

노(老) 재상 모용단지가 간했다.

"니마샨이라는 증거가 없지 않잖습니까. 오가를 상대로 싸우고 있는 해모수, 목맹후가 우리를 적으로 만들만큼 그리 어리석지는 않습니다.
그리고 우리 처지를 살펴보면 남으로 연(燕)과 대치 중이며 조(趙), 한(韓), 위(魏)를 멸망시킨 진(秦)나라의 도발을 수시로 받고 있습니다.
따라서 남쪽 병력을 나누어 전선을 확대할 수는 없습니다. 이는 중원이 바라는 일이니, 먼저 외교로 풀어야 합니다. 부여로 사신을 보내 추궁하는 것이 합당합니다. 병력을 동원하는 건 그 다음의 일입니다."

대사자 우문이각도 말렸다.

"서쪽의 흉노도 부족을 통합하고 초원의 강자로 부상하고 있으며, 해모수는 얕볼 상대가 아닙니다. 차라리 그와 오가(五加)와의 싸움을 부축이며 그의 힘이 빠지기를 기다리는 게 좋을 듯합니다. 그러나 이번 사건은 재상의 의견대로 사신을 보내 엄히 추궁하시기 바랍니다."

대신들의 간곡한 청(請)으로, 모정은 하는 수 없이 사신을 보내기로 했다.

부여국 도성 녹산성.
해모수는 재상 목맹후 등 각부 대신과 욕살, 읍차 모두를 불러들였다.

"동호가, 북해(北海)에 다녀오던 고엄 이하 열두 명을 니마샨 장군이 살해했다고 따지며 장군을 묶어 보내라 하고 있소. 어찌하면 좋겠소?"
목맹후가 아뢰었다.
"제가 청안성(城)의 니마샨 장군에게 알아본 바, 장군은 그런 일이 없다 하였습니다. 오가를 상대하기도 벅찬 지금 동호를 왜 건드리겠냐고 반문했습니다. 아마도 누군가의 간계가 있는 듯 느껴진답니다."
해모수가 물었다.
"간계! 누가 이간질한다는 것이오?"
목맹후가 답했다.
"겉을 보고 판단하기보다, 반사이익을 보는 자를 의심해야 할 것입니다."
"그렇다면 용가 아니오?"
"철저히 조사하겠습니다."
이어 해모수가
"사신에게 뭐라 하면 되겠소?"
라고 묻자, 목맹후가 답했다.
"소신이 이해시켜보겠습니다."
사자는 황길이었다.
그는 목맹후를 보자 탁자를 치며 따졌고, 검은 턱수염이 목맹후(侯)의 얼굴을 향해 수시로 솟아올랐다.
"증거가 명백한데 부인하십니까? 호미로 막을 걸 가래로 막을 작정입니까? 니마샨을 묶어 보내고 나을대선사의 서찰만 돌려주면 됩니다."

목맹후가 차분하게 말했다.

"대감, 찢어진 손수건의 부분 문양만으로 어찌 우리가 행한 일이라 주장하오?

그 정도는 자수를 배운 여인이면 누구라도 만들 수 있는 것 아니오? 황당한 일이오. 돌아가서 우리 주장을 가한께 잘 말씀드려 주시오."

'어떤 상황에도 태산처럼 흔들리지 않을 자(者). 오가를 상대로 부여가 밀리지 않는 이유를 이제야 알겠다. 저런 자가 해모수를 보좌하고 있다니..'

하고 생각하던 황길은 이야기가 길어지자 화를 내며 자리를 박차고 일어섰다.

"우리는 정병이 수십 만(萬)이오. 지금 당장 부여를 칠 수도 있소이다."

그러나 목맹후는 온화한 얼굴로 답했다.

"대감, 우리 부여가 겁을 먹을 줄 아오? 동호가 싸우고 싶어도 그리 할 수 없는 이유를 네 가지를 말씀드릴 것이니, 한 번 들어보시겠소?"

정중한 목맹후의 태도에 황길이 차가운 표정으로 다시 자리에 앉았다.

"말해 보시오."

"첫째, 동호가 전쟁을 일으키면 진(秦)과 연(燕)은 매우 좋아할 것이오. 진(秦)과 연(燕)이 동호를 재정복할 천재일우의 기회를 놓칠 리가 없소.

둘째, 우리 가한께서는 단제의 자리에는 관심이 없소. 궁궐 정문에 걸린 이도여치의 현판대로 사오를 제거하고 백성을 구하는 것이 목적이오.
누군가 용가 편에 서서, 우리와 동호를 이간하려 저지른 짓일 것이오.
그러나 불행히도 전쟁이 일어난다면 웅가국이 우리를 도울 것이오. 그간 우리가 웅가의 장당경을 공격하지 않는 이유가 있는데, 단제의 자리에 관심이 없다는 것과 웅가의 체면을 세워주기 위함이오. 만일 웅가국이 부여를 도와 참전하면 당신들의 전선은 어려워질 것이오. 더욱이 니마샨 장군은 웅가 귀족 출신이라 관계가 그리 나쁘지 않소.
셋째, 동호 서쪽에 위치한 흉노는 국력이 날로 강해지고 있소. 동호와 흉노의 관계가 좋지 않은 건 세상이 다 아는 사실이오. 흉노의 두만 가한은 부여 및 오가와의 전쟁으로 동호가 약해지는 틈을 놓치지 않을 것이오.
넷째, 당신들도 잘 알고 있듯, 우리를 돕는 기비의 기마대는 동호의 오환돌기에 밀리지 않는 강병이오. 자몽성과 지근(至近) 거리에 있는 수유성이 날카로운 비수(匕首)가 되어 동호의 심장을 찌를 것이외다.
그리고 기비는 번조선 왕자요. 번조선도 결국엔 기비를 도울 것입니다.
자, 대감 이래도 당신들 주장만 하실 것이오? 우리도 이 사건을 엄중히 조사할 것이니, 가한께 잘 말씀 드려주시오. 대신, 불의의 사고를 당한 분들의 유족들에게 조의금으로 명도전(- 밝전) 1천 냥을 내어드릴 터이니. 우리 해모수 가한님의 정중한 위로의 뜻을 전해주시오"
목맹후의 현하지변에 황길은 정신이 멍해지며 뭐라 반박할 수 없었다.
게다가 1천 냥은 적은 돈이 아니었다. 자기 체면을 세워줄 금액으로 충분했다.
사실, 자기도 경솔한 면이 있다고 생각했다. 치밀한 조사로 부여가 빠져 나갈 수 없게 했어야만 했는데, 좀 더 신중하지 못했음을 후회했다.
다음날, 황길은 해모수를 알현도 하지 않고 서둘러 동호로 돌아갔다.

청안성(聽雁城: 기러기 울음소리가 들리는 성). 이름만 떠올려도 하늘 가득 기러기 떼 지나는 소리가 들리는 것 같았다. 초원에, 등뼈처럼 길게 솟은 2천 리 흥안령산맥이 서북으로 잠깐 몸을 낮추어가는 산자락의 멋진 성이라 시인(詩人)과 선객(仙客)들이 많이 찾는 곳이었다.
아바간성이 세워진 3백 년 후, 북방 초원과 사막의 통상로를 보호하기 위해 지은 성으로, 멀리 후룬베이 초원이 있었고 우기니카(河)는 동호와의 경계였다. 초원을 흐르는 수십 갈래 하천에는 사람 키만한 잉어와 물고기들이 살고 있었고, 동호와 서북 고원을 지나면 북방의 5개 거수국(國) 정녕, 혼유, 굴석, 격곤, 신려국으로 갈수 있었다.
청안성(城)은 교통의 요지라 동호와 북방 5국, 사막, 헝가이 고원 등으로 가는 상인들이 머물다 가는 곳이었다. 멀리 가는 사람들은 성에서 휴식을 취하면서 물, 식량, 소금, 건초, 약 등을 갖추고 떠났다.

오늘도 시장은 다양한 부족민들로 바글바글 댔다. 시장 끝 돌다리 주점 안채에 청안성 백인장(將)으로 보이는 남자와 강호인이 술을 마시고 있었다.

그들은 매우 친숙한 듯 격의 없이 술잔을 주고받았다. 술상 위 쟁반에는 기름이 잘잘 흐르는 황구(黃狗) 한마리가 통째로 구워져 있었다.

백인장은 침을 꿀꺽 삼켰다. 입술을 살짝만 놀려도 침이 흘러내릴 것 같아 당장, 다리 하나를 뜯고 싶었으나 강한 인내심으로 참고 있었다.

"근산, 니마샨의 손수건을 구해주면 다시는 찾아오지 않겠다고 하지 않았나."

근상이 히죽거렸다.

"내가 수배자들의 목을 잘라다 준 덕에 백인장으로 뛰어 올랐으면, 손수건 1개 값으로 보상은 충분히 한 것 같은데?"

백인장은 참새 오줌 털 듯, 입에 술을 털어 넣고 잔을 탕- 내려놓았다.

"뭐가 충분해! 나는 지금도 조마조마한데!"

이어, 개다리 한 짝을 북- 찢어들고 화풀이 하듯 물어뜯으며 물었다.

"이번엔 왜 또...?"

근상이 대답했다.

"급한 것도 아닌데 술이나 들고 말하지."

두 사람은 낄낄, 음담패설을 나누며 술을 무려 세 단지나 아가리에 들이부었다.

근상과 파잔은 둘 다 조나라 한단 출신이었다. 그들은 조(趙)가 망하기 전까지 계집질 잘하고 노름 좋아하는, 한단 흑도의 고수들이었다.

그들은 한때 흑갈방의 한단 지부 깡패들과 쌍륙을 하다가 돈을 잃자 살인을 했다.

나라가 망하면 건달들도 정복한 나라의 건달들에게 밟히며 살아야 하는 법.

흑갈방이 조직원을 동원해 둘을 죽이려하자 국경을 넘어 동호로 도망쳤다.

흑갈방은 진나라 흑도(黑道) 최고의 조직으로, 진왕(秦王) 영정의 지시를 받고 진(秦)에 적대적인 각국의 대신과 강호인들을 협박, 매수, 암살하며 천하통일을 돕고 있었기에 진나라의 지원을 받고 있었는데, 그런 조직을 건드렸으니 조나라 땅에서는 더 이상 살 수 없었다.

두 사람은 도중에 헤어졌는데, 파잔은 산속을 헤매다 부여까지 넘어와 청안성 수비군으로 들어왔고, 여기저기 떠돌며 방물장사를 하던 근상이 5년 후 어떻게 알고 갑자기 파잔을 찾아왔던 것이다. 술항아리가 비자 근상이, 보자기를 풀고 항아리만한 물건을 건네줬다. 파잔이 흘깃 보니 새장에 비둘기가 앉아있었다. 파잔의 얼굴이 변했다.

"왜 또 전서구를?"

"낄낄낄낄낄…쉿!"

"허어…"

"딱 한 번만 더 날려주게. 황금 열 냥을 주겠네."

파잔이 화를 내며 눈에 핏발을 세웠다.

- 335 -

"내가 얼마나 힘들게 자리 잡았는지 알지 않나? 까딱 잘못하면 목이 달아날 일을.. 자네, 누구를 위해 일하나? 용가의 사오 가한인가?"
근상이 고개를 저었다.
"그럼 누구?"
근상이 엄숙한 얼굴로 엄지손가락을 높이 들어보였다.
"이 세상에서 제일 강한 주인을 모시고 있네. 그분의 능력은 무한하네.
자네, 언제까지 이 오랑캐 땅 촌구석에서 살 텐가. 날 도와주면 자네 자리도 알아봐 줌세. 자세한 건 묻지 말게. 차차 알려주겠네."
파잔은 사실, 체질에 안 맞는 군 생활이 괴로웠으나 어쩔 수 없이 하고 있었다.
황금 열 냥은 거부하기 힘든 금액이었다. 지금 보니 근상은 황금 열 냥을 주무르는 자리에 있는 것으로 보였다.
'중원 제일의 한단에서 주먹 하나로 자유롭게 지냈던 나다. 기마술과 마상무예가 약한 내가 올라가봐야 어디까지겠어? 기껏해야 오백인장?
나의 조국 조나라도 진왕이 뭉개버렸지. 두로산(山) 백기대(臺) 아래 매장 당한 사십 만 병사들의 해골들. 나의 형제도 거기에.. 세상은 힘이 최고 아닌가. 그래! 근상은 나를 잊지 않고 생각해주고 있으니.'
파잔은 술을 한 항아리 더 시켰다. 파잔은 손이 빨라 도박과 권법, 근상은 사기와 조퇴(趙腿: 조나라 발차기)라 불리는 36퇴(腿)에 능했는데,
남과 싸울 때 손발이 척척 맞는 사이였다. 파잔이 연거푸 술을 들이

킨 후
"자네만 믿고 따르겠네."
라고 말하자
"나만 믿게."
두 사람은 손을 굳게 잡았다. 며칠 뒤 파잔은 장군부의 동태를 살피다. 니마샨이 기병 2백기를 이끌고 국경 순시를 나가자 전서구를 날렸다.
니마샨은 선문 출신으로 명예를 존중했다. 그는 동호 사신이, 자기가 북선산 주막에서 고엄을 짐독으로 죽였다고 지목했다는 말에 대노했다.
"눈에 뵈는 게 없는 모양이군. 조용히 있는 나를 모욕하다니! 모정이놈!"
그러던 중 우니기하(河) 너머 동호의 움직임이 늘었다는 보고를 받고, 초소를 세 곳에 더 설치하여 동호의 움직임을 예의주시하고 있었다.

니마샨은 오늘, 국경을 돌아보기로 했다. 성 밖 이십 리 지점에서 첨병이 보고했다.
"장군님, 언덕 너머에서 도적 떼가 대상(隊商)을 공격하고 있습니다."
매년 자연재해가 끊이지 않고 흉년(凶年)이 계속되자, 집을 버리고 떠난 사람들이 도적이 되어, 여기저기 강도들이 출몰하는 시절이었다.
"빨리 가보자"

니마샨이 언덕 위에서 보니, 1리 거리에 상인들을 공격하는 도적 떼가 있었다.
상인들은 도적들에게 지리멸렬(支離滅裂), 도륙을 당하고 있었다. 니마샨이 외쳤다.
"도적을 쓸어라!"
"붕-"
소리에 두 개조로 나뉜 기병들이 질주하며 도적들을 포위하듯 좌우로 달리자, 도적들이 냅다 도망을 치기 시작했다. 도적들은 5리 거리의 계곡을 향해 도망쳤다. 초원이 절리(節理)되어 지면 아래로 푹 꺼진「과미지」라 불리는 계곡이었다. 동서 5리의 계곡을 통과한 후, 우니기하(河)를 건너 동호로 도망칠 작정이었다. 우니기하(河) 너머는 동호 땅이기에, 최상의 탈주로였다. 읍차 수수가 니마샨에게 간했다
"도적들이 과미지(戈迷地: 창처럼 날카로운 굴곡 지대)로 도망쳤습니다. 추격을 중단하는 게 좋겠습니다. 계곡이 깊고 험해서 들어가면 오늘 안에 돌아오기 어렵습니다."
"아니다. 저런 놈들 때문에 내가 동호로부터 모함을 받고 있지 않느냐.
세 군데를 다 돌지 못한다 하더라도, 도적들을 본 이상 없애야한다. 쫓아라!"
수수가 다시 도적들을 추격했다. 그러나 계곡 중간부터 백장 거리가 창처럼 뾰족한 요철(凹凸) 지대여서 모두 말에서 내려 걸어야만 했다.
그들이 오십 장 쯤 들어섰을 때
"쉬익!"

소리와 함께 백록(白鹿) 깃발이 달린 명적(鳴鏑: 우는 살)이 전방에 꽂혔고
"쿵쿵탕..쿵탕탕..."
하며 계곡 위에서 떨어진 바위들이 이들의 앞과 뒤를 막았다.
"동호다!"
"적이다!"
니마샨이
"달려라!"
하고 외치자, 병사들이 죽기 살기로 달렸다. 그러나 소낙비처럼 쏟아지는 화살에 추풍낙엽처럼 마하(馬下)를 굴렀다. 잠시 후, 간신히 험지를 벗어났으나 여전히 계곡이었으며, 부상자를 포함해 칠십여 명의 병사와 말 삼십여 필이 살아남았을 뿐이었다. 니마샨은 한탄했다.
"내가 너무 경솔했다!"
그러나 안심하긴 일렀다. 계곡을 벗어나자, 2백여 명을 거느린 낭치도(狼齒刀)를 든 사내가 소리쳤다.
"니마샨! 나는 동호의 벽금당 도위 쥐르홍이다. 억울하게 죽은 우리 도위와 병사들의 원수를 갚으러 왔다. 그 더러운 목을 길게 늘여라!"
니마샨이 노했다.
"나를 따르라!"
니마샨이 달려들자 쥐르홍도 벽이 움직이듯 천천히 움직이기 시작했다.
니마샨의 검에서 지독한 살기를 느낀 것이다. 니마샨이 검을 휘두르자,

얼음판 같은 두 개의 백광(白光)이 쥐르홍의 양 어깨로 쇄도했다. 마치, 흰꼬리수리가 날개를 펴고 여우를 덮치는 듯한 맹렬한 기세였다.
니마샨은 처음부터 절초(絶招)를 전개해 기선을 잡을 의도였으나, 쥐르홍이 늑대가 땅바닥을 구르듯 피하며 낭치도를 용맹하게 휘둘렀다.
"낭격(狼擊)!"
"땅땅땅땅땅………!"
수리와 늑대가 싸우듯 두 사람이 삽시간에 엉키자, 읍차 수수도 돌진했다.
병사들은 용감했으나 과미지를 빠져나오는 동안 지쳤고 부상을 당한 자도 많아 크게 불리했다. 시간이 갈수록 죽어가는 군졸들이 속출했다.
'일개 도위의 무공이 이리 강하다니.'
니마샨이 낭치도법에 신음할 때, 누군가 목을 길게 뽑아 늑대 울음을 냈다.
"우우우우우우우!"
소리에 살수들이 정신 나간 늑대처럼 날뛰며 병사들을 압박해 들어갔다.
"앗! 이리진(陣)!"
수수는 깜짝 놀랐다. 이 진법은 강호의 흑도 무림에 전해지는 진이었다.
'인의(仁義)를 바탕으로 몸의 기운을 얻기 위해 창안된 선계의 진법과 달리, 생명을 해치기 위해 만들어진 진법을 동호국(國)의 도위가?'

"우우우우.."
"킁킁킁킁.."
이리처럼 날뛰며 퍼붓는 거센 공격에 부여 병사들은 하나씩 스러져 갔다.
니마샨은 거칠게 숨을 쉬며 수백 합을 겨루었다. 니마샨은 죽음을 각오했다.
쥐르홍이
'니마샨이 명불허전이나 조금만 더 있으면 부하들이 니마샨을 협공할 터.'
하고 낭치도를 휘둘렀다.
그때
"우-우---우우웃!"
하고 웅후한 사자후가 느닷없이 초원을 흔들며 빠르게 접근했다. 새들이 어지러이 날고, 나뭇잎이 떨어지기 시작했다. 쥐르홍은 사자후의 주인공이 적인지 아군인지 몰라 긴장하였으나, 이번 일에 더 이상의 지원이 없다는 것을 떠올린 쥐르홍의 얼굴이 무섭게 일그러졌다.
수없이 전장을 누빈 쥐르홍은 멀리, 말을 질주해오는 세 사람을 보고
"북해삼협!"
하며 안색이 변했으나, 끝장을 낼 듯 니마샨을 공격한 후 길게 휘파람을 불었다.
"휘이---익!"
소리로 신호를 보낸 쥐르홍이 북해삼협과 반대 방향으로 일시에 퇴각했다.

지친 병사들이 안도하며 자리에 주저앉자 잠시 후 세 명의 선객이 도착했다.

등에 검을 맨 중후한 선객 뒤로, 언월도를 든 삼십 대 후반의 인물과

삼지창을 든 작고 뚱뚱한 선객이 따르고 있었다. 니마샨이 반가운 얼굴로 맞이했다.

"북해의 영웅 북해삼협이시군요! 저는 청안성 니마샨입니다. 정말 감사합니다."

앞에 선 선객이 말했다.

"저는 풍방이라 하며 아우 풍해와 풍오입니다. 너무 늦지 않아 다행입니다."

니마샨이

"저희가 위급한 걸 어찌 아셨습니까?"

풍방이 말했다.

"바이칼에 다녀간 사신들이 북선산에서 살해되었다는 소식에, 나을 대선사님이 사건을 조사하라 하셨습니다. 부여가 진범이라면 전쟁이 일어날 것이며, 기울고 있는 조선에 대재앙이 될 것이라 걱정하셨습니다.

저희는 여러 마을을 다니며 정보를 수집하다, 헝가이 고원의 흑달족 무사 수백이 부여국(國)으로 들어갔다는 정보를 들었습니다. 좀처럼 밖으로 나오지 않는 흑달족이 부여로 갔다는 말에 의문을 품다, 장군이 변경 순찰을 가셨다는 소식을 접하고 불길한 느낌에 따라왔습니다."

니마샨이 탄식하며 풍방에게 권했다.

"대협, 자세한 이야기는 성(城)으로 돌아가서 하시면 어떻겠습니

까?"

장군 관저에서 니마샨과 수수, 북해삼협이 이야기를 나누고 있었다. 니마샨이 수수를 돌아보며 말했다.
"삼협께서 깨우쳐주셨기 망정이지, 동호를 오해했으니 나의 불찰이 크네."
풍방이 물었다.
"북선객잔에서 발견된 손수건은 성주님 것이 맞습니까?"
"네, 맞습니다."
북해삼협이 신음했다.
"음"
풍방이 다시 말했다.
"우리는 장군의 손수건이 어떻게 북선객잔 주방장 손에 있는가를 주목하고 있습니다."
성주가 곤혹스러운 표정을 지었다.
"손수건은 제 처가 수를 놓아준 겁니다. 저희 집에 명순이라는 여종이 있었는데,
열여섯에 예쁘고 착한 여아라, 총각들이 사택 근처를 자주 얼씬거렸습니다.
그러던 중, 같은 고향의 사내가 접근했는데, 저택에 숨어들어 선물을 주며 환심을 샀고, 그녀는 몸까지 허락하게 되었답니다. 그는 아버지가 부호라 곧 장군께 말씀드려 혼인을 청하겠다고 말했답니다. 어느 날,
명순이 빨래하고 있을 때 내 손수건을 하나만 달라 해서 안 된다

했더니

"손수건 한 장 갖고, 장차 신랑 될 사람한테 치사하게? 존경하는 장군의 흰꼬리수리 수건을 지니고 있으면 행운이 따를 것 같아서 그래."

라 하여. 차마 거절을 못했답니다. 그 후, 북선객잔 사건을 연락받고 추궁했더니, 이 같은 사연을 고한 후 우물에 뛰어들어 자살했습니다."

"헛!"

"알고 보니, 명순은 임신한 상태였고 사내를 찾았는데 어디로 갔는지 오리무중이라, 처참한 심정으로 용서를 구하는 유서만을 남겼습니다.

"아!"

"허!"

독젖

헝가이 고원 계곡의 양쪽 절벽에는 많은 동굴이 파여 있는데, 게(-蟹)들이 사는 굴처럼 뽕뽕 뚫어진 구멍 마다 흑달족(族)이 살고 있었다.
절벽은 가시덩굴과 칼처럼 억센 풀들이 무성하게 자라고 있어, 접근하기가 매우 어려운 곳임을 느끼게 했다.
흑달족은 환웅천황과 가달마황의 정사대전 때, 가달마황 편에 붙어 악행을 저지르다 마황이 패하기 직전, 환웅천황에게 귀부(歸附: 스스로 복종함)해 멸족을 면하였으나, 세월이 흐르자 삼신의 가르침을 멀리 하고, 정도(正道)와 마도(魔道)를 넘나들며 막 살아온 종족이었다.
절벽 중간의 툭 튀어나온 늑대 입 같은 동굴을 들어서면, 흑달족장이 거주하는 영악동(迎惡洞)이 나오는데 입구와는 달리 웅장(雄壯)했다.
스무 개의 화려한 방에 족장 쥐르홍의 처 아홉과 수십 명의 하녀들이 살고 있었다.
모두 중원과 천산산맥 너머의 서역(西域) 등, 사방에서 잡혀오거나 팔려온 여인들이었다.

쥐르홍이 근상과 마주앉아 술을 들이키고 있었다. 쥐르홍이 입맛을 다셨다.

"쩝, 사각사(四脚蛇: 발이 네 개 달린 뱀/ 도마뱀)님! 니마샨을 잡기 일보 직전이었는데, 북해삼협이 나타나는 바람에 판이 깨졌습니다."

근상은 조나라의 건달 출신이라 구이원의 선문에 대해 잘 알지 못했다.

"헝가이의 패왕, 흑달님! 북해삼협이 그리도 무섭소이까?"

쥐르홍이 손을 휘휘 저었다.

"사각사(四脚蛇)님! 고비사막과 그 이북의 초원, 가라무렌강(江) 인근과 고향도(- 사할린)까지 삼협을 상대할 고수는 별로 없을 것이오. 그들은 북해선문 출신으로, 마도의 흑선들이 그들의 손에 수없이 죽었습니다. 흥개호(湖) 음마신군조차 풍방의 검에 명을 달리 했습니다. 바이칼호에는 외부와 연을 끊고 수십 년을 수도하며, 천장(天將) 게세르가 남긴 무공을 연공하는 도인들이 헤아릴 수 없이 많다고 들었습니다. 굳이, 목숨을 걸고 그들과 척을 질 필요는 없다고 봅니다."

쥐르홍의 말이 끝난 후, 근상이 수탉처럼 목을 길게 뽑으며 왼쪽으로 핵 비틀고 펴자, 목에서 쥐르홍을 주눅 들게 하는 와드득 소리가 났다.

근상은 가달성의 흑선이 노예로 거느리는 사각사 중 하나였다. 노예들은 흑선의 지시에 따라 여러 곳에 흩어져 악행을 저지르고 있었다.

각팔마룡은 대흑무 사달 아래 네 명의 사자(使者)와 십 인의 흑무 그리고 흑무 아래 흑선들을 두고 있었는데, 각 흑선은 사각사들을 거느리고 있었다. 그들은 무공이 뛰어난 자로, 강호에 암약하며 조직을 키워가고 있었다.
근상은 제2 흑무 합벌합의 눈에 들어 사각사라는 높은 직위를 받았다.
근상은 방물장수인 척 여인들에게 접근해 강간, 살인을 하며 유랑하다, 어느 날 초원의 용사들에게 붙잡혀 죽게 된 걸 합벌합이 구해주었다.
합벌합은 근상의 악마성과 마공을 배우기 적합한 골격이 마음에 들어, 자기 밑으로 들어오지 않으면 가죽을 벗기겠다고 협박해 노예로 삼았다.
삼십년 전부터, 조나라 등지에서 구이원으로 넘어오는 유민들이 많아, 그들을 가달마교로 흡수하는 데에 근상 같은 하수인이 필요했던 것이다.
그 후, 근상은 뛰어난 사기술로 실력을 보이며 단박에 총애를 받았다.
근상이 물었다.
"게세르..?"
"천둥과 번개를 다루고 용을 타고 다녔다는 전설의 천장(天將)입니다."
"그런 자가 있었소?"
"북해(北海)에서는 누구나 알고 있는 무패(無敗)의 신장(神將)입니다."
근상이 콧구멍을 후비며 말했다.
"그래 봤자, 전설 아니오? 두령, 삼협이 아무리 무공이 높다 해도 합벌합 흑무님께서는 상대가 안 될 것이오. 그리고 니마샨을 죽이지는 못했으나 우리 정체도 탄로 나지 않았으니 용가, 동호가 서로 의심하기에 충분하오.
툭하면 입에 도(道)를 달고 사는 조선 열국의 이전투구를 유도해, 어서 빨리 가달 세상을 만드는 게 나의 주인님의 소망이라 하셨소. 이번 일로 부여, 동호 모두 경계가 심해질 터이니, 당분간 숨어 지내며 서쪽 알타이 초원 일대의 부유한 천막이나 대상들을 털어 봅시다."
쥐르홍의 입이 귀밑까지 벌어졌다. 부유한 땅이라고 해서 평소 노략질을 가고 싶었으나, 거리도 멀고 사정을 잘 몰라 실행에 옮기지 못하고 있었다.
"알타이 초원?"
"알타이 초원에는 부유한 유목민이 많이 사오. 주인께서 약탈할 만한 곳을 몇 군데 골라 놓으셨소.
한 곳만 털어도 흑달 부족이 일 안 하고, 3년은 살 수 있을 것이오."
"오!"
쥐르홍이 상기된 얼굴로 물었다.
"언제쯤 가실 겁니까?"
"먼저 다녀올 때가 있으니, 돌아와서 시기와 장소를 알려주겠소이다. 그때까지 기다리시오."
"쩝-, 빨리 다녀오십시오."

용가국 가면산(假面山)에 위치한 흑룡방은 가한 사오가 강호에서 자기를 도울 조직으로, 진나라의 흑갈방을 모방해 만든 조직이었다. 흑룡방 비밀조직 흑묘원(院)은 병부사자 전채의 아들 전소채가 원주였다. 전소채가 부하들과 회의를 하고 있었다. 전소채가 근상에게 물었다.

"사각사, 드디어 동호와 부여가 한판 붙는 겁니까?"
근상이 대답했다.
"니마샨을 잡기 직전, 북해삼협이 방해해 실패했소. 니마샨을 죽이지 못해 알 수 없소이다."
전소채가 한숨을 쉬며 말했다.
"지난 번, 부여에 잠입해 은랑회와 함께 해모수를 없애려했으나, 창해신검의 방해로 흑룡기만 잃고 가한과 부친으로부터 문책을 받았소,
특별히 흑무님께 부탁한 일이었는데 이마저 실패했으니, 가슴이 답답하오."
근상이
"장군, 서두르지 마시오. 이번 일은 실패했다고 보기 어렵습니다. 동호, 부여를 건드렸으니 둘이 당장은 격돌하지 않아도 서로를 감시 견제할 것입니다. 그들은 언제고 트집거리만 생기면 바로 싸울 겁니다.
현재, 진나라도 흑갈방이라는 조직의 힘을 빌려 천하통일을 추진하고 있습니다.
흑묘원도 방해가 되는 놈들을 서로 싸우게 하거나, 황금으로 매수하고
그래도 말이 통하지 않으면 납치, 살해함으로써 사오 가한님을 도와야 합니다."

고 하자, 전소채가 말했다.
"주요 사안마다 선협이라는 것들이 방해했소. 더 이상 놔둘 수 없소. 창해신검과 북해삼협은 제거해야만 하오. 놈들을 제거할 방도가 없겠소?"
"합벌합님도 그들에 대한 대책을 연구하고 계십니다. 주인께서 말씀하시기를, 바이칼선문을 손볼 때 삼협부터 제거하겠다고 하셨습니다."
근상이 북해삼협에 대한 방책을 준비하고 있다고 하자, 전소채가 반겼다.
"그게 뭐요?"
"음, 나 같은 노예들은 주인님의 신기묘산을 짐작하기 어렵습니다."
전소채는
북해삼협만 없애 준다면야, 이 아니 좋지 않겠는가 하며 손뼉을 쳤다.

북해삼협은 동예 국경을 넘어 말을 달리고 있었다. 셋째 풍오가 말했다.
"형님들, 좀 천천히 가시죠."
풍방, 풍해가 말고삐를 당겨 멈추었다. 풍해가 풍오를 보고 소리쳤다.
"청안성에서 그리 먹어대더니 살이 찐 모양이네. 몸이 무거우니 말도 못 달리는 모양이군."
풍오가
"형님도 참.. 사막을 다니느라 굶은 걸 몇 숟가락 보충한 정돈데요.

그보다, 이렇게 빨리 사홀성(城)에 가야하는 특별한 이유가 있습니까?"
하고 묻자, 풍방이 심각한 표정으로 대답했다.
"이유가 있네. 급히 출발하느라 동생들에게 이야기를 해주지 못했는데,
지금 사홀성에 영아들만 죽이는 여마두(女魔頭)가 나타났다는 소식일세. 공반 장로님이 맥성 소도에서 듣고 전서구로 급히 알려온 사건일세."
풍해, 풍오가 크게 놀랐다.
"영아(嬰兒)들만 살해해요?"
"그렇네. 동예 서부 촌락을 다니며 영아들만을 죽이거나 납치한다 하니,
가뜩이나, 아이들을 매매하는 악인들로 머리 아픈데, 이런 일까지 발생했으니 얼마나 두렵겠나. 지금 아이를 가진 백성들은 모두 공포에 질려있다고 하며, 사람들은 그 여마두를 하고마녀라고 부른다네."
"하고마녀? 관청에서는요?"
"관병들을 풀었지만 마두의 무공이 높아 많은 병사들이 희생되었고, 소도와 도관의 도인들까지 나섰으나 그녀의 독장에 모두 패했다고 하네.
그러나 더 놀라운 건 마두의 살해 방식일세. 그녀는 사람을 종(縱: 세로)으로 갈라버린다네. 수백 년 간 그렇게 잔인한 마두는 본 적이 없네."
풍해, 풍오가 입을 벌리고 신음을 토했다.
"음.."

"일단, 사홀성에 가서 들어봐야겠네. 희생을 줄이려면 빨리 가야하지 않겠는가. 어서 가세"

두 시진이 지나, 성에 도착한 삼협은 종일 하고마녀에 대해 탐문하다 호리개객잔에 들었다.

그들이 저녁을 먹고 있을 때였다. 상인 둘이 술을 들면서 큰 소리로 떠들었다.

"큰일 났네. 이를 어쩌나. 토영촌(村)에 하고마녀가 나타났다고 하니."

"우리가 가는 촌에 나타날게 무언가?"

식사를 하던 풍방이 자리에서 일어나 두 사람에게 다가갔다. 두 사람은 강호인이 다가오자 아연 긴장했다. 풍방이 정중하게 말을 걸었다.

"북해삼협 풍방이라 합니다. 토영촌에 하고마녀가 나타났다는 게 진짭니까?"

상인들도 삼협을 알고 있기에 자리에서 벌떡 일어났다.

"풍대협이시군요. 뵙게 되어 영광입니다. 저희는 소금 파는 장사친데, 이곳으로 오다 토영촌에서 아기를 안고 도망친 아낙에게 들었습니다."

"아-!"

"벌써, 아이 몇이 죽거나 사라졌답니다."

그때, 풍해와 풍방도 자리를 옮겨왔다.

"이런!"

"어떤 여자가 아기를 안은 산모들을 찾아다니며, 젖이 남아 가슴이 불어 그러니 아기에게 젖을 주고 싶다고 한답니다. 몇 년째 이어진 흉년으로 끼니를 못 때운 산모들이 젖이 안 나와 답답하던 차에, 젖을 준다니 얼마나 반가웠겠습니까? 그런데 그녀가 떠난 후, 마녀의 젖을 먹은 아이들 모두 피를 토하고 죽었답니다. 젖에 독이 있었습니다."
삼협이 외쳤다.
"독젖!"
독젖이라니, 듣도 보도 못한 말이었다. 흉년에 제대로 먹지 못한 산모들은 젖이 말랐다. 젖이 부족한 산모를 찾아 독젖으로 아기를 죽이다니,
천인공노할 일이었다. 삼협은 치를 떨며, 다음 날 토영촌에 들어가 아기가 있는 집 근처에 숨어 마녀를 기다렸으나 마녀는 좀처럼 나타나지 않았다.
그렇게 이틀이 지나자, 이마촌(村)에 마녀가 나타나 영아 셋을 젖을 물려 죽였다는 소문을 들었다.
"마녀가 이마촌에 나타났다고?"
이마촌은 토영촌에서 팔십 리 떨어진 곳이었다. 삼협은 즉시 이마촌으로 가 영아가 있는 집들을 지키며 기다렸으나, 마두는 나타나지 않았다.
그리고 사흘 후에는 백분촌에 나타나 아기 둘을 죽였다는 소문을 들었다.
"무어? 이번에는 백분촌(村)?"
백분촌은 이마촌에서 백이십 리 밖의 험준한 철가산(山) 가까이에 있었다.
북해삼협이 백분촌을 조사하고 알게 된 사실은 죽은 아기는 모두가 사내아이였고, 여아(女兒)들은 죽이지 않고 납치해 갔다는 사실이었다.

어떤 여자가 아기 둘을 안고 철가산으로 들어간 걸 봤다는 소문이 돌았다.
삼협은 철가산을 조사하기로 하고, 촌장에게 가서 철가산에 대해 물었다.
"철가산은 매우 험한 산입니다. 한동안 산적들이 산채를 틀고 있었는데, 언제부턴가 산적은 사라지고 요괴들이 나타난다는 소문이 있습니다. 사람들도 철가산에는 아예 가까이 갈 생각을 하지 않습니다."
"요괴?"
북해삼협은 신음했다.

북해삼협은 요괴들에 대하여 잘 알고 있었다. 환웅천황은 배달국(-밝국)을 세우신 후 가달마황과 마귀, 요괴들을 처단하실 때, 가까스로 목숨을 부지(扶持)한 놈들이 가라무렝강 너머 흑림으로 도망치자,
금검(金劍)과 천궁(天弓)을 무기로 쓰며 번개를 잡아 던지는 게세르에게 바이칼호(- 북해) 알흔섬에 선문을 세워 그들의 부활을 막도록 했다.
이제는 너무 오래 전 이야기라 바이칼선문에서조차 전설이거니 하던 차에, 삼협은 큰 충격을 받고 각기 다른 자세로 골똘히 생각에 잠겼다.
풍방은 가부좌를 튼 채 눈을 감았고, 풍해는 오른팔로 머리를 받치고 낮잠 자듯 누웠으며
풍오는 양 팔을 기둥삼아 뚱뚱한 배를 허공으로 내밀고 내관(內觀)

에 들어갔다. 정적이 흐르자, 촌장은 그들의 자세를 숨을 죽이고 보기만 했다.

1각이 지나 풍해가 눈을 뜨며 아직 생각에 빠져있는 풍방에게 물었다.

"게세르 조사(祖師)님의 결계가 깨졌다는 말 아닙니까? 대선사님께 보고해야 되지 않을까요?"

풍방이 눈을 뜨며 답했다.

"결계가 깨진 건 대선사님도 알고 계실 것이다. 3개월 전 대선사님의 천안응(千眼鷹)이 피투성이로 죽어버린 일을 아우들도 알지 않는가.

그 천안응이 결계를 감시하는 신조(神鳥)였는지라, 대선사님이 공빙 장로님과 함께 황급히 어디론가 가셨었지. 이제 보니 천안응이 죽은 건 바로 요괴들의 소행이었네. 흑림과 선계의 싸움이 임박한 것 같네."

풍해가 말했다.

"도는 땅에 떨어지고, 선문마저 약해지고 있는 이 마당에 큰일입니다."

이어 풍방이

"구이원도 예전의 구이원이 아니다. 오가는 권력에 눈이 멀었고, 열국도 덩달아 무력만 키우고 있으니, 저 가달의 무리를 어떻게 상대할꼬?"

라고 하자 풍오가 답답해하며 말했다.

"우린 지금, 마녀부터 없애야 합니다!"

풍방이 답했다.

"동생 말이 맞네. 먼저 철가산으로 가서 하고마녀를 찾아보기로 하세."
세 사람은 촌장에게 철가산의 인근 지리를 들은 후, 산으로 들어갔다.
철가산은 수십 개 계곡에 지경이 3백 리이며, 멀리 완달산맥과 연결되어 있었다.
계곡을 타고 한 시진, 산적의 산채가 있었던 중턱을 향해 나아갈 때, 물소리가 들려왔다.
"가까이 물소리가 들립니다. 우리 저기 가서 조금만 쉬었다 가시죠."
풍오의 말에
"그리 하자"
며 풍방이 물소리 방향으로 가자 언덕 아래로 폭포가 보였다. 아름다운 곳이었다.
"아! 절경이다."
그들이 감탄사를 발할 때,
"사람 살려!"
"악! 엄마-!"
소리가 들려왔다.
삼협이 보니, 폭포 아래 소용돌이치는 물에 여아 둘이 허우적대고 있었고, 한 아이가 물가에서 발을 동동 구르며 비명을 지르고 있었다.
와류에 빠진 아이를 친구가 구해주려다 함께 빠져나오지 못한 것으로 보였다.
바다 같은 바이칼호에서 헤엄치던 삼협에게 이 정도는 물도 아니었다.

"조금만 참아라!"
풍해, 풍오는 즉시 뛰어 들어, 한 명씩 안고 헤엄쳐 나왔다. 아이들은 기절해 있었다.
풍해, 풍오가 혈도를 쳐 물을 토하게 하고 인공호흡을 위해 숨을 불어넣고 다시 들이키는 순간, 현기증이 살짝 이는 걸 느꼈으나, 계속 이어갔다.
이윽고 아이들이 깨어나자 물가에서 비명을 질렀던 아이에게 물었다.
"너희는 왜 여기에서 노는 게냐?"
계집아이가 손가락으로 가리키며 대답했다.
"감사합니다.
저는 취취, 언니 링링, 큰 언니 앵앵이예요. 저희들은 산 중턱에 살고 있어요. 언니가 갑자기 깊이 들어가는 바람에 이런 일이 생겼어요."
풍방은 산 위에 살고 있다는 말에
'우리가 가는 산채 방향이 아닌가?'
하고 이상히 여겼으나, 아이들이 어리고 예뻐 악인들과는 관계가 없어보였다.
그래서 아이들을 부모에게 데려다주고, 산채에 대한 정보를 알아보기로 했다.
아이들은 정신을 차렸으나 기력이 없어, 하나씩 업고 올라가기 시작했다.
풍방이 취취의 손을 잡자, 풍해는 앵앵, 풍오는 링링을 업고 산을 올랐다.
반 시진쯤 지나 풍방이 취취의 손에서 땀이 나는 걸 느낄 때, 절벽에 동굴들이 보였고 크고 작은 동굴이 여섯 개나 되었다. 취취가 말했다.
"저기가 우리 동네예요. 이만 내려주세요."
삼협이 아이들을 내려놓자, 셋 다 세 번째 동굴로 쏙쏙 들어가 버렸다.
풍방은 고개를 갸웃했다. 아무래도 요괴들이 머문다는 산채가 이곳 같았다. 그때, 사악한 기운이 여섯 개의 동굴에서 스물 스물 흘러나왔다.
"사형, 여기가 요마동(洞) 같습니다. 아이들이 들어간 동굴도 수상합니다. 동굴마다 요기가 가득한데, 한 번 들어가 봐야 하지 않겠습니까?"
풍방은 대답대신 한 쪽 숲을 가리켰다.
"숲에 누가 있다.
우리가 동굴에 들어가길 바라는 것 같으니, 함부로 움직이면 안 된다."
세 사람은 무기를 뽑아들고 숲으로 다가갔다. 그들이 숲 가까이 이르렀을 때, 십여 명의 살수들이 튀어나오며 삼협을 빠르게 포위했다.
모두 십대 후반에서 이십 초반의 여자로 하나같이 요염했다. 옷은 노출이 심해 부끄러운 부분을 겨우 가린 정도여서 삼협은 쳐다보기조차 민망했다. 세 사람을 유혹하는 듯 여인들의 눈빛은 모두 음탕했다.
북해삼협은 이런 여인들을 상대하기는 처음이었다. 수행이 높은 삼협이었으나, 본능적으로 심상치 않음을 느끼고, 정신을 가다듬었다. 그때 숲에서 관능적인 미모의 여인이 나와 삼협의 눈을 빨아들일 듯 요기(妖氣)를 감추지 않고 한줌 밖에 안 되는 허리를 비틀며 다가왔다.
"호호호, 북해삼협을 오래 전부터 뵙고 싶었는데 오늘에야 소원을 풀었군요. 자, 들어오셔서 며칠 쉬었다 가셔요. 저희들이 편안히 모시겠습니다."
삼협은 자기들이 올 것을 미리 알고 있었다는 이야기에 깜짝 놀랐다.
"당신은?"
"호호호호호호호호!"
여인이 대답대신,
허리가 부러질 듯 뒤로 젖히며 간드러지게 웃자, 풍오가 호통을 쳤다.
"요부, 넌 누구냐?"
순간, 여인이 돌변했다.
"뭐라? 요부! 날 찾아다녔으면서도 알아보지 못하는 것들이 감히!"
"앗, 하고마녀!"
"호호호호호호!"
북해삼협이 놀라 살수들을 덮치자, 살수들이 원을 그리며 공격하기 시작했다.
"요녀진(陣)!"
요녀진은 가달마황의 수하들이 펼치던 수법으로 사라진지 오래 된 진이었으나,
그다지 비범함을 느끼지 못한 북해삼협이 힘을 끌어올리자, 괴이하게 변화하며 빨라지기 시작했다. 난해한 공세가 이어지자, 삼협은

서서히 기경팔맥이 막히며 내력을 끌어올릴 수 없는 몸이 되어 갔다.

이해할 수 없는 현상에 아연실색한 그들이 뭔가 잘못되었음을 알았을 때,

앵앵의 목소리가 들려왔다.

"사부님, 북해삼협은 소문과 달리 바보들이예요. 철가호(湖)에서 몇 번 허우적거렸더니, 바로 물에 뛰어들더라고요. 그래서 기절한 척 누워 있다가, 인공호흡 할 때 오음독(五淫毒)을 불어넣었어요. 정말 잘했죠?"

"잘했다. 너희는 내 젖을 먹고 자란 독인이라, 독을 발출하는 건 일도 아닌데,

늙은이와 여자를 조심하라는 강호의 계율까지 간과했으니, 제 아무리 북해삼협이라 하나 너희 소삼독(小三毒)에게 저리 당할 수밖에 없지. 게다가 오음독은 내력을 끌어올릴수록 빨리 퍼져 죽게 되느니라."

이 말을 들은 북해삼협은 아찔했다. 세 아이는 하고마녀의 제자들이었다.

풍해와 풍오는 인공호흡을 하다 중독(中毒) 되었고, 풍방은 취취의 손을 잡고 산을 오를 때, 취취의 손에 흐르던 땀에 당하고 만 것이다.

순간, 얼굴을 일그르뜨린 풍방이 좌장을 훅- 휘두르자, 풍오, 풍해가 풍방의 뒤로 등을 돌려 앉으며 역(逆) 삼재진(三才陣)이 만들어졌다.

절체절명의 위기를 맞은 풍방이 수비와 동시에 운기토납이 그나마 가능한「역 삼재진」을 펼치며 북해음공(北海陰功)을 펼치기 시작했

다. 극음(極陰)의 기운으로 독이 퍼지는 걸 조금이라도 막아야만 했다.
잠깐 사이 삼협의 얼굴에 한기가 퍼지며, 창백해진 안색이 회복되어 갔다.
놀라운 속도였다. 보통, 오음독에 걸리면 바로 사지가 마비되며 자빠졌고, 고수라 불리는 자들도 몇 호흡 만에 쓰러지기 십상(十常)인데 삼협은 그렇지 않았다. 지금 풍방, 풍해, 풍오의 마음은 똑같았다.
저 하고마녀가 득의(得意)의 미소를 지으며 노닥거리고 있을 때, 북해음공의 최후 단계인 견빙(堅冰: 단단한 얼음)으로 진입하여야만 했다.
사지백해로 퍼지고 있는 독(毒)을 얼어붙게 만들면 삼형제 가운데 최소 두 명은 탈출하여 다시, 후일을 도모할 수 있을 것이다. 그러나 하고마녀가 누구던가. 과거 온갖 술수로 수많은 인명을 해쳐온 마두였기에 이상한 낌새를 느낀 듯 훑어보다, 하늘을 보며 웃기 시작했다.
"호호호호호 아하하하하하.......!"
고막을 뚫는 소리가 숲을 흔들자, 삼협의 얼굴이 달아오르기 시작했다.
마녀의 웃음이, 용이 되지 못한 이무기가 한을 토하듯 독에 저항하기도 힘든 삼협의 삼백육십오혈(穴)을 쥐어뜯으며 반공에 소용돌이쳤다.
허리를 한껏 젖힌 채 눈을 치뜬 하고마녀의 끝없는 교룡후(蛟龍吼)에 북해삼협이 허망한 눈으로 앞뒤로 흔들리다 검붉은 피를 토하며 쓰러졌다.

자몽성 소도

소도에서 쫓겨난 선협들의 집결지, 백오곡은 동호 땅에 있는 만큼 동호 선사의 도움을 받는 게 중요했다. 묘호는 사부의 명으로 자몽성 녹존선사를 찾아왔다.
자몽성은 곡주를 따라 와 봤던 곳이라, 그리 낯설게 느껴지지 않았다.
소도는 악랑산(山) 아래 있었다. 이제 완보천(川)만 건너면 악랑산이었다.
묘호는 말에게 물을 먹이기 위해 갈대를 헤집고 내려가다가 깜짝 놀랐다.
세 명의 도인이 있었는데, 둘은 양(羊)을 통째로 굽고 있었고, 왼쪽 관자놀이에서 입술 옆으로 칼자국이 난 놈이 웬 여인을 홀딱 벗겨 놓고 바지를 내리고 있었다. 여자는 정신을 잃은 듯, 축 처져 있었다.
묘호가 갑자기 나타나자, 도인은 바지를 추켜올렸고 양을 굽던 자들이 다가왔다.
도포만 걸쳤지 하나같이 인상이 흉측했다. 재미를 보려다 방해받은 도인이 물었다.
"어린 놈, 가던 길을 갈 것이지. 여기까지 뭐 하러 내려 왔느냐?"
묘호가 말했다.
"말에게 물을.."
"운도 지지리 없는 놈. 이 몸의 흥을 깬 벌이다. 네놈이 가진 걸 모두 놓고 가라. 그렇지 않으면, 네 놈의 모가지를 내놓아야 할 것이다."
묘호는
'도복만 걸쳤지, 더 없이 나쁜 놈들이군.'
하며 물었다.
"흥을 깨서 대단히 미안하오. 그런데 당신들, 저 건너 소도에 계시오?"
칼자국 도인이
"그렇다."
고 하자
"그런데, 영.. 도인들 같지 않단 말이야. 당신들 혹시 강도 아냐?
하고 묘호가 물었다.
이에
"이 자식!"
하고 칼자국이 주먹을 날리자, 묘호가 백호무적의 주먹을 마주 내질렀고
"빠직!"
하고 뼈가 부서진 칼자국이 비틀거리자, 백호군림으로 관자놀이를 쳤다.
이어

"컥!"
소리를 낸 칼자국이 목이 꺾이며 자빠지자, 두 놈이 칼을 휘두르며 달려들었다.
그러나 묘호의 상대가 될 수는 없었다. 잠시 후, 하나는 없애고 나머진 마혈을 찍은 묘호가 여인의 몸에 옷을 덮어 주고 선단을 먹였다.
다시 도인에게 온 묘호가 물었다.
"너의 사부는 누구냐?"
그러자 놈이 가슴을 펴고 답했다.
"동호의 국선이시며 자몽성 소도의 국사이신 황길님이시다."
묘호는 깜짝 놀랐다.
"소도의 선사는 녹존선사 아니냐?"
"세상이 어찌 변했는지 전혀 모르는군. 무능한 녹존은 이미 쫓겨났다."
"네 사부는 어느 선문의 누구냐?"
"어느 선문이 아니고, 독공으로 도를 터득하신 참으로 놀라운 분이시다."
"자몽삼검은 어디 있느냐?"
"죽었다는 소문만 들었다."
묘호는 자기가 열국의 사정을 너무 모르고 있었다고 생각하며, 놈의 사혈(死穴)을 짚었다.
그때, 기절했던 여인이 깨어나 두리번거리다. 불에 구어진 양(羊)을 보고
"내 양!"
하며 울음을 터뜨리자, 묘호가 위로했다.

"부인, 위험했습니다. 양은 죽었지만, 욕을 안보고 살아나셨으니 얼마나 다행입니까?"
여인은 옷도 입지 않고 멍한 눈빛으로 말했다.
"남편과 아이 셋을 키우며 살았는데 가뭄으로 가축이 다 죽고, 저 양 한 마리만 남았어요.
얼마 전, 인근 부자에게 꾼 기장과 옥수수가 바닥이 나, 할 수 없이 양(羊)을 주고 곡식을 얻으러 가는 중이었는데 강도들을 만난 겁니다.
정말 고통스럽습니다. 살려주셔서 감사하오나, 저를 그냥 죽도록 내버려두지 그러셨어요. 걱정거리 없는 저승에 갈 기회가 사라졌어요. 아, 사정을 알지도 못하시면서 왜 저를 살리셨나요. 엉으엉으엉엉…"
묘호는 기가 막혀 말이 안 나왔다.
'여인의 정조와 목숨을 구해주고도 핀잔을 듣다니..!'
하며,
도인의 품을 뒤지자, 뜻밖에도 양 다섯 마리를 살 돈이 나왔다. 나머지 둘도 같은 금액이었는데, 강도질하고 똑같이 나눈 것으로 보였다.
묘호는 기뻐하며 여인에게 줬다.
"부인, 이 돈을 다 가져가시오."
여인은 채가듯 돈을 받고 환하게 웃으며, 그제야 옷을 제대로 입었다.
"와! 소협. 기왕지사 양고기나 먹고 갈게요. 고기를 버릴 순 없잖아요?"
'마음이라고 하는 건, 정해진 모양이 없는 것이로구나.'

묘호는 출출하던 참이라, 양갈비와 세 도인들이 마시던 술을 먹었다.
여인에게 자몽성 소도에 관해 물으니, 소도에 대한 소문을 얘기해주었다.
"모정님은 정신이 나갔어요. 녹존선사를 쫓아내고 황길을 임명했는데, 황길은 오자마자 눈에 거슬리는 도인들을 쫓아내고, 저런 놈들로 채웠답니다.
강도 같은 도인들이 날뛰자, 많은 주민들이 집을 버리고 도망쳤어요."
묘호는 소도에 갈 필요가 없었다. 이대로 사부님께 보고하는 수밖에 없었다.

군도산(山) 명도전 광산

용간성 서쪽 가면산(山)의 흑묘원. 흑묘원은 흑룡방을 관리하는 핵심조직이다.
전소채가 흑묘원 집무실에서 체구가 작은 오십 대의 도인을 만나고 있었다. 도인의 얼굴은 정삼각형이었고 뼈에 가죽만 입힌 듯 살이 없었다.
찢어진 눈이 쏟아내는 칙칙한 눈빛과 이따금 비치는 미소가 더 없이 야비해 보였다.
그리고 조선 옷을 입고 있었으나 서투른 어투로 볼 때, 연나라 사람임을 짐작할 수 있었다. 전소채가 표범가죽 의자에 삐딱하게 앉아 물었다.
"북연귀 전삭의 시종이라?"
전소채는 북연귀 전삭이 창해신검에게 패했다는 소식을 들어 알고 있었다.
"우리 용가에 뭔 도움을 주시려고?"
도인은
어린 전소채의 방자한 태도에 아랑곳 하지 않고, 정중히 예를 갖추었다.
"대왕의 명을 받들어 전소채 장군님께 먼저 예물을 올리겠습니다."
예물이라는 말에 전소채의 눈이 커졌으나, 수행 부하도 없고 짐도 없는
도인이 적룡(赤龍)의 비늘 같은 검집에서 검을 꺼내자, 눈부신 검신이 드러나며 바람도 없는 허공에 푸른 검기가 나부꼈다. 명검이었다.
"도위님, 제나라의 명장(名將) 악의가 지녔던 검입니다. 한동안 우리 연나라에 머물 때, 저희 주인님께 선물하신 것입니다. 받아주십시오."
전소채는 자기도 모르게 목이 찢어질 듯 탄성을 터뜨렸다.
"호! 명검이군! 그러나 뭔 일인지 모르고 받을 수는 없소. 자, 이야기나 들어봅시다."
하며 태연한 듯 검을 내려놓았으나, 눈은 여전히 검을 보며 이글거리고 있었다.
전소채가 살아오면서 이렇게 진심을 드러낸 적은 한 번도 없었다.
"그리 어려운 일이 아닙니다. 한 사람만 없애주시면 됩니다. 그는 철연방주 전비(田㚖)를 해하고, 재물을 강탈해 간 창해신검 여홍입니다.
전비는 연과 조선 열국의 무역을 중개하며, 표국일도 함께 하고 있었는데, 이번에 억울하게 당했습니다. 원수를 갚고 싶습니다. 그러나
이는 연(燕)이 복수할 힘이 없어 부탁드리는 건 아닙니다. 고수들을 보내 죽일 수도 있으나, 조선에 살수들을 보냈다가 자칫 조선과 연(燕)의 외교 문제가 발생할 수도 있습니다. 창해신검은 철연방 재물

을 모두 기비에게 주었다 합니다. 기비가 누굽니까. 해모수의 심복입니다.
사오 가한의 대업(大業)에, 창해신검이 최대의 걸림돌이 될 것입니다. 이 기회에 우리가 손을 잡아 놈을 없애면, 좋은 일만 생길 것입니다.
그리고 창해신검을 없애주시면, 그 보답으로 군도산 소유권을 드리겠습니다."
창해신검이라는 말에 가슴이 얼어붙던 전소채는 군도산 소유권에 눈을 빛냈다.
'군도산(山)을 빼앗긴 후, 조선은 재정에 막대한 차질이 생겼다. 그 광산을 차지할 수만 있다면 내게 헤아릴 수 없는 득(得)이 될 것이다.'

북경 부근의 군도산 광산은, 영웅 불리지가 직예(- 북경 부근), 산서, 산동 등을 정복하고
대현에 건국한 불리지국의 광산으로, 명도전(錢)을 제조하는 곳이었다.
연(燕)과 제나라는 발해만(灣)이나 서해 그리고 육로를 통해 조선과 무역거래가 많았고, 조선의 명도전은 여전히 국제화폐로 사용되고 있었다.
연의 소왕은 군도산을 얻은 후 재정이 확보되어, 제(齊)를 꺾고 패업을 달성했다.
최근, 흑림(黑林)의 하고마녀를 끌어들여 우환덩어리 북해삼협을 제거한 전소채는

사각사(四脚蛇) 근상을 통해 흑무 합벌합에게 창해신검을 제거해달라고 이미, 부탁해 놓은 상태였다. 물론 공짜는 아니었다. 용가의 힘이 미치는 곳이면 어디든 가달마교의 포교를 눈감아주기로 약속했다.

이 상황에 도인의 제안은 전소채에게는 거절할 수 없는 달콤한 제안이었다.

'이거야 말로, 꿩 먹고 알 먹고 아닌가. 일이 잘되려니까 저절로 술술 풀리는구나. 연나라 고수들까지 힘을 더하면 큰 도움이 될 것이다.

흐흐흐. 창해신검을 없애고 노다지 광산이 내 손에 들어오면.. 킥킥킥'

전소채는 자기도 모르게 생긴 침을 꿀꺽 넘겼으나, 딴 청을 피우며
"그는 조선제일의 검객(劍客)으로, 그의 무예는 상상할 수 없을 정도로 높으며, 천하가 추앙하는 자이기에 그럴싸한 명분이 없으면 곤란하오.

그만큼 부담이 큰 사안인데, 일이 잘 풀린다면 광산의 소유권 이전은 어떻게 보증...?"

하며 말꼬리를 흐리자, 의중(意中)을 꿰뚫어본 도인이 만면에 미소를 지으며, 여러 번 곱게 접은 사슴 가죽을 꺼내 탁자 위에 펼쳐놓았다.

"이것은 군도산과 옥황묘(廟) 일대의 지도로, 전삭님의 서명이 있습니다.

사실을 말씀드리자면, 군도산은 연의 영역에 있으나 동호가 호시탐탐 노리고 있고, 연(燕)은 진과의 전쟁으로 병력이 부족해 전삭님이 관리하고 있습니다. 주인께선 동호에 주느니, 덕(德)이 높으신 장군

님께 드리고 싶다 하십니다. 먼저 주인의 직인이 박힌 지도를 드리고, 장군이 약조하시면 빠른 시일 안에 창해신검의 죽음과 동시에 군도산을 장군께 넘긴다는 조서(詔書)와 광산 직인을 보내 드리겠습니다."
전소채가 살펴보니, 과연 예사 지도가 아니고 군도산 일대의 지리와 광구(鑛區), 추정 매장량과 「년 평균 생산량」이 상세하게 기록되어 있었다.
전소채는 또 한 번 침이 꼴깍 넘어갔다. 군도산이 손아귀에 들어온 것만 같았다.
'흐흐흐, 광산만 있으면, 나의 원대한 포부를 이루는 데에 큰 힘이 될 것이다.'
전소채가 큰소리로 말했다.
"하하하, 우리 잘해 봅시다."

제10 권. 마한   계속

고조선 역사포털 소설
'구이원 [고조선]' 으로의
시공간 이동

http://blog.naver.com/bhnah

제 1권 동 호
제 2권 흉 노
제 3권 해모수
제 4권 창해신검 여홍
제 5권 백두천문
제 6권 조선 디아스포라
제 7권 아바간성의 두 영웅
제 8권 명도전 전쟁
제 9권 홍범구주

고조선 역사대하소설
구이원(九夷原) 제 9권 - 홍범구주

초판 1쇄   2025년 1월 23일

지은이	무곡성(武曲星)
발행인	나현
총괄/기획	경쟁우위전략연구소장 강성근
마케팅	강성근
디자인	안준원

발행처	삼현미디어
등록번호	841-96-01359
주소	고양시 덕양구 원흥1로 11, 1206-407호
팩스	0504-045-0718
이메일	kmna1111@naver.com
가격	16,500원
ISBN	979-11-983798-3-2(04810)

무곡성(武曲星) 2025, Printed in Korea.
- 이 책은 저작권법에 따라 보호받는 저작물이므로 무단전재와 무단복제를 금지하며, 책 내용의 일부 또는 전부를 이용하려면 저작권자와 삼현미디어의 서면 동의를 받아야 합니다.
- 파본이나 잘못된 책은 구입처에서 교환해드립니다.